ZUGSPITZGEIST

Geboren 1989 in Füssen, aufgewachsen im Tiroler Außerfern, studierte Anna Tröber Rechtswissenschaften an den Universitäten Wien und Oslo mit Schwerpunkt Strafrecht. Sie war in einer renommierten Wiener Rechtsanwaltskanzlei und am Straflandesgericht Innsbruck tätig. Anna Tröber feierte 2022 ihr Debüt mit »Tiroler Totenglocken«, erschienen bei Emons.

Dieses Buch ist ein Roman. Teile der Handlung sind inspiriert von dem Reuttener Wirtschaftspionier Dr. Hermann Stern. Die beteiligten Figuren und deren Handlungen sind jedoch frei erfunden. Ähnlichkeiten mit lebenden oder toten Personen sind nicht gewollt und rein zufällig.

ANNA TRÖBER

ZUGSPITZGEIST

Kriminalroman

emons:

Bibliografische Information der Deutschen Nationalbibliothek
Die Deutsche Nationalbibliothek verzeichnet diese Publikation in der Deutschen Nationalbibliografie; detaillierte bibliografische Daten sind im Internet über http://dnb.d-nb.de abrufbar.

MIX
Papier | Fördert gute Waldnutzung
FSC® C083411
FSC
www.fsc.org

Umschlagmotiv: mauritius images/Marian.Mertez/Alamy/
Alamy Stock Photos
Umschlaggestaltung: Nina Schäfer, nach einem Konzept
von Leonardo Magrelli und Nina Schäfer
Umsetzung: Tobias Doetsch
Gestaltung Innenteil: DÜDE Satz und Grafik, Odenthal
Lektorat: Christiane Geldmacher, Textsyndikat Bremberg
Druck und Bindung: CPI – Clausen & Bosse, Leck
Printed in Germany 2024
ISBN 978-3-7408-2015-2
Originalausgabe

Für G.

»A jede Schraubn werd zum ›Wunder der Technik‹, a jede Odlgrubn zur ›Heilquelle‹, aber dass aner sei Leben hergebn hat, des Blut werd ausradiert.«
»Der blut nur, aber leicht kennt sie mal aner verbluten.«

Ödön von Horváth, »Die Bergbahn«

1

Blickt man heute am Fuße der Zugspitze nach oben, tut man dies nicht annähernd so ehrfürchtig wie einhundert Jahre zuvor. Diese Höhe ist erschlossen. Eine Höhe, die nur einem gehörte, nämlich dem Zugspitzgeist. Einem zaubermächtigen Vogel, der keine Eindringlinge in sein Reich duldete und sich auf jeden stürzte, der es in die Nähe des Gipfels wagte. Der Legende nach bewachte er das Springkraut, mit dessen Hilfe man einen Schatz aus dem Herzen des Berges heben konnte. Die Höhe und der Vogel haben seither aber ihren Schrecken verloren. Vor gut einem Jahrhundert wurde der Zugspitzgeist an die Kette gelegt. Besser gesagt an die Leine. Eine achtundvierzig Millimeter dicke Leine. Das Tragseil der Tiroler Zugspitzbahn. Bruchlast hundertsechsundsiebzig Tonnen, gespannt über Fundamente voller Schweiß, Stahl und Geschichte.

Sechzig PS waren erforderlich, um den ersten Passagier das geborstene Gestein und zerklüftete Felswände überwinden zu lassen, ohne selbst einmal nach Luft zu ringen. Wenn es nicht die Höhe allein war, die ihm den Atem raubte. Auf einer Strecke von 3.362 Metern glitt man bei der ersten Fahrt über die vorangegangenen monatelangen Mühen am Boden hinweg. Sechs stählerne Stützen standen den Fahrgästen Spalier. Hundertsechsundvierzig Tonnen Eisen, das unter Hunger und Gefahr in den Berg getrieben werden musste. Sechzehn Minuten für die Passagiere. Vier Jahre für die Arbeiter draußen bei Wind und Wetter.

Diesen geschundenen Händen ist es zu verdanken, dass der Berg sich dieses fünfunddreißig Tonnen schwere Seil hatte umhängen lassen, das aus der Entfernung gerade einmal so aussah wie ein vom Wind getragenes Rosshaar. So hängt es da, für einen weiteren Wimpernschlag der Geschichte.

Das Erreichen des Gipfels darf bis heute nicht täuschen über den Blutzoll, den Männer und Frauen bei Lawinen und Sprengungen, zwischen Hacken und Schaufeln, Visionen und Ehrgeiz bezahlten, damit der Schatten des vergangenen Krieges kürzer wurde. Es gilt nicht mehr nur ehrfurchtsvoll den Berg hinaufzublicken, vielmehr muss andächtig die schwindelerregende Tiefe bestaunt werden, die von jenen geschaffen wurde, die hoch hinauswollten.

Bereits vor hundert Jahren hangelte sich die kleine Fahrgastkabine beinahe lautlos die 1.576 Meter gen Himmel. Nur ein pferdegleiches Schnauben erfasste die Kabine beim Passieren der Stützen. Deren Fenster erlaubten atemberaubende Ausblicke auf die zerschmetterte Silhouette der nördlichen Kalkalpen. Gesplittert und geschliffen durch Kräfte, die älter waren als die Erde selbst.

Im Winter schwebte man schwerelos wie Schneeflocken im Wind. Und im Sommer bekam man einen Eindruck davon, wie es war, die Fracht des kräftigen Bergwindes zu sein. So manch einem Alpinisten war die Leichtigkeit dieser Bergbezwingung ein Dorn im Auge gewesen. Letztlich brachte die Seilbahn jedermann sanft und sicher auf fast dreitausend Meter. Zu dieser Zeit waren diese Gefilde nur den Verwegensten vorbehalten gewesen. Aber auch bis heute fehlt es dem Berg nicht an Abenteurern und dank der Seilbahn auch nicht an anderen wohlgesonnenen Besuchern.

Für die einen mag die Seilbahn ein kaltes Konstrukt aus Stahl und Stein gewesen sein, eine überflüssige Spielerei. Für die anderen ein Hoffnungsschimmer in dieser österreichischen Stunde Morgendämmerung. Erbaut mit der Hoffnung letzter Kraft, damit das Licht des 20. Jahrhunderts den Horizont des Wettersteins genauso überschreiten konnte, wie es die Kabinen der Seilbahn andeuteten.

Die Seilbahn brachte Touristen und Skandale. Gewinn und Schulden. Sie ging verloren und kehrte zurück. Sie wurde bombardiert und wieder aufgebaut. Sie wurde Opfer von Flammen und entzündete Leidenschaft. Kostete Leben und Geld.

Sie war die erste Seilbahn Tirols.

2

März 1924, am Fuß der Zugspitze

In einer Frühlingsnacht hätte es nicht so kalt sein dürfen. Aber so waren sie, die Nächte im Frühling. Seit jeher etwas trügerisch. Viel zu kalt für das Versprechen, das ein warmer Tag zu geben vermag. Der Wind peitschte um die Häuser und stimmte unheilvolle Gesänge im Gebälk der alten Häuser an. Stecknadelgroße Eiskristalle stoben durch die Luft und schlugen an die Scheiben der Gaststube. Sie lenkten den Knaben immer wieder von seinem Kartenblatt ab. Ständig glaubte er, das Pferd des Hausherrn zu vernehmen. Aber die Straßen blieben weiterhin Hufschläge schuldig. Der körnige Schnee sammelte sich in den Ecken der Fenster und glänzte im Licht der Lampen. Der Knabe wurde ermahnt. Er musste eine Karte legen. Es war kein Spiel für einen Knaben und auch nicht der Ort für ihn, aber man hatte einen vierten Spieler gebraucht. Lieber hätte sich der Knabe längs auf die hölzerne Bank gelegt. Vom Boden stieg die Kälte auf, und seine kalten Schienbeine bohrten sich in seine Knie. Dabei heizte der Kachelofen aggressiv, aber machtlos gegen einen ausgekühlten Raum an. Seine Nase juckte von der staubigen heißen Luft. Eigentlich hätte er froh sein müssen, den Abend nicht in ihrem Haus zu verbringen. Im Wirtshaus der Gamslechners gab es immerhin einen Ofen und etwas Warmes für ihn zu essen. Hier saß der Vater und bekam von der feschen Gamslechnerin die einzige Wärme, die er sich noch leisten konnte, und trank sie mit dem Durst eines Kranken.

Der Vater hatte aus den Kampfgräben und Höhlen in den Dolomiten nicht nur Narben und Alpträume mitgebracht. Bei seiner Heimkehr hatte er niemand Geringeres als den Tod im Gepäck. Als er angekommen war, fiel er in den Schnee vor dem Haus. Er war so heiß gewesen, dass der Schnee um ihn herum in Sekundenschnelle geschmolzen war. Erst hatte man es für die Schwindsucht gehalten. Doch so schnell wie dann auch die Mutter krank geworden war, hatte es keine Schwindsucht sein können. Eine Grippe, hatte ihm der Pfarrer gesagt.

Seither begleitete er den Vater ins Wirtshaus, lernte, wie man Karten spielt und über die Zukunft zu reden, als wäre sie eine noch schlechtere Vergangenheit. Der Knabe hielt immer wieder Ausschau nach der Magd. Manchmal flickte sie ihm seine abgewetzte Kleidung, neuerdings war das Loch an seiner Hose so groß geworden, dass man fast den ganzen mageren Unterschenkel sehen konnte. Doch das Fräulein hatte sich an diesem Abend noch nicht sehen lassen. Er vermutete, dass die Gamslechnerin sie zu Strafdiensten verdonnert hatte, weil sie vergessen hatte, das Feuer im Ofen am Brennen zu halten.

Er legte willkürlich eine Karte ab. Das Spiel hatte erst begonnen. Noch verfolgte er keine Strategie. Der Mann zu seiner Linken kratzte sich am narbigen, kurz geschorenen Kopf und legte eine Karte, die die des Jungen an Wertigkeit überstieg. Letztlich nahm der Knecht der Gamslechners, der als Nächster an der Reihe war, einen Zug von seiner Pfeife, holte die drei Karten über den Tisch zu sich, warf den Herzober darauf und legte die Laubsau für die nächste Runde heraus. Auch er hörte immer wieder in die Stille, ob er nicht das Pferd seines Herrn vernehmen konnte.

»Der Herr ist lang aus heut«, sagte er.

»Der Sturm«, antwortete der Vater.

Die Gamslechnerin betrat die Stube. Wie immer trug sie ein schönes, sauberes Kleid, und ihre Haare waren tadellos frisiert. Sie schenkte dem Vater ein. Immer schenkte sie dem Vater ein, obwohl alle wussten, dass er nicht aufhören würde zu trinken. Die Leute im Dorf verabscheuten sie dafür. Und hätten die Leute im Dorf gewusst, dass der Vater der Gamslechnerin keine Zeche dafür bezahlen musste, hätten sie sie wohl noch mehr gehasst. Aber der Gamslechnerin war das einerlei. So konnte sie sicherstellen, dass der Knabe von dem bisschen, was der

Vater als Kriegsheimkehrer erhielt, auch wirklich etwas in den Magen bekam. Als von Gott und Mutter verlassen erachtete sie das Kind. Überhaupt glaubte sie nicht, dass Gott mit auch nur einem dieser Männer je im gleichen Raum war.

Ferdl, zur Linken des Knaben, war einmal einer von zwei gewesen. Rösser hatten sie über die Grenze nach Bayern geschmuggelt. Dabei waren sie in abschüssigem Gelände in einen Steinschlag geraten. Der Zwillingsbruder von Ferdl war sofort tot gewesen, zwei der Pferde nach Stunden verendet. So schnell war der Bruder tot gewesen, dass Ferdl schien, der liebe Gott wäre einem von ihnen einfach überdrüssig geworden. Dann war auch Ferdl ein Stein auf den Kopf gefallen, und er sollte nie mehr in klaren Worten sprechen können.

Ferdl war an der Reihe.

»H-h-hafer, Hafer!«, sagte er und hob drei Finger über den Tisch.

»Jetz' hat der Depp was!«, stöhnte der Knecht.

»Soll er kommen!«, rief der Knabe aufgeregt.

Ferdl legte den Schellkönig. Der Vater nahm einen Schluck aus seinem Krug und rülpste zufrieden. Der Knabe und der Knecht hatten das Spiel verloren. Dem Knecht machte es weniger aus als seinem Mitspieler.

»Weißt, Bub, der Ferdl weiß nicht mehr, wie man redt, aber immer, wie man sticht«, tröstete er ihn und paffte von seiner Pfeife. »Oha. Und ein *Schneider* war es auch noch.«

Das bedeutete, sie hatten in dieser Runde kein einziges Spiel gegen den Vater und Ferdl gewonnen. Der Knabe kritzelte missmutig zwei dicke Kugeln auf das Zeitungspapier.

Ferdl blickte in die Runde, um sich zu vergewissern, dass alle ein neues Spiel wollten. Der Vater nickte. Der Knecht aber schüttelte den Kopf. Noch immer toste draußen der Sturm. Der Knecht war besorgt. Weniger um den Hausherrn, aber ehe dessen Ross nicht versorgt war, konnte er nicht zu Bett gehen.

»Vater, erzähl vom Bayernkönig!«, verlangte der Junge.

»Ein langer Laggl war's. Gern hat er's gehabt bei uns. Vor

allem da am Fernsteinsee. Am Ufer ist er gesessn, den lieben langen Tag. Und auf die Ruine im See hat er ein Schloss drauf bauen wollen. Stell dir vor, Bua, ein richtiges Schloss. Ein König musst sein«, schilderte der Vater mit glasigen Augen. An kaum etwas aus seiner Kindheit erinnerte er sich so gut wie an die vielen Besuche König Ludwigs II. in der Gegend.

»Ein Schinder war's, der Ludwig«, sagte der Knecht. »Jedes Ross hat der zamgritten.« Er wusste, wovon er sprach. Auf Rösser verstand sich der Knecht. Bis die Eisenbahn den Fuhrwerksverkehr über den Fernpass obsolet gemacht hatte, hatte der Alte jede noch so unbedeutende Mähre gekannt, die jemals über den Fern angespannt worden war.

Von Gamslechner war noch immer nichts zu hören. Jetzt blickte auch die Gamslechnerin mit sorgenvoller Miene aus dem Fenster. Das Schneegestöber hatte sich verstärkt. Die Flocken waren zahlreicher geworden.

»Wo ist *er* denn?«, wollte der Vater wissen.

»Sitzung beim Bürgermeister«, antwortete die Gamslechnerin, »heute hätt sollen die Konzession kommen vom Ministerium.«

»F-f-frisch?«, fragte Ferdl.

»Für die *Seilbahn*«, beantwortete der Vater die Frage von Ferdl. »Das hätt dem Ludwig gefallen. So ein Zeug!«

Der Knecht sah es wie der Vater, aber er hatte stets gut daran getan, nur seine Meinung zu Pferden abzugeben. Der Knabe konnte sich nichts unter einer Seilbahn vorstellen und Ferdl niemand davon erzählen.

»Eine Arbeit bringt's. Und die Fremden soll's anziehen«, erklärte die Gamslechnerin.

Alles, was Arbeit brachte, war gut, wusste der Knabe. Er verstand nicht, warum der Vater nicht begeistert war. Vielleicht wegen den Fremden. »Walsche!«, schrie er oft des Nächtens, aber auch »Der Feind! Der Feind!« oder »Lawine!«. Sogar im Sommer. Der Knabe fragte sich, wovon Ferdl träumte.

»Jetzt aber«, meinte die Gamslechnerin, als sie aus dem Fenster sah. Sie nickte dem Knecht zu. Der erhob sich und hüllte sich in den vom Ofen gewärmten Schal, ehe er die Stube verließ.

Durch das Stubenfenster sah man den Nebel aus den Nüstern des schwarzen Pferdes steigen. So nah war Gamslechner an das Haus herangeritten. Der Knabe stellte sich auf die Bank, um aus dem Fenster zu schauen. Er winkte Wilhelm Gamslechner zu. Für den Knaben war Gamslechner etwas, das einem König am nächsten kam. Er hatte Untergebene, ein Haus mit vielen Zimmern und mehr Rösser, als er zählen konnte. Man erinnerte sich, wer seine Eltern und Großeltern waren. Postmeister sei sein Vater gewesen. Achtunddreißig Rösser habe der gehabt. Kaiser hingegen mochte der Knabe nicht. Die führten Krieg und starben oder liefen davon, wenn es verloren war. Könige waren wie der Ludwig. Die machten die Welt schöner.

Der Knecht nahm das müde Pferd entgegen und verschwand mit ihm im Stall. Gamslechner kam direkt in die Gaststube, um sich am Ofen zu wärmen. Sein Schnauzbart war voller Eis und Schnee. Seine Frau langte nach dem schneebedeckten Hut. Kalte, rußige Luft strömte aus der Unterseite. Die weißen Flocken an der Krempe drangen mehr und mehr in den Stoff ein.

»Wir bauen sie«, sagte Gamslechner heiser, »die erste Seilbahn.«

3

Heute

Lähn. Wie das schon klang. *Dead End Lane.* Clemens Hugos persönliches Sackgassenerlebnis. Mit einer ausladenden Plastikbox stand er neben seinem Auto, auf das er eine Zeit lang würde verzichten müssen. Die Beamten hatten ihm angeboten, ihn mitzunehmen. Doch die Hemmschwelle für einen Bezirksanwalt, hinten in ein Polizeiauto einzusteigen, lag denkbar hoch. Also stand er jetzt neben der Bundesstraße und ließ sich mit dem Schneematsch der vorbeifahrenden Fahrzeuge anspritzen. Graue Tropfen salzgeschmolzenen Schnees sammelten sich schon auf dem Deckel der Box. Immerhin der einzige Deckel, den Hugo noch hatte.

Die anderen Fahrzeuge fuhren alle gerade einmal sechzig Kilometer pro Stunde. Manch ein Fahrer sah aus dem Fenster, und Hugo vermeinte Hohn in seinem Gesicht zu erkennen. Oder Verwirrung. Was stand da auch jemand mit einer Plastikbox im Schneematsch, fragten ihre Blicke, während sie nervös die Tachonadel im Auge behielten. Dabei hätten die anderen sich das streberische Einhalten des Sechzigers sparen können. Die beiden Polizisten waren gleich weggefahren, nachdem sie seinen Führerschein einbehalten hatten. Der hatte ihnen wohl gereicht. Für den jungen Polizeibeamten war es ein klarer Fall von »Auf Sie hab ich den ganzen Tag gewartet!« gewesen.

Und Hugo: »Deswegen bin ich so schnell gefahren, wie ich konnte.«

Beschämt starrte Hugo auf die immer größer werdende Pfütze Salzwasser auf der Box. Es reichte nicht, dass es schweinekalt war an diesem Morgen. Nein, er musste auch noch richtig schön mit Straßendreck bespritzt werden. Das Leben war ein ständiger Kampf, und dieses Mal hatte er ihn in jedweder Hinsicht verloren.

Der Verkehr nahm immer mehr zu. Hugo hingegen wusste immer weniger, was er tun sollte. Er betrachtete die vielen Autos mit Skiern auf den Dächern, deren Ziel klar die nächste Liftkassaschlange war, wo überteuerte Liftkarten verkauft wurden, damit man sich von einem Lift zum überteuerten Germknödel auf einer Hütte schleppen lassen konnte.

In einer Radiosendung war unlängst die Rede vom »Germknödel-Index« gewesen. Dabei handelte es sich um eine Vergleichsmethode für die Preisniveaus von Skigebieten. Hugo wusste, dass er sich hier in der Zugspitzarena in einer eher höher indexierten Gegend befand. Aber in seiner Situation hätte er jeden Preis für einen Germknödel bezahlt. Ihm wurde für einen Moment ganz warm, als er daran denken musste, wie sich der heiße Dampf von der Powidl aus der Mitte des Germknödels nach oben schlängelte, wenn man ihn zum ersten Mal anstach. Rundherum ein See aus Vanille und süßem Mohn. All diese Aromen stiegen einem gleichzeitig in die Nase, wenn man sich über einen Teller beugte. Traurigerweise war das Einzige, das Hugo aktuell ins Gesicht stieg, der Geruch eines schlecht katalysierten Diesels. Es kam vor, dass er sich in Situationen wie diesen ärgerte, dass er nicht mehr rauchte.

Aus dem Augenwinkel nahm er wahr, wie ein großer gelbgrauer Bus auf seiner Seite zu blinken begann. Dabei befand er sich an keiner Haltestelle. Hugo stapfte ein paar Meter durch den glasigen Salzmatsch zur Seite. Der Bus hielt auf der Fahrbahn. Hinter ihm begannen sich sofort die Fahrzeuge zu stauen. Der Busfahrer musterte Hugo eindringlich, als würde er ihn bei einem Verbrechen ertappen. Dann begann er zu winken. Irgendwie wütend. Als hätte Hugo den Bus bestellt und würde jetzt nicht einsteigen wollen. Hugo, der keine wirklichen Optionen an dieser Stelle hatte, kam der Aufforderung nach. Mit einem hydraulischen »Pffft« ging die Tür auf.

»Gepäck unten!«, raunte der Fahrer aus dem Ausschnitt seines blauen Busfahrerpullunders heraus. Hugo schaute nach beiden Seiten. Wo unten? Als wäre Hugo der unfähigste Mensch der Welt, klappte der Busfahrer mit bösem Blick seine Kabinentür auf und hatte urplötzlich eine frisch angezündete Zigarette im Mund. Hinter dem Bus begannen die ersten Autos zu hupen. Der Busfahrer trat die letzte Stufe in den Schneematsch herunter und nahm gemächlich zwei Züge seiner Zigarette, bevor er mit faltigen Fingern das Gepäckfach auf der Seite des Busses öffnete.

»Gepäck *da* unten«, sagte er, als würde Hugo kein Deutsch verstehen. Aus Sicht des Busfahrers war das offensichtlich eine Möglichkeit.

Hugo schob die Plastikbox hinein. Man konnte Schuhe, ein paar Pullover und ein Starthilfekabel erkennen. Er hatte das Notwendigste aus dem Auto mitnehmen müssen und dazu die Autobox als Koffer zweckentfremdet. Immerhin hatte er daran gedacht, den Wagenheber herauszunehmen. Hugo fragte sich, ob dem Fahrer klar war, dass die Box bei der ersten Kurve auf der Ladefläche herumrutschen würde. Der hingegen machte ohne weitere Anstalten die Klappe zu und nahm noch einen letzten Zug von der Zigarette.

Die Fahrzeuge hinter seinem Bus ließen ihn kalt. Auch wenn der Stau vermutlich schon zurück zum Fernsteinsee reichte.

Beide stiegen ein. Der Bus war voller Skifahrer, die Hugo erst jetzt wahrnahm. Über die Sitze ragte mal höher, mal niedriger jeweils ein Helm in einer anderen Knallfarbe. Als würden hier Dummies zu Verkehrssicherheitstests angeliefert.

»Ehrwald Bahnhof?«, vergewisserte sich der Busfahrer, als er sein Fahrscheingerät zu füttern begann. Noch immer stand der Bus und mit ihm der gesamte Verkehr in Richtung der Fernpassbundesstraße. »Du willst doch sicher zurück nach Innsbruck.«

»Woher weißt denn das?«, fragte Hugo erstaunt.

»Du hast mich vorher überholt. Dunkelblauer Oktavia, Innsbrucker Kennzeichen. Gleich nach der Spitzkehre. Ich hab gewusst, dass wir uns hier wiedersehen«, antwortete er trocken und tippte auf die Anzeige, wo der Preis für das Ticket aufleuchtete. Hugo gab ihm einen Zehn-Euro-Schein. Es dauerte eine gefühlte Ewigkeit, bis der Busfahrer das Wechselgeld parat hatte. »Jeder weiß doch, dass sie in Lähn stehen.«

»Wann geht es denn weiter?«, hörte Hugo einen deutschen Touristen mit grünem Helm und angelaufenen Brillengläsern fragen.

Der Busfahrer drehte sich mit strenger Miene um und zeigte auf die Plakette »Während der Fahrt nicht mit dem Fahrer sprechen!«.

Grüner Helm war still.

»Ein Junger gewesen, ha?«, wandte sich der Busfahrer wieder an Hugo, der in der freien ersten Reihe Platz genommen hatte. Hugo sah beschämt zu Grüner Helm. Doch der würdigte ihn durch den Nebel hinter seinen Gläsern keines Blickes. »Ob's ein junger Beamter war?«

»Ja, ziemlich jung«, antwortete Hugo.

»So sind s' halt, die Jungen. Die müssen knallhart sein. Die kennen nur die Regeln. Für Nachlässigkeit braucht's Erfahrung«, sinnierte der Busfahrer und setzte das Gefährt endlich in Gang. Erfahrung hatte der wohl ziemlich viel, dachte Hugo.

Die Busfahrt ging entlang verschneiter Felder nach kurzer Zeit in ein illustres Dorf hinein, das verheißungsvoll noch mit Weihnachtslichterketten beleuchtet war. Ehrwald. Obwohl es noch früh am Vormittag war, tummelten sich schon zahlreiche Urlauber mit Skistöcken auf den Straßen. Der Busfahrer hielt aber nicht für sie an. Er fuhr Hugo direkt zum Bahnhof. Dort ließ er ihn aussteigen und lud weitere behelmte Dummies ein.

»*Gepäck* nicht vergessen!«, erinnerte er ihn an die Box und daran, dass er in Garmisch auf die Mittenwaldbahn nach Innsbruck umsteigen müsse. Hugo nahm seine Box und winkte dem Bus schwach hinterher.

Der Bahnsteig war schneebedeckt, und Hugo war sich sicher, noch nie zuvor an so einem sauberen Bahnhof gestanden zu haben. Alles strahlte weiß. Sogar die dunkelgrünen Streukästen waren von einer dicken Schicht Schnee überzogen. An den

Seiten der eisernen Steher wucherte das Eis im Nordwind wie ein parasitärer Pilz an einem Laubbaum. Von den Bahntrassen waren nur zwei glänzende Schienen zu sehen. Die vorangegangenen Zugmaschinen hatten sie immer wieder freigepustet und den Schnee zu beiden Seiten der Schienenstränge aufgeworfen.

Hugo stellte ernüchtert fest, dass er den letzten Zug gerade verpasst hatte. Nach Studium des Fahrplanes wurde ihm klar, dass er auf den nächsten fast zwei Stunden warten musste. Er stellte die Box neben sich auf eine Wartebank.

Während er so dasaß und auf das Vergehen von zwei Stunden wartete, wurde ihm wieder bewusst, dass er nicht nach Hause konnte. Sie war bestimmt noch da. Deswegen war er ja weggefahren. Er hatte es für eine gute Idee gehalten, sich einmal das Auftaktspringen der Vierschanzentournee in Oberstdorf anzusehen. Das hatte er schon ewig geplant. Daraus wurde jetzt auch nichts. Genauso wenig wie aus ihm und Sarah.

Was sollte er also tun? Hierbleiben? Während sich die Sonne langsam im Tal ausbreitete und der Hochnebel sich verzogen hatte, konnte Hugo sich für diesen Gedanken sogar erwärmen. Er hatte weitere zwei Wochen frei. Tatsächlich könnte er hier Urlaub machen. Tausende anderer machten das auch. Mit klammen Fingern zog er sein Handy aus der Jackentasche. Neun Prozent Akku. Er öffnete eine Buchungsseite und suchte nach Einzelzimmern in der Gegend. Maximal eineinhalb Kilometer Radius. Er hatte kein Auto. *Cookies annehmen.* Acht Prozent Akku. *400 m vom Skilift. Zentrum. Nur noch ein Zimmer frei.* Sieben Prozent Akku. Okay, das musste er nehmen. *Anreise/Abreise 28. Dezember bis 12. Jänner.* Sechs Prozent Akku. *Kein Storno möglich. Bestätigen, bestätigen.* Nach Verarbeitung der Zahlungsdaten drei Prozent Akku. *Wir wünschen einen schönen Aufenthalt im *****Hotel Gamslechner Hof.*

Zum Orientieren reichte der Ladestand des Akkus nicht mehr aus. Da hatte »Zentrum« gestanden, und er hatte ein Bild gesehen. Ein opulenter Bau wie der des Hotels Gamslechner

Hof wäre wohl kaum zu übersehen, dachte er und suchte nach dem Kirchturm. Der stand immer im Ortszentrum. Gamslechner. Der Name kam ihm bekannt vor, aber er wusste ihn gerade nicht einzuordnen. Gamslechner. Gamslechner. Gamslechner. Nein, es wollte ihm nicht einfallen. Er steckte das Handy ein und machte sich auf den Weg, eineinhalb Kilometer ins Ortszentrum. Die Hände fielen ihm vom Tragen seiner Plastikbox vor Kälte fast ab. Sarah hatte auf der Box bestanden, damit der Kofferraum aufgeräumt aussehe. Seither fiel das Ding bei jeder Kurve gegen die jeweils andere Seite des Kofferraums. Soll sie ihm noch einmal vorwerfen, er liebe sie nicht.

Das Hotel Gamslechner Hof konnte man tatsächlich von Weitem ausmachen. Ein riesiges Gebäude voller Prunk aus der Frühzeit der Sommerfrische. Gut und gerne fünf Stockwerke zur Straßenseite hoch und mit kunstvoll verziertem Giebel, romantischen Erkern und geräumigen Balkonen neben einem hell verglasten Neubau. Hinter dem Hauptgebäude konnte man in der kalten Luft den beheizten Außenpool dampfen sehen.

Hugo betrat die Lobby. Noch nie zuvor war er in einem so noblen Hotel abgestiegen. Beinahe eingeschüchtert trat er an die Rezeptionistin heran, die seine Buchung bearbeitete. Sie musste das Burgfräulein hier sein. Ebenmäßige Haut, große blaue Augen und die Haltung einer Ballerina. Das aufwendige Dirndl tat sein Übriges dazu, um alle ihre Vorzüge zu unterstreichen. Gleich nachdem er seinen Namen genannt hatte, begann sie mit dem für Rezeptionsangestellte üblichen Sermon, der so schnell war, dass man die Inhalte gar nicht erfassen konnte. In einem freundlichen Singsang erklärte sie ihm, mit welchem Lift er in den wievielten Stock musste und um welche Uhrzeiten Mahlzeiten angeboten wurden. Hugo konnte sich nichts davon merken. Er würde es in der Hotelinfo nachschauen müssen.

»Und dort hinten ist die Hotelbar, bitte seien Sie auf einen Welcome-Drink eingeladen.« Letzteres hatte er unzweifelhaft richtig verstanden. Er nahm ihr die Schlüsselkarte aus der Hand und wollte sich schon umdrehen, als sie noch ergänzte: »Wir bringen selbstverständlich Ihr Gepäck aufs Zimmer, wenn Sie gestatten!«

Dann kam ein rot uniformierter Hotelangestellter und stellte die Plastikbox, ohne die Miene zu verziehen, auf seinen Transportschlitten. Das Letzte, was man davon sah, war das rote Ende des Starthilfekabels, als sich die Lifttüren schlossen.

4

1925, am Fuß der Zugspitze

Ferdl rannte. Aus der Entfernung hörte er die Detonationen vom Berg. Eine Sprengladung nach der anderen ging hinter ihm hoch. Der Donner hallte von einer Talseite auf die andere. Jeder Knall war begleitet von einem Hagel aus Gestein, der polternd zu Boden fiel und sich mit dem übrigen Gestein knirschend vermengte. Sie hatten ihn längst gesehen. Er musste schnellstens zurück ins Dorf. Wenn sie ihn erwischten, gäbe es kein Pardon für ihn. Für Ferdl galten keine Ausreden. Wie hätte er sich auch rausreden können?

Das dürre Geäst knackte unter jedem seiner weiten Schritte. Tief hängende Äste schlugen ihm ins Gesicht. Seine Augen tränten. Er befand sich in einem lichten Waldstück am Weg von der Baustelle ins Dorf. Das verdorrte Moos wurde stückchenweise von seinen Schuhen aufgewirbelt und hinterließ Löcher im Waldboden. Das machte es ihnen noch leichter, ihm zu folgen. Sie waren ihm ohnehin schon dicht auf den Fersen. Er konnte bereits ihren schweren Atem vernehmen, und er spürte den Zorn ihrer Blicke im Rücken. Kein Pardon. Das hatten sie versichert. Mit keinem. Er konnte nur hoffen, dass ihre Hacken und Schaufeln sie langsam machten und am Weg durch den Wald behinderten. Ein weiterer schwerer Donner erschreckte Ferdl so sehr, dass er das Gleichgewicht verlor und auf den weichen Waldboden stürzte. Als er sich aufgerappelt hatte, sah er sie. Sie hatten ihre Gerätschaften zurückgelassen. Das hieß, sie wollten ihn mit bloßen Händen umbringen. Immer näher kamen sie, immer näher.

»Da ist er, der Depp! Gleich haben wir dich, Elender!«, rief dem Giebler Schorsch sein bulliger Kettenhund.

Schorsch Giebler machte sich seine Hände nicht schmutzig.

Für die Drecksarbeit hatte er Armin. Der verfügte über den Nacken eines Stiers und die Boshaftigkeit einer Wespe. Und rennen konnte der auch noch, wie Ferdl jetzt unglücklicherweise feststellen musste. Drei oder vier waren es wohl mit Armin, die hinter ihm her waren. Wenn der einen in die Finger bekam, dann tat es weh. Richtig weh. Ein Tischlergeselle aus Nassereith hatte Armin vor ein paar Monaten herausgefordert, und obwohl dieser Geselle ein ordentliches Mannsbild gewesen war, hatte Armin kurzen Prozess mit ihm gemacht. Nach dem ersten Faustschlag hatte der Geselle sich nicht einmal mehr wehren können. Die restlichen zehn Hiebe waren Armin reines Vergnügen gewesen. Mit einem Grinsen hatte er breitbeinig über ihm gestanden und einfach immer wieder mit der Faust auf ihn eingeschlagen. Es war, als ob er gar nicht wusste, dass er einen umbringen könnte. Und irgendwann, da würde er sicher auch einen umbringen. Wahrscheinlich auf Geheiß von Giebler.

Durch die Bäume konnte Ferdl schon die ersten Städel des Ortes ausmachen. Sie vermochten ihm keinen Schutz zu bieten, aber sie bedeuteten, dass er nicht mehr weit vom Dorf entfernt war.

»Jetzt bleib doch stehen, du Depp! A bissle reden wollen wir!« Nur der Hohn von Armin kam noch schneller voran als er und seine Freunde.

»Hahaha!«, lachten sie schallend. »Reden! Mit dem da! Hahaha!«

Ferdl kümmerte niemanden, das wussten alle. »Der Depp. Um den ist es nicht schad.«

Nur August hatte sich seiner angenommen, als er auf der Straße gestanden hatte. Sein eigener Vater hatte Ferdl nach dem Tod seines Bruders nicht mehr im Haus haben wollen. Er hatte ihm allein die Schuld an der unseligen Idee mit dem Pferdeschmuggel gegeben, und Ferdl schuldete ihm jetzt nicht nur einen Sohn, sondern auch einen zweiten, denn übrig von seinen zwei Söhnen war nur mehr ein Depp. August hatte Erbarmen gehabt mit ihm, nahm ihn mit zur Gamslechner-Wirtschaft, wo er ihn zu seinem Partner beim Watten gemacht und Gamslechner ihm eine Arbeitsstelle bei der Seilbahn verschafft hatte. Eine, wo man nicht reden hatte müssen. Nur hacken und wegtragen. Auch August hatte eine Arbeit bekommen, dann saß er nicht den ganzen Tag bei der Gamslechnerin, und der Knabe hatte in die Schule gehen können, dass ein Seilbahningenieur aus ihm wird. Aber August war nicht mehr. Und das nicht einmal wegen einem wie Schorsch Giebler. Der Feind hatte August genommen. Seinen langen Arm hatte er über die Dolomiten herauf ausgestreckt und August Jahre nach Ende des Krieges erledigt.

Ferdl rannte immer schneller. Armin durfte ihn nicht erwischen. Was würde dann nur aus dem Knaben von August werden? Dann hätte der gar niemanden mehr. Nein. Ferdl musste heute wohlbehalten nach Hause kommen und ihm die Schwielen vom Tagwerk zeigen. So wie jeden Abend, wenn er sich nicht auf den höheren Baustellen am Berg verdingte und in einer der Baracken knapp unterhalb des Gipfels wohnte. Die Arbeiten am Gipfel waren besonders hart und gefährlich. Die Kälte und die ständige Gefahr abzustürzen. Der Steinschlag. Die Lawinen. Das karge Essen. Keiner schätzte es besonders, unter diesen Bedingungen zu arbeiten. Aber die Arbeit war Ferdl wichtig, deswegen ließ er sich überall bereitwillig einteilen für den einen Schilling Stundenlohn. Und wäre die Arbeit Ferdl heute nicht auch so wichtig gewesen, dann hätte er nicht Armin am Hals gehabt.

Vielen erging es so wie Ferdl. Sie waren angewiesen auf die Arbeit an der Seilbahn und auf jeden Groschen, den sie dort verdienen konnten. Daher erwischte es sie auch mit voller Wucht, als es hieß, die Bahn sei fast fertig und mehr als die Hälfte der Arbeiter könne gehen. Das betraf überwiegend fremde Arbeiter, wie Schorsch Giebler aus dem Schwabenland. Die aus den umliegenden Ortschaften hingegen sollten weiter beschäftigt werden. Das nahmen Schorsch und andere als Anlass, um unter den Arbeitern Zwietracht zu säen. Als es dann noch zu Unstimmigkeiten bei den angekündigten Lohnerhöhungen der Arbeiter gekommen war, hatte Schorsch einen Streik angezettelt. Gleichzeitig wurden Arbeitswillige angefeindet und in Aussicht gestellt, kein Pardon walten zu lassen, wenn sie einen an der Baustelle antrafen. Bei den aufgebrachten Streikteilnehmern handelte es sich um weit mehr Leute als das Dutzend Gendarmen, das geschickt worden war, um für Ordnung und den Schutz der Anlagen zu sorgen. Einheimische Streikbrecher waren den Streikenden ein besonderer Dorn im Auge. Und was Ferdl anging, auf den hatten sie es sowieso längst abgesehen, weil der Depp doch der Günstling von Gamslechner selbst war, und kaum einer war in ihren Augen ein größerer Repräsentant der herrschenden Klasse als er. Darum verbreiteten sie auch das Gerücht, Gamslechner sei für die Lohnkürzungen verantwortlich, weil er mit dem Ersparten ein Hotel auf dem Gipfel bauen wollte. Aber diese Arbeit sollte nicht den fremden Arbeitern zugutekommen, nur den einheimischen. Mit der Erklärung, dass es aber die Leiharbeitsfirma war, die die Lohnmisere zu verantworten hatte, da sie als Basis der versprochenen fünfzehnprozentigen Lohnerhöhung niedrigere Sätze heranziehen wollte und das im Grunde einer Lohnkürzung gleichkam, wollte sich die Menge um Schorsch nicht zufriedengeben. Nicht einmal der Bürgermeister, den sie als einen der ihren ansahen, vermochte es, sie zu beschwichtigen. Zu groß war ihr Zorn geworden, als die Seilbahn ein Leben um das andere gefordert hatte. Zu kalt war es auf den ausgesetzten Felsvorsprüngen des Wettersteins. Zu hungrig waren sie in den eisigen Nächten schlafen gegangen. Für sie trug allein Gamslechner die Schuld an ihrer Situation, und da der für sie unerreichbar war, würden sie es am Ferdl auslassen.

An ausgedünnten Stellen des Waldes lag vereinzelt noch Schnee. Es waren dürftige Flecken, als hätte man saure Milch ausgegossen, und nur die weiße Schlacke war an manchen Stellen nicht in den Boden eingesickert. Ferdl spürte seinen Körper nicht. Längst hätten ihm die Knie schmerzen müssen oder die

Oberschenkel brennen. Nur das Blut pulsierte durch seinen Schädel und rauschte in seinen Ohren. Ferdl konnte nicht sagen, ob es nicht vielleicht doch der Talwind war, der um ihn eingesetzt hatte. Ein kühler Wind, der die Ortschaften im Tal daran erinnerte, dass in diesen Gefilden die Berge das Wetter machten. Wetterstein.

Und da, mitten in einer Böe, traf es ihn ins Schulterblatt. Es brachte seine Schritte aus dem Takt. Er strauchelte, ging in die Knie, und er spürte die Nässe des Bodens den Stoff seiner Hose durchdringen. Einer von ihnen hatte einen Stein geworfen. Und getroffen.

Ferdl schloss die Augen, er wollte beten: »Sch...sch... schtisch... Doppel. Oh.«

Für ihn war es ein aufrichtiges Gebet voller huldvoller Worte.

Für Armin, der den Stein in den Händen hielt, eine einzige Aufforderung.

5

Heute

Der folgende Morgen war für Hugo kein Grund gewesen, das Bett zu verlassen, auch wenn er schon seit Tagesanbruch wach lag. Traktoren und Gemeinde-Unimogs taten draußen ihre Pflicht auf den frisch verschneiten Straßen. Hugo hörte, wie Traktorschaufeln über den Asphalt geschoben und ausgekippt wurden. Immer wieder fuhren sie vor und zurück, nahmen Schnee auf und entluden ihn auf größer werdenden Haufen. Dabei schepperten ihre Schneeketten, und geräuschvoll presste sich das Profil ihrer überdimensionierten Reifen in den trockenen Neuschnee. Ganz leicht wurde ihr oranges Signallicht von der Zimmerdecke aufgefangen. Es musste viel geschneit haben.

Nach einigen Minuten entfernten sich die Fahrzeuge, um andernorts Schneeberge aufzutürmen. Manch einer hätte sich vielleicht durch die lauten Motoren gestört gefühlt. Nicht so Hugo. Es gab einiges, womit er sich an diesem Morgen vertraut machen musste. Die Stille, die das entschwindende Brummen gemeinsam mit Schneebergen zurückgelassen hatte, gehörte ebenso dazu wie das unbekannte Rauschen der Leitungen im Haus. Das Schlimmste war aber, dass er es nicht gewohnt war, allein aufzuwachen. Jemand anderem beim morgendlichen Herumwälzen zuzusehen hatte etwas Meditatives. Er konnte dabei genüsslich wegdämmern. Morgens einsam im Bett zu liegen erzeugte bei Hugo Hektik. Da signalisierte einem niemand, dass man sich an keinem anderen Ort aufhalten musste. Dass man genau da, wo man war, richtig war. Nein, wenn man allein aufwachte, dann musste man seinen Platz erst finden. Dann brauchte man eine Idee oder zumindest eine Vorstellung davon, was die ersten Schritte eines Tages waren. Und genau über diese Schritte wollte Hugo sich nicht klar werden müssen.

Also verharrte er, solange er konnte, am Rücken liegend in dem viel zu warmen Bett mit der Hirschbettwäsche. Wäre es nach ihm gegangen, hätte man das Zimmer »Hirschzimmer« nennen müssen. Überall waren abstrahierte springende, äsende oder kämpfende Hirsche abgebildet. Auf der Bettwäsche, der Tischdecke, den Bezügen des Fauteuils. Nur auf den Vorhängen nicht. Die waren chalethüttenrot-weiß kariert.

Lediglich fürs Notwendigste stand er ein paarmal auf. Er dachte daran, den »Bitte nicht stören«-Aufhänger an der Türschnalle anzubringen. Dabei hatte er schon von Weitem das Klappern nicht geschlossener Schnallen von Skischuhen vernommen. Diese Geräusche schwollen gegen neun Uhr stark an, um dann wieder völlig abzuklingen.

Er warf einen Blick aus dem Fenster. Vor ihm türmte sich das Wettersteinmassiv auf, dessen höchster Gipfel die Zugspitze war. 2.962 Meter und damit der höchste Berg Deutschlands. Die Grenze zwischen Österreich und Deutschland verlief gerade über den Westgipfel des Berges. Hugo fiel ein, dass er mal gehört hatte, dass der österreichische Kaiser Franz Josef den Ostgipfel der Zugspitze an Deutschland verschenkt haben soll. War ja nicht einmal ein Dreitausender, dachte sich Hugo. Aber es war nur eine Legende. In Tirol war einem Deutschen noch nie etwas geschenkt worden. Für Hugo sah der Berg klobig aus, wie er so isoliert in der Landschaft stand. Er erinnerte ihn stark an den großen Backenzahn eines Hundes. Über den bewaldeten Fuß des Berges, der sich wie Zahnfleisch um dessen Saum schmiegte, stachen steile Felswände empor. Die Gratlinie war gespickt mit zahlreichen Gipfeln, die aus Hugos Perspektive höher aussahen als der eigentliche Zugspitzgipfel. Wenn er dem Kartenmaterial, das im Flur ausgehängt war, Glauben schenken konnte, dann war das Wettersteinmassiv Teil der Nördlichen Kalkalpen. Im Westen und Norden vom Loisachtal, im Osten von der Isar und im Süden von der Leutasch und dem Gaistal begrenzt. Von Ehrwald aus führte die Tiroler Zugspitzbahn direkt auf den Gipfel der Zugspitze. Auch von deutscher Seite gab es eine Seilbahn und sogar eine Zahnradbahn. Die einzige Qual an einer Zugspitzbesteigung lag heutzutage dann wohl in der Wahl des Fortbewegungsmittels.

Sarah hätte es gefallen, auf den Gipfel hinaufzugondeln. Ski fahren. Fünf-Sterne-Hotel. Den Tag verschlafen. Schon komisch, dass er dies alles jetzt ohne sie machte. Eigentlich hatte er nie wieder etwas ohne sie machen wollen, seitdem sie in die Wohnung gegenüber eingezogen war.

Hugo verbrachte die Stunden abwechselnd mit Nickerchen, Fernsehen und Chips aus der Minibar. Am Nachmittag aber gewann der Hunger, und er ließ sich in der Hotelbar einen Toast zubereiten. Aber auch dort ganzjährige Deko-Hirschbrunft. Und nicht nur die. An den Wänden hingen ringsherum echte Geweihe, sodass Hugo das Gefühl bekam, in das Mexican-Stand-off einer Rotwildauseinandersetzung geraten zu sein.

Hugo hatte sich an ein abgeschiedenes Nischentischchen gesetzt. Hinter ihm hingen Schwarz-Weiß-Bilder, die die Geschichte einer Flugzeuglandung auf der Zugspitze im Jahr 1922 erzählten. Damals hatte es noch keine Seilbahnen auf den Gipfel gegeben. Daneben war ein Zeitungsbericht angebracht, wonach sich der auf der Zugspitze dienstversehende Meteorologe von den Piloten hatte frisches Fleisch und Senf mitbringen lassen. Es gab aber noch weitere Zeitungsberichte, wie den, der vom Brand des Kammhotels an der Zugspitze im Jahr 1962 berichtete, oder den von dem verheerenden Lawinenunglück am Zugspitzplatt nur wenige Jahre danach. Nun war es aber vier, und Hugo wandte sich von den historischen Bildern ab, um sich dem zu widmen, weswegen er gekommen war. Er fragte den Barmann, ob es möglich sei, das Programm auf dem Fernseher zu wechseln, und bestellte ein weiteres Bier, als die Vorberichterstattung zum Skisprungwettkampf begann.

Es dauerte nicht lange, bis die bislang fast leere Hotelbar sich zu füllen begann. Die Leute kamen jetzt zum Après-Ski und erzeugten ein undurchdringliches Stimmengewirr, sodass Hugo von den Kommentatoren nicht mehr viel hören konnte.

Es reichte ihm aber aus, wenn er die Namen lesen und sehen konnte, wie nah die Athleten der grünen Linie entgegensprangen.

»Entschuldigen Sie bitte, könnten Sie mir sagen, ob der Oberstdorfer schon gesprungen ist?«, wurde Hugo plötzlich gefragt. Hugo sah auf und erwiderte den freundlichen Blick eines Sportfans.

»Nein, Sie kommen gerade recht! Setzen Sie sich doch zu mir!«, bot Hugo an. »Ich bin der Clemens!« Er biss sich auf die Zunge. Es hatte nicht an ihm gelegen, das Du-Wort anzubieten. Das universale tirolerische Du-Wort galt nicht für Deutsche. Da war schließlich jeder mit jedem per Sie.

»Gern, danke! Ich heiß Kerstin. Kerstin Schlegele. Was trinkst du da, Clemens? Hausbier?«, fragte Kerstin und machte Anstalten, an die Bar zu gehen.

Hugo nickte dankbar. Auch dafür, dass sie seinen Etiketten-Fauxpas entweder nicht bemerken wollte oder taktvoll überspielte. Sie kam mit zwei vollen Gläsern wieder zurück. Dabei hatte sie den Bildschirm nicht aus den Augen gelassen. Ein polnischer Sportler hatte gerade einen ausgezeichneten Sprung hingelegt.

Der Österreicher und die Deutsche sahen wenig amüsiert zu, wie ein Norweger das Auftaktspringen in Oberstdorf gewann. Hugo hatte zum Trost eine weitere Runde holen müssen. Kerstin war fast direkt von der Piste in die Bar gekommen. Sie hatte zwar keine Skikleidung mehr an, aber am Farbunterschied in ihrem Gesicht konnte man das erkennen. Ihre Wangen waren noch immer gerötet. Das Haar leicht zerzaust und ihre Bewegungen von der Kälte leicht steif. So wie Hugos Finger noch von der Kiste vom Vortag.

»Du bist gar nicht zum Skifahren hier?«, wollte Kerstin wissen.

»Sieht man das? Ich war eigentlich auf dem Weg nach Oberstdorf«, antwortete er und deutete mit dem Kinn auf den Fernseher, um zu untermauern, dass er sich den Wettkampf hatte aus nächster Nähe ansehen wollen. »Dann ist mir vor Ehrwald das Auto eingegangen, und ich hab mich kurzerhand für Urlaub entschieden«, log Hugo. Er fand, diese Lüge ließ ihn lässig ungebunden wirken.

»Ich komm selber aus Oberstdorf. Für das Event muss ich nicht dahoim sein. Sind mir zu viel Leute. Hier in Ehrwald bin ich ja eigentlich auch nicht zum Skifahren, sondern beruflich. Ich arbeite für die Allgäuer Allgemeine und recherchiere für einen Artikel über die Fernpassmaut.«

»Davon hab ich gehört. Ich müsst dann vierzehn Euro über den Fernpass zahlen.« Zusätzlich zu der horrenden Strafe und den übrigen Kosten, die ihn erwarteten, wenn er seinen Führerschein zurückhaben wollte, fiel ihm ein. Er nahm schnell einen Schluck von seinem Bier, um den bitteren Geschmack zu vertreiben.

»Ja, jedes Mal vierzehn Euro. Zusätzlich zu eurer Autobahnvignette. Da wird's teuer, wenn unsereins mal an den Gardasee will.«

Obwohl Kerstin ungefähr in Hugos Alter war, ließ sie diese Knausrigkeit richtig alt wirken. Sarah war kein bisschen geizig gewesen. Sie hatte Hugo immer gescholten, wenn er zu wenig Trinkgeld geben wollte.

»Aber die Vignette zahlen wir ja auch«, beschwichtigte Hugo.

»Noi, das ist nicht das Gleiche. Wir sind ja so gut wie einheimisch hier. Da sollt's neben den Außerfernern auch eine Ausnahme fürs Allgäu geben. Dafür möchte sich die Lokalpolitik bei uns einsetzen.«

Hugo konnte sein amüsiertes Schmunzeln gut zurückhalten.

»Da kommt mir ein Rechercheaufenthalt hier im Hotel Gamslechner Hof aber extra umfangreich vor«, antwortete Hugo. Dafür besaß sie immerhin das nötige Kleingeld. Er hatte wieder Glück, dass sie diese flapsige Frage geflissentlich überging.

»Weißt, ich hab der Redaktion eine umfassende Reportage

zum Fernpass vorgeschlagen. Das war mal *die* Verkehrsverbindung von Venedig nach Augsburg. Du würdest dich wundern, wer alles hier hat durchmüssen auf seinen Reisen. Goethe zum Beispiel.«

Hugo staunte nicht schlecht. Manch einer hielt das Außerfern tatsächlich für das Ende der Welt. Aber der Goethe war hier gewesen. Schau, schau.

»Die Verbindung vom Inntal hier herauf ist historisch so wichtig, dass sogar drei verschiedene Straßen über den Fernpass führen. Eine ist keine geringere als die Via Claudia Augusta – eine Römerstraße, die fast kerzengrade über den Pass geht. Eine andere Straße stammt aus der Zeit eurer großen Landesfürsten, als man Fernstraßen noch als verlängerten Arm der Macht betrachtet hat und nicht als lautes, stinkendes Ärgernis.«

»Früher Macht der Landesfürsten, heute Ohnmacht der Tiroler Politik«, fügte Hugo süffisant hinzu.

»Die Leute haben profitiert von den Handelswaren und den Reisenden. Die Gamslechners hier, die sind reich geworden mit der Postkutsche über den Fernpass. Und damit haben s' vor hundert Jahren auch am Bau der Zugspitzbahn mitfinanziert!« Kerstin war sichtlich stolz auf die Ergebnisse ihrer Recherche.

»Und heute sind's aber die absoluten Transitgegner«, warf Hugo ein, bei dem der Groschen gefallen war, woher er den Namen Gamslechner kannte: »Gerade diese Postkutschen-Gamslechners sorgen beim Thema Transit innerhalb ihrer eigenen Touristikervereinigung immer wieder für Unmut.«

»Touristikervereinigung? Du meinst diesen Steinbockgipfel?«, vergewisserte sie sich.

»Ja, so nennen sie sich. Sämtliche einflussreichen Tiroler Seilbahner und Hoteliers sitzen dadrin und bestimmen maßgeblich die Geschicke der Tiroler Tourismuspolitik.«

»Österreichische Politik wird mir schnell zu unübersichtlich. Aber diese Familie tut sich da schon besonders hervor. Normalerweise ist es halt bei Zusammenschlüssen wie diesem Steinbockgipfel so, dass niemand aus der Reihe tanzen darf, weil man sonst bei den Aufträgen durch die Finger schaut. Die Gamslechners lassen sich davon anscheinend nicht sonderlich beeindrucken. Ein bisschen leicht reden haben sie schon, wenn man bedenkt, dass deren Gäste auch über Garmisch anreisen können und die Fernpassbundesstraße nicht unbedingt brauchen. Darum können die es sich auch leisten, gegen diese Maut zu sein. Derweil sind sie ja gar nicht gegen die Bemautung selber. Nur dagegen, dass man mit den Einnahmen dann den geplanten Fernpasstunnel verwirklicht, weil das nur noch mehr Verkehr anziehen würde«, erzählte Kerstin.

»Mit Straßenausbau ist es halt, wie wenn man einen Kanal gräbt und bei Regen glaubt, das Wasser fließt außenrum«, antwortete Hugo. Er selbst war Leidtragender des Transits. Von seinen Eltern hatte er ein schmuckes Häuschen an den Hängen des Inntales geerbt, das er dann gemeinsam mit Sarah bezogen hatte, und seit sie dort lebten, verursachte ihm das Dauergebrumme des Schwerverkehrs auf der tieferliegenden Inntalautobahn einen dicken Kopf.

»Lass allat gong, s' hot's allat dong«, lachte jetzt Kerstin. »Hat meine Oma immer gesagt. Man soll alles so lassen, wie es ist.«

»Auf die Großmama!«, prostete Hugo ihr zu.

»Broschd!«, allgäuerte Kerstin.

Und in diesem Moment dachte Hugo darüber nach, dass Sarah nie etwas für Skispringen übriggehabt hatte. Oder Innenpolitik.

Hugo und Kerstin setzten ihre Unterhaltung den ganzen Abend hindurch fort. Sie unterhielten sich über alles, was ihnen einfiel, und plauderten frei von der Leber. Hugo war in seinem Element. Plaudern. Hier eine Anekdote, da ein Reisebericht. Man hörte ihm einfach gern zu und ließ sich selbst auch wieder etwas erzählen. Kerstins Geschichten waren ebenso sympathisch wie sie selbst. Sie kam viel herum, und im Gegensatz zu Hugo genoss sie es, beruflich unterwegs zu sein.

Als sich in der Hotelbar die Reihen dann gegen Mitternacht

lichteten, fand sich ein kleines Grüppchen um Hugo und Kerstin zusammen, die den Tag nicht aufgeben wollten. Zu den beiden gesellten sich die deutschen Urlauber Ulrich und seine Lebensgefährtin Theresa – ein Pärchen in den besten Jahren – sowie der Familienvater Emanuel, der sich von der Trennungsszene seines jüngsten Kindes beim Absetzen im Skikurs noch nicht erholt hatte.

Sie hatten Kerstin und Hugo zunächst für ein Paar gehalten. »Es steht mir leider nicht zu, mich mit dieser Blume zu zieren!«, stellte Hugo klar, wobei Kerstin angesichts der schmalzigen Wortwahl leicht errötete.

Es könnte aber auch am Alkohol gelegen haben. Ulrich und Theresa starteten die Konversation mit einem Lob auf die Gegend und wie angetan sie von den spitzen Berggipfeln, dem Skiwetter und dem täglich aufgefrischten Schnee waren. Hugos Patriotenherz klopfte daher zwei Schläge höher, und er ließ eine Runde springen. Die Deutschen ließen sich gern auf den von ihm bestellten Enzian einladen, der in Gegenwart des Barmannes dann in den Himmel gelobt wurde, in Wirklichkeit aber trocken die Kehle hinunterbrannte.

»Das Einzige, was uns hier negativ auffällt«, begann Theresa mit der Sprache herauszurücken, »ist, dass man überall fürs Parken bezahlen muss, obwohl man ja ohnehin einen Skipass besitzt.«

»Warum benutzt ihr nicht den Shuttle? Wir nehmen immer nur den Shuttle. Kinder mit Skischuhen brauch ich in der Nähe meines Autos genauso wenig wie diese Kühe, die auf dem Weg ins Tannheimer Tal auf der Straße stehen«, fragte Emanuel.

Ulrich fiel fast das Bierglas aus der Hand: »Ja, die kennen wir auch. Eine Katastrophe ist das. Und der ganze Dreck, den die auf der Straße liegen lassen. Dabei sucht man im Tannheimer Tal völlig vergebens nach einer Waschstraße. Da fragt man sich schon, was sich diese Tiroler denken.«

Das brachte Kerstin leicht in Verlegenheit. »Das ist kein Tiroler Vieh. Das kommt aus dem Allgäu. Da gibt's Weiderechte für die Pfrontner, die so alt sind, dass eigentlich keiner mehr weiß, woher das stammt.«

»Dafür haben die Tiroler den Bayrischen Löwen erschossen!«, warf Theresa mit gespielter Empörung ein.

Hugo wusste nichts damit anzufangen. Er erinnerte sich nur an JJ1. Ein Braunbär, den man vom Boulevard als »Bruno« gekannt hatte. Er war vor ein paar Jahren von Italien kommend durch Tirol nach Bayern gezogen. Sarah hatte sich damals vor lauter Angst vor dem umherstreifendenden Bären nur noch in Gegenden gewagt, wo es Gartenzäune gab. Nicht mal neben der A 12-Inntalautobahn hatte sie noch spazieren wollen. Davon hatte sich Bruno nämlich auch nicht beeindrucken lassen. In Spitzbergen durften die Bewohner ihre Häuser nicht abschließen, damit Menschen sich jederzeit vor Eisbären in Sicherheit bringen konnten. Da im ländlichen Tirol die Häuser auch grundsätzlich unversperrt waren, führte Sarah den Gartenzaunradius ein. Sarah hatte aus dem Wohnzimmer gehen müssen, wenn Landwirte Schafe mit abgerissenen Mündern in die Kamera gehalten hatten. Und später hatte sie geweint, wie Bruno tot und erschossen wie ein dicker Pelzmantel am Boden gelegen hatte. So war Sarah.

»Wir haben uns heute mit ein paar Einheimischen unterhalten. Die haben uns erzählt, dass 1958 bei Fotoaufnahmen am Eibsee tatsächlich ein Löwe entkommen ist. Der ist hierher nach Ehrwald gewandert und erlegt worden«, erzählte Theresa mit traurigem Gesicht.

Auch Kerstin sah traurig aus. »Dass man den nicht einfach nur eingefangen hat!«

»Das Walross in Oslo haben sie auch erschossen, anstatt es umzusiedeln!«, warf Emanuel ein. Er dachte an die Skischuhe seiner Kinder und an seinen Tesla und deutete in diesem Fall Verständnis an: »Das hat die Boote im Hafen als Schollen verwendet und dabei ziemlich ramponiert!«

»Da ist man doch sicher wie bei Wildschäden versichert!«, behauptete Theresa.

Die Runde blickte sie fragend an. Keiner von ihnen besaß ein Boot und hatte Ahnung davon, ob Walrossgewalt Gegenstand von Bootsversicherungen darstellte.

»Da kenne ich einen Witz!«, rief Hugo und bewahrte Theresa vor einer länger dauernden Stille, in der sich die Übrigen fragen konnten, ob sie es ernst mit der Versicherbarkeit von Walrossschäden meinte. »Also, einer ruft seinen Chef an: ›Chef, ich kann nicht kommen! Ich hatte einen Wildunfall.‹ Und der Chef ist ganz verständnisvoll und will wissen, was er angefahren hat, und der Angestellte sagt«, Hugo legte eine Kunstpause ein, »einen Fisch!«

Alle lachten laut auf, außer Ulrich, der den Witz offensichtlich nicht verstand.

»Weil er in einen See gefahren ist!«, johlte Theresa. Jetzt musste pflichtgemäß auch Ulrich lachen.

Der Barkeeper polierte Gläser und verdrehte die Augen. Ihm wäre es lieber gewesen, hätte es die Runde nicht so lustig gehabt, dann hätte er Schluss machen können. So musste er sich von Emanuel heranwinken lassen und eine neue Tischrunde bringen.

Der Barmann nutzte die Gelegenheit, beim Abstellen der Gläser darauf hinzuweisen, wer wirklich abgeknallt gehörte, die Wölfe nämlich. Die Frauen schauten entsetzt.

»Wir haben selber Viech«, ergänzte der Barmann mit Namensschild »Lukas« auf der schwarzen Weste. »Das wollen S' nicht mit aufgerissener Kehle und angefressenen Rippen in einer Blutlache finden!«

»Aber der Wolf nimmt doch nur, weil er Hunger hat!«, verteidigte Emanuel die silbergrauen Tiere.

»Hunger? Blutdurst. Die reißen nicht nur eins. Was die erwischen, wird umbracht und dann liegen lassen. Mir kann keiner erzählen, dass die aus Hunger jagen.«

Als Theresa ansetzte, irgendetwas über Versicherungen zu sagen, tätschelte Ulrich ihre Hand, und sie verstummte. Kerstin gefiel diese offensichtliche Bevormundung nicht.

»Ihr seids doch auch versichert!«, entgegnete sie ihm und tauschte einen warmen Blick mit Theresa aus.

Der Barmann zog die Augenbraue hoch. »Haben Sie Haustiere?«, fragte er skeptisch.

»Nicht wirklich. Ein Aquarium halt«, antwortete Kerstin.

Hugo bemerkte, dass das Argument des Barmannes hier nicht aufgehen würde. Wenn man hier in Tirol nicht auf der Seite der Landwirte stand, begab man sich auf dünnes Eis. Die Stimmung begann zu kippen. Kerstin starrte den Barmann an. Der Barmann starrte zurück, und Theruli sahen peinlich berührt in die Luft.

»Dann hast du ja täglich eine Ausrede für Wildunfall!«, attestierte Hugo und entschärfte mit einem breiten Schmunzeln die angespannte Situation. Kerstin lehnte sich zurück und setzte ein gekünsteltes Lächeln auf. Der Barmann zuckte mit den Schultern und entfernte sich. Hugo glaubte so etwas wie »Bobo-Gsindel« zu hören. Die anderen Gott sei Dank nicht. Vielleicht hatte er es auch nur selbst gedacht.

»Was machst du beruflich, Emanuel?«, wollte Hugo wissen. Das Thema gehörte gewechselt. Von Ulrich und Theresa wussten sie bereits, dass sie nicht mehr arbeiteten. Sie hatten gemeinsam ein gut laufendes Reisebüro geführt und genossen nunmehr eine frühe Pension.

»Ich? Ich bin in Vaterschaftsurlaub. Arbeite aber derzeit am Social-Media-Auftritt meines Start-ups, das ich nebenbei führe.«

»Das klingt sehr interessant!«, ermunterte Kerstin ihn weiterzuerzählen.

»Bobo-Gsindel« fiel Hugo wieder ein.

»Ich entwickle eine Life-Coaching-App für Kinder!«, erzählte Emanuel stolz.

Hugo stutzte. Sah zu Kerstin und fragte sich, ob sie das noch immer interessant finden konnte. Sie konnte. Theruli schienen nicht verstanden zu haben, was Emanuel gesagt hatte, und fingen auf die höfliche Weise an zu gähnen, indem sie meinten, dass es schon sehr spät geworden war.

»Du hast doch sicher schon mal gehört, dass Kinder sich in Schüben entwickeln? Und das ist ja für sie eine totale Herausforderung. Ich bin dabei, eine App zu entwickeln, mit der Kinder ab eineinhalb Jahren durch Piktogramme, Farben und Tierlaute selbst erkennen können, wie sie sich fühlen. Sie können so ihre Ziele definieren. Das macht Riesenspaß, sag ich euch! Vor allem das Arbeiten mit den Kindern!«

Und genau darum sitzt du bis ein Uhr dreißig nachts mit Fremden in einer Hotelbar, dachte Hugo und versuchte, um keinen Preis abschätzig dreinzuschauen. Dabei verkrampfte sich sein Gesicht, und er wollte etwas sagen.

Kerstins »Faszinierend!« kam ihm allerdings zuvor.

Es war ihm egal, er musste das unterbrechen, ehe ihm etwas Beleidigendes herausrutschte.

»Ich arbeite auch mit Kindern«, sagte er zum Erstaunen aller. Theruli waren wieder voll da. »Halt indirekt. Ich bin Bezirksanwalt. Als solcher vertrete ich die Staatsanwaltschaft bei Delikten vor den Bezirksgerichten, und das sind überwiegend Jugendliche, die man beim Kiffen oder Schlägern erwischt hat.«

»Dann bist du Jurist«, stellte Theresa fest. »Bezirksanwalt, das gibt's bei uns in Deutschland nicht, oder?«

»Nein, kein Jurist. Aber Beamter«, lachte Hugo, und die Übrigen stimmten ein.

Der da. Beamter. Klar.

Beim Wort »Beamter« überkam Hugo ein ungutes Gefühl. Womöglich war er das nicht mehr lange. Das hatte mit seiner Begegnung in Lähn zu tun. Immer wieder ließ er den Dialog in seinem Kopf Revue passieren. »Amtsmissbrauch« hatte der jüngere der beiden Polizisten gesagt und »Bericht an die Schteah«. Abkürzung StA, für Staatsanwaltschaft – auf Tirolerisch. Hugo wusste nur eines. Es würde unangenehm werden. Er musste seine Personalvertretung verständigen.

»Mein Ziel ist es, Kinder vor genau solchen Lebenskonzepten zu schützen. Also ins Kriminal abzurutschen!«, warf Emanuel ein, und Hugo erschrak, weil er sich in seinen Gedanken ertappt fühlte. Emanuel zupfte aber nur am Ärmel seines dünn gestreiften Pullovers und phantasierte von seiner Life-Coaching-App für Kleinkinder.

»Viel Glück!«, wünschte ihm Hugo trocken. Jetzt war er vielleicht doch zu fies geworden.

Emanuel sagte aber nur freundlich: »Danke!«

Theresa und Ulrich machten sich langsam ans Gehen. Jedenfalls zupfte Theresa nervös an ihrem Halstuch, als würde sie sich fürs Aufstehen von der Sitzbank ankleiden. »Wir werden uns morgen das Seilbahnmuseum ansehen! Da soll es einen eigenen Abschnitt über die Familie Gamslechner, die das Hotel hier führt, geben. Darauf freue ich mich schon sehr. Vielleicht schließt ihr euch uns an?«, fragte sie.

»Ja, vielleicht«, gähnte Hugo. Sarah hätte es geliebt.

6

Hugo trat durch die elektronische Tür des Hotelhaupteinganges. Er sog die bitterkalte Luft tief ein, und seine Atemwege zogen sich unangenehm zusammen. Sie war so trocken, dass er zu husten begann. Er bellte dampfige Wolken in Richtung Kirche. Um ihn herum war es totenstill. Keine Vögel sangen vor Sonnenaufgang. Die Sonne würde noch geraume Zeit benötigen. Hugo aber hatte schon länger nicht mehr schlafen können. Wie gewöhnlich endete die Nacht für ihn nach immer kürzer werdenden Toilettenintervallen dann ein für alle Mal gegen fünf Uhr morgens. Obwohl sein Nacken noch von der dicken Hoteldaunendecke verschwitzt war, hatte er beschlossen hinauszugehen. Er hoffte, sich nicht zu erkälten, aber die trockene Heizungsluft lag auf seinen Schleimhäuten wie Sand.

Es war der letzte Tag des Jahres. Den vorletzten hatte er eingeschlossen im Hotelzimmer und mit Leitungswasser verbracht. Er hatte es schlichtweg mit den Tischrunden in der Hotelbar übertrieben. Auf das Angebot von Theruli, mit ihnen das Seilbahnmuseum zu besichtigen, war er nicht mehr zurückgekommen. Das hätte Sarah wohl so gepasst.

Nach kurzer Zeit bemerkte er einen kleinen schwarzen Hund mit einer blauen Packung Taschentücher im Maul. Der Hund wuselte sorglos vor dem Hoteleingang herum und schnupperte hier, markierte dort, und die Kälte schien ihm nichts anzuhaben. Doch er war nicht allein, sondern in Begleitung einer Dame in einem schweren Trachtenmantel, der gerade noch den Saum eines mehrschichtigen Dirndlrockes erkennen ließ. Unter ihrer opulenten Pelzhaube blitzte dichtes brünettes Haar hervor und umgab ein feistes Gesichtchen, dessen ebenmäßige Fülle in ihrem Alter nicht gottgegeben war. Daher war er sich nicht sicher, ob ihr Blick Freundlichkeit oder Skepsis ausstrahlte. Lange musste sich Hugo nicht fragen, denn als sie beim Eingang schließlich aufeinandertrafen, grüßte die Frau ihn mit einem warmen Lächeln. Hugo richtete ebenfalls einen freundlichen Gruß an sie. Ihr Alter war schwer auszumachen. Wahrscheinlich auch um die fünfzig. Plus/minus zehn Jahre. Nur ihre Schuhe waren auffallend. Schwere dick gefütterte Gummistiefel. So ähnlich, wie sie Jäger im Winter trugen.

Die Frau bemerkte sein Interesse an ihren Schuhen und lächelte peinlich berührt: »Die Einzigen, die bei der Kälte warm halten!«

»Das glaub ich Ihnen gern«, antwortete Hugo und ließ ihr den Vortritt durch die Tür. Der Hund schüttelte sich den Schnee aus dem Fell. Die Rezeptionistin zögerte nicht, als sie die beiden eintreten sah, und rief nach einem Kollegen. Die Lobby war wie üblich zu diesen frühen Morgenstunden menschenleer, und Hugo vernahm, wie sich in dem Raum hinter der Rezeption etwas rührte, und der Hotelmitarbeiter, der auch schon seine Plastikbox würdevoll aufs Zimmer gebracht hatte, kam mit einem Mopp heraus, um hinter dem abtauenden Hund herzuwischen. Dessen fellige Beine waren voller Schneebällchen, die nach und nach auf den marmorverfliesten Boden abschmolzen. Aber auch die schweren Stiefel seines Frauchens verloren durch das Schuhprofil vorgeformte Schneereste, die immer glasiger und braun wurden, ehe sie sich am Boden ausbreiteten.

»Wunderschönen guten Morgen, Frau Gamslechner!«, sagte die Rezeptionistin und nahm ihr Mantel und Haube ab. Der Mantel musste schwer sein, denn die zierliche Angestellte brauchte beide Hände, damit er ihr nicht auf den Boden hing. »Ihr Kaffee kommt schon. Der Bäcker hat heute keine Salzstangerl gebracht, darf ich Ihnen einen Kornspitz dazu geben?«, erkundigte sie sich.

»Gibt's keine Krapfen?«, fragte die Chefin, und Hugo lief das Wasser im Mund zusammen. Er hatte immerhin einen Tag nichts gegessen. Das blieb nicht unbemerkt. »Und bitte, bringen S' dem Herrn hier auch eine frühmorgendliche Stärkung, oder?«

Hugos Augen glänzten. »Das ist aber freundlich, vielen Dank!« Das war sie also. Philomena Gamslechner. Die Grande Dame der Tiroler Touristiker.

»Unter uns Frühaufstehern! Philomena Gamslechner. Sagen Sie ruhig Du«, bot sie an, und sie stellten sich etwas abseits an einen Stehtisch, dessen Dekoration die Rezeptionistin schnell abräumte, um den beiden Krapfen und Kaffee zu bringen.

Kännchenkaffee. Das gab es kaum noch. Eine ganze Kanne für jeden von ihnen. Und wie herrlich heiß an diesem eiskalten Morgen. Der Dampf stieg Hugo hoch in die Nase, sie wurde rot und begann zu laufen. Die Hotelchefin bot ihm ein Taschentuch an, das er nur zögerlich annahm, weil er zuvor noch den Hund mit der Packung hatte spielen sehen.

»Clemens Hugo«, sagte er. »Also Clemens, bitte.«

»Was treibt dich so früh raus, Clemens? Raucher? Ich hab jahrelang geraucht. Gastgewerbe halt. Da hat noch immer jeder geraucht. Und als Frau sowieso, wegen der Figur. Jetzt rauch ich auch schon lange nicht mehr. Jetzt hab ich halt Cholesterin«, gab sie zu.

»Dabei hast du noch immer eine tadellose Figur«, schmeichelte Hugo ihr, nachdem er das Gefühl hatte, dass sie für Komplimente empfänglich war. Das war heutzutage nicht immer so. Aber manche Frauen freuten sich tatsächlich noch über solche Aufmerksamkeiten.

»Danke, ich muss zufrieden sein!« Sie biss an der richtigen Stelle in ihren Krapfen, ohne dass ihr die Marmelade über die Finger lief. Nur der Staubzucker blieb daran kleben.

»Ich wollt nur etwas frische Luft schnappen. Dabei sind meine Finger so kalt geworden, als hätte die Luft sie *mir* abgeschnappt! Da bin ich auch froh, dass ich nicht mehr rauch.« Danke, Sarah.

»Ja, so ist das bei uns in den Bergen. Was sind deine Pläne für heute? Sollen wir dir was empfehlen? Du kannst bei uns auch Ski- und Langlaufausrüstung ausleihen oder an einer Rodelwanderung beziehungsweise Pferdekutschfahrt teilnehmen.«

»Ah, das klingt sehr interessant«, antwortete er.

Hugo war etwas enttäuscht, es war ein reines Servicegespräch. Sie sprach ihn nicht um seinetwillen an, sondern weil sie das wohl jeden Tag mit einer beliebigen Zahl ihrer Gäste tun musste. Das merkte er auch daran, dass sie es mit ihrem Kaffee eilig hatte. Er ließ sich noch ein bisschen etwas über den Skiverleih erzählen und sah sich in der Lobby um. Hugo betrachtete die Fotos, auf denen Philomena mit verschiedenen VIPs aus der in- und ausländischen Politik, dem Spitzensport oder mit dem beliebtesten Müllmann Tirols abgebildet war, bevor sein Blick über ein Porträt schweifte. Handgemalt, kein Foto. So groß wie eine Kühlschranktür. Ein Großvater, ein Vater, ein Sohn und Philomena selbst. Die roten Haare von Vater und Sohn stachen hervor. Der Vater war allerdings leicht im Abseits dargestellt. Außerdem schienen die Farben blasser, mit denen er gemalt war.

Philomena bemerkte sein Interesse. »Mein Mann Meinhard lebt schon lang nicht mehr. Ich lass ihn trotzdem auf jedes neue Porträt draufmalen. Sogar altern lass ich ihn. Der Künstler hat ein Fotoprogramm, mit dem man sieht, wie die Leute mit fortschreitendem Alter aussehen würden.«

»Das tut mir leid«, beteuerte Hugo.

»Es ist schon lang her.«

»Was ist denn passiert?«

»Nach langer Krankheit.«

Hugo nickte mitfühlend. Im Gastgewerbe haben noch immer alle geraucht. Oder gesoffen.

Gamslechner hatte, bevor der Tod ihres Mannes zur Sprache gekommen war, schon kurz angebunden gewirkt, jetzt pressierte es ihr schon fast: »Dann wünsch ich dir einen erholsamen Urlaubstag!«, verabschiedete sie sich.

»Den werd ich haben! Vielen Dank für das Frühstück und die Empfehlungen!«, sagte Hugo und deutete eine Verbeugung an.

Die Hotelchefin schmunzelte und verschwand hinter der

Rezeption. Der kleine schwarze Hund produzierte eine weitere Pfütze, die von dem Mopplakaien sofort beseitigt wurde. Als er die Schwingtür zum Hinterzimmer aufgehen hörte, rannte er flink seinem Frauchen nach.

Hugo trank seine Tasse aus und begab sich auf die Suche nach dem Frühstücksraum. Ihm war nach einem weiteren Kännchen. Das Buffet würde wohl öffnen, immerhin hatte er seit geraumer Zeit das Klappern von Geschirr vernommen. Er folgte den Schildern und setzte sich an einen der Fensterplätze, der ihm nichts nützte, weil es noch stockfinster war. Eine Bedienung brachte Hugo das gewünschte zweite Kännchen Kaffee, ohne darauf hinzuweisen, dass er viel zu früh war.

Von einem Tischchen neben dem Eingang nahm er sich die druckfrische Tageszeitung, aber auch die Allgäuer Allgemeine, von der er bis zu seiner Begegnung mit Kerstin Schlegele kaum etwas gehört hatte. Er durchforstete das Blatt auf der Suche nach ihrem Namen und wurde bei einem Artikel fündig, der über den Schlagabtausch einer Allgäuer Liftgesellschaft mit einer anderen deutschen Zeitung berichtete. Deren Berichterstattung hatte nämlich den Anschein erweckt, die Bahnbetreiber hätten zahlende Gäste über eine unpräparierte Piste ins Tal rutschen lassen, und bezeichnete die Abfahrt als »die grüne Meile des Wintersports im Allgäu«, wo der Sportsgeist von gierigen Touristikern »zu Grabe getragen« werde. In Kerstins Artikel verwies sie zur Ehrenrettung der Bahn aber darauf, dass diese spezielle Abfahrt zum berichtsgegenständlichen Zeitpunkt gar nicht geöffnet gewesen sei.

Hugo stellte fest, dass Kerstin tatsächlich so schrieb, wie sie sprach, sah man von diesem ganzen »koi, weisch, noi« ab.

Wie die meisten, die gezwungenermaßen Urlaub machen mussten, wusste Hugo an diesem Tag nichts mit sich anzufangen. Nur eines stand jetzt schon fest, nämlich dass er das zweite Kännchen Kaffee noch bitter bereuen würde.

7

Nach dem Frühstück und seiner Morgenlektüre beschloss Hugo, befeuert durch das Koffein, einen Spaziergang zu machen.

Die Dämmerung war angebrochen und färbte hartnäckige Nebelschwaden in zartes Orange. Die Hausdächer und Holzzäune waren mit einer silberweißen Glanzschicht Morgenreifs bedeckt. Abermillionen Eiskristalle waren so trocken, dass sie ein stummes Rauschen erzeugten. Schneekanonen föhnten fleißig Schnee auf die Ausläufer der Skipisten, die beinahe bis in das Ortszentrum reichten. Wie die Bahnen eines Flipperautomaten verliefen die Pistenbänder durch den Fuß des Berges. Dazwischen spannten sich die Seile und Trassen der Skilifte. Noch waren sie nicht in Betrieb, und ihre Schleppvorrichtungen hingen starr in der Luft. Je weiter die Bahnen den Berg hinaufreichten, umso mehr sahen sie mit ihren Bügeln und Sesseln aus wie kaputte Lichterketten.

Wenn man danach suchte, konnte man gut und gerne drei verschiedene Handschuhe entdecken, die von einem fürsorglichen Finder auf einen Zaun- oder Schneepfahl aufgesteckt worden waren. Wenn es nicht zwei Kinderhandschuhe und ein violetter Damenlederhandschuh gewesen wären, hätte Hugo vielleicht sogar überlegt, sich ihrer zu erbarmen. So kalte Hände hatte er. Es fühlte sich an, als hätte man ihm jede einzelne Fingerkuppe mit dünnen Fäden abgebunden.

Wonach man nicht suchen musste, waren die Kadaver von zahlreichen Knallfröschen, die um die Zeit des Jahreswechsels die Währung junger Burschen war und überall halb vergraben im Schnee lagen. Hugo und seine Freunde waren nicht anders gewesen.

Der Ort Ehrwald lag zu Füßen der Zugspitze wie ein schlafender Hund bei seinem Herrn. Friedlich und warm. Kaum jemand dachte, wenn das Wort »Zugspitze« fiel, daran, dass diese zur Hälfte auf Tiroler Boden stand.

Das Dorf trug die Sprenkel unzähliger leuchtender Christbäume in allen Größen. Von den Häusern stürzten Kaskaden von Lichtern über die Balkone. Im Schein der Weihnachtsbeleuchtung vermochte Hugo selbst im Dunkeln viele Details zu erkennen. Der Ortskern mit der Kirche und der Raiffeisenbank befand sich nicht genau in der Mitte. Hugo steuerte direkt auf die bunte Fassade der altrosa gehaltenen Dorfkirche mit rostrotem Zwiebeltürmchen zu. Der wenige Schnee, der auf dem Turm lag, stäubte bei jedem noch so leichten Windstoß auf, um sich dann gleich wieder auf die kleinen roten Schindeln zu legen. Hugo konnte einige Säulen inmitten von aufgeschüttetem Schnee erkennen. Dabei musste es sich um Brunnen handeln, die eingewintert waren. Bei derart eisigen Temperaturen durfte freilich nirgends Wasser in den Leitungen sein.

An das zuckerlfarbene Gotteshaus schloss eine andere Pilgerstätte der Einheimischen an. Der Musikpavillon. Von seinem Dach hingen nicht beleuchtete, kurze Lichterketten, die sich mit schweren Eiszapfen abwechselten. Einsam wirkte das Gebäude. So schnell würde die Bürgermusikkapelle nicht aufspielen. Drei kleine versperrte Hüttchen daneben verhießen aber, dass zumindest dort regelmäßig, wenn auch eine andere Art der Musik spielte.

Glühweinstände. Hugo roch förmlich den würzig-süßen Geschmack. Die Wärme, die bei jedem Schluck den Körper durchströmte und durch die heiße Keramik die beißende Kälte aus den Händen vertrieb.

Die Luft kam ihm jetzt aber noch viel kälter vor, und vor allem eines quälte ihn. Er musste pinkeln. Was hatte er sich nur gedacht? Zwei Kännchen Kaffee. Mitten im Ort ging es nicht, also hielt er auf einen abgelegeneren Ortsteil zu, der mehr Wald verhieß. Da er den Weg Richtung Bahnhof bereits kannte, wählte er diesen.

Auch wenn es noch immer nicht ganz hell war, durfte er

nicht erwarten, nicht doch dabei ertappt zu werden, wie er sich öffentlich erleichterte. Eine weitere Anzeige konnte er nicht gebrauchen. Und wenn er gar wieder an diesen verstreberten Polizeischüler geriet, würde der wahrscheinlich noch ein Sittlichkeitsverbrechen daraus machen. Daher wollte Hugo um jeden Preis auf Nummer sicher gehen. Kurz vor dem Bahnhof bog er trotz der Steigung ab. Schon von Weitem konnte er eine Statue erkennen, deren Umrisse ihn aber verwirrten. Je näher er kam, umso sicherer war er, dass es sich um ein überlebensgroßes metallenes Pferd handelte. Im Gegensatz zu gewöhnlichen Pferdestatuen stand dieses Pferd nicht auf allen vieren, sondern saß auf seinem Hinterteil. So schnell konnte man aus einem stattlichen Pferd eine Karikatur seiner selbst machen, dachte er. So wie in einer dieser beliebten Partnersendungen, in der die Teilnehmer viel zu oft beim Essen gefilmt wurden. Hugo fand, dass das bei beleibteren Kandidaten fast schon gemein wirkte. Ihm schauderte, als ihm klar wurde, dass er womöglich selbst bald ein Kandidat für diese Sendung sein könnte. Das Fernsehteam würde zu ihm nach Hause kommen und jede Engelfigur und jedes Glücksschweinchen filmen, das Sarah vergessen hatte einzupacken, während er erklären würde müssen, warum das mit ihm und der Liebe keine glückliche Angelegenheit war.

Das Pferd machte hinter Hugo einen langen Hals und überstreckte sein Kiefer, als dieser sich immer weiter aus dem Dorf entfernte. Dazu musste er eine immer steiler werdende Steigung in Kauf nehmen. Aber der Druck in seinem Unterleib trieb ihn hastig und ohne Pause voran. Als er sich sicher sein konnte, außerhalb der Reichweite aller Augen zu sein, hielt er hinter einem Baum und ließ es laufen. Unaufhörlich schien der Strahl tiefe Gänge in den Schnee zu ätzen. Zwei Kännchen Kaffee! Was hatte er sich nur gedacht?

Ein Windstoß wehte Schnee vom Baum und rieselte auf ihn herab. Eingeschneite Sträucher zwischen den Bäumen bildeten bizarre Gebilde aus Schnee und Eis. Die Stängel waren vom Schnee zu Boden gedrückt und erweckten den Anschein, ein botanischer Melkschemel zu sein. Aller Vorsicht zum Trotz fühlte er sich beobachtet. Er glaubte auch, jemanden zu hören.

Er bemühte sich, etwas zu erkennen, doch ihn umgaben nur in Grau getauchte Fichten, deren Äste bis in einige Meter Höhe nackt und abgenadelt herabhingen. Der Nebel schlich mit Hugo um die Fichten. Da und dort blieb er an monströsen Felsbrocken hängen, als schnupperte er an ihnen. Dazwischen konnte Hugo zwei frisch angesägte Baumstümpfe mit den Durchmessern einer Bierdose sehen. Hugo ahnte, dass sich hier jemand kostenlos Christbäume beschafft hatte. Das Gelände war durch zahlreiche durch Sturm herausgerissene Wurzelstöcke und große Findlinge recht unübersichtlich. Er wollte sich nicht zum Dodel machen und ängstlich in den Wald hineinrufen, also hielt er einfach weiter stumm Ausschau nach dem Verursacher des Geräusches, das er gar nicht so richtig beschreiben konnte. Vermutlich war es auch nur ein Verdacht gewesen. Nein, da war es wieder. So wie man einen Hund im Schlaf leise atmen hörte, ohne dass er dabei wirklich Laute von sich gab. Das Geräusch einer Präsenz. So leise, dass es nur das Unbewusste wahrnehmen konnte. Und Hugo war sich sicher: Da atmete jemand. Aber warum sagte derjenige nichts? Er musste ihn ja bemerkt haben. Bären? Wölfe? Oder gar Löwen? Der Wind in den Baumkronen brachte das kalt getrocknete Gehölz zum Knarren. Es erschwerte ihm auszumachen, woher das Wispern rührte. Er hörte weiter gespannt in die Stille. Tatsächlich. Da flüsterte jemand. Gott sei Dank keine Wölfe.

»Und nur der Ferdl hat's gwusst. Der treue Ferdl. Der Ferdl, die Seel«, flüsterte die Stimme. Die Stimme klang heiser. »Der Ferdl hat's niemand verraten, das G'heimnis.«

Das konnte Hugo verstehen, wenn der Wind gut stand. Drehte er seine Richtung, verschwammen die Worte zu einem Wispern. Hugo hatte gar nicht vor zu lauschen. Er stand unbeweglich und überlegte, ob diese Stimme nicht vielmehr Hilfe brauchte. Soweit er erkennen konnte, war es nur eine einzelne Person. Was sollte er tun? Sich zu erkennen geben?

»Die Sünde muss gestraft werden«, prophezeite die Stimme. »Immer wird sie gestraft! Der Leibhaftige!«

Hugo konnte langsam einordnen, was er hörte. Die Stimme war heiser und hoch. Es war ein alter Mensch, der da sprach. Er hatte noch nicht herausgefunden, ob Mann oder Frau.

»Die Himmelssteine werden uns zermalmen! Herabstürzen werden sie von den Wänden der Zugspitz. Er wird uns die Schädel einschlagen. Verflucht isch meine Seel!«

Wenn da ein alter Mensch bei Minusgraden im Wald sitzt, dann musste er doch was unternehmen.

»Hallo, brauchen Sie Hilfe?«, rief er und stapfte durch den fichtennadelgesprenkelten Schnee weiter.

»Aaah!«, schrak die Person zusammen. »Der Leibhaftige kommt! Er kommt, um mich zu holen, für die Sünd, die Sünd.«

»Na, ich bin nicht der Leibhaftige, nur der Hugo Clemens!«, erwiderte er. Hinter einem Wurzelballen konnte er Bewegung ausmachen und näherte sich langsam.

»So viele Namen hat er, der Luzifer! So viele Namen hat die Sünde!«, krächzte die Stimme in heller Aufregung. »Weiche, Satan! Mein Juwel bekommst du niemals!«

Plötzlich sprang die Person hinter der Wurzel hervor und hielt in den Armen etwas, das wie ein Gewehr aussah: »Weiche, Satan!«

»Nicht schießen, bitte!«, schrie Hugo, der glaubte, in das hohle Ende einer Flinte zu blicken. »Ich bin nur …« Gute Frage, was war er? »… ein Beamter!« Als er sich die vermeintliche Waffe genauer ansah, erkannte er, dass es sich um eine Schaufel handelte, die ihm von einem dürren Greis mit grünem Tirolerhut wie ein Gewehr ins Gesicht gehalten wurde. Er trug einen grauen Lodenjanker mit breitem Revers, der um diese Jahreszeit viel zu kalt sein musste. Der Alte musste die ganze Zeit hinter dem herausgerissenen Wurzelballen, der wie eine riesige Spinne aus dem Boden kroch, gelungert haben. Allem Anschein nach hatte er mit dem Baum gesprochen.

Hugos Gegenüber hatte seine Augen und den Mund weit

aufgerissen und fuchtelte weiter mit der Schaufel um ihn herum. »Der Teufel, ein Koatlackler! Als hätt man's nit gwusst!«

Rauch stieg Hugo in die Nase. In der Nähe wurde ein Ofen eingeheizt. Er hob die Arme hoch. Er wusste nicht, wie weit der Alte gehen würde. Und beleidigt war er auch. Warum sollte der Teufel ein Innsbrucker sein?

»Schleich di, Koatlackler! Zruck übern Fere! Verflucht sei meine Seel!«, juchzte das Männlein. Dann warf es die Schaufel plötzlich in Richtung Hugo, und als dieser zur Seite wich, drehte der Alte um und rannte staksig wie ein Reh im Tiefschnee aus dem Wald. Zurück blieb nur sein Juchzen, das noch einige Sekunden in Hugos Ohren nachhallte. »Unseliger!«, hörte er ihn noch rufen und »Koatlackler!«. Das Letzte, was er von dem Alten vernahm, war das Knallen einer schweren Tür. Immerhin brauchte er jetzt nicht mehr von Hugo gerettet zu werden. Als Hugo sicher war, nicht doch noch von irgendeiner Seite erschossen zu werden, betrachtete er die Schaufel genauer, die er anfangs für ein Gewehr gehalten hatte. Aber vor ihm im Schnee lagen halb versunken nur die Überreste eines uralten, halb verrotteten Spatens, in dessen fahlen hölzernen Griff Hugo noch eine Gravur erkennen konnte. Dabei war das »R« vertikal gespiegelt geschrieben und Teil des Wortes »FЯEDL«.

8

Der Geruch von Schwefel hing in der Luft. Er mischte sich mit den Schwaden rußender Kamine und legte sich auf seine ohnehin schon strapazierten Stimmbänder.

»Siggi! Siggi!«, rief er in die Finsternis. »Wo bist du? Siggi!«

Er verschluckte sich an der kalten Luft. Weit und breit kein Siggi. Der Mond war auch nicht zu sehen. Aber der bläuliche Schimmer auf dem katzgrauen Schnee ließ erahnen, dass er nicht weit sein konnte. Nur wegen der hellen Schneedecke am Boden konnte man Himmel von Erde unterscheiden. Das Knirschen unter seinen Schuhen vergewisserte ihn, dass zumindest er noch auf der Erde wandelte. Bei Siggi konnte er sich langsam nicht mehr sicher sein. So kalt war es in dieser Nacht.

Womöglich hatte Odins Totenheer sich bereits Siggis Seele bemächtigt. Gespenstische Ruhe lag über den Feldern. Einzig das gedämpfte Gebläse der Schneekanonen war zu hören. In der kalten Luft breitete sich der Schall besonders weit aus, und von überall her drang ihr sonores Rauschen an sein Ohr. Das verstärkte den Schreck, den er erlitt, wenn vereinzelt noch der ein oder andere Schuss an den Felswänden über ihm widerhallte. Manchmal war der Knall auch von einem kurzen bunten Aufleuchten begleitet. Aber er schien weit und breit die einzige Menschenseele zu sein.

»Siggi!« Wo steckte er?

Vermutlich war er längst tot. Lag steif gefroren hinter einem Schneehaufen. Und wahrscheinlich gar nicht weit entfernt von ihm. Nur bei dieser Finsternis konnte man einfach nichts erkennen. Er lauschte angestrengt. Vielleicht gelang es ihm, so einen Hinweis auf Siggis Verbleib zu erlangen.

Der Wind frischte auf. Wieder stiegen ihm kratzende Schwaden von Ruß und Schwefel in die Nase. Langsam bekam er das Gefühl von Augen im Rücken. Er glaubte beobachtet zu werden. Und das nicht nur von Odin und seiner Wilden Jagd. Ihm wurde so entrisch, dass sich jeden Moment hätte der Schlund öffnen und der Leibhaftige erscheinen können.

Nein, Siggi konnte nicht mehr am Leben sein. Wohin hätte er denn sollen? Wo könnte er Unterschlupf gefunden haben?

Er fragte sich, wann er aufgeben sollte, nach Siggi zu suchen. Wie lange noch, bis er einsehen musste, dass es vergebens war? Wie lange, dass ihm das Aufgeben später nicht leidtäte? Mittlerweile waren seine Knie steif vor Kälte und fühlten sich wie Rheuma an. Er bekam noch dazu diesen stechenden Schmerz im rechten Schulterblatt, den er im Winter immer hatte. Dann könnte er wieder einige Tage lang den Arm nicht anheben.

Immerhin hatte er es selbst so gewollt. Niemand hatte ihn in die Kälte hinausgejagt. Er war freiwillig gegangen. Freitod quasi. Vielleicht hatte auch ihn der Gamslechner-Fluch ereilt. So nah am Wetterstein denkbar. Sofern man daran glauben wollte.

Ein Grollen kam vom Berg. Odin? Der Zugspitzgeist? In den Bäumen neben ihm flatterte eine Krähe auf. Die Konturen der kahlen Äste griffen ihr nach wie wachsende Krallen. Ob ihr Krächzen von der rauen Luft rührte? »Krakrakra.« Dann entschwand sie gegen Norden, und ihre Flügelschläge verpufften mit jedem weiteren. Hatte sie Siggi gefunden? Warum sollte sie sonst um diese Unzeit losfliegen? Er setzte ihr nach. Krähen fraßen Aas. Sie würde ihm als Erstes die weichen Augen auspicken. Nein, sie durfte Siggi nicht vor ihm finden. Tot schon gar nicht. Solange er die Krähe vor dem dunklen Hintergrund ausmachen konnte, eilte er ihr hinterher und rief weiter »Siggi, Siggi, S…!«.

Er wollte ein drittes Mal rufen, aber mit jedem weiteren »Siggi« war seine Stimme dünner geworden, bis sie langsam völlig versagte. Morgen würde er so krächzen wie die Krähe. Aber auch in nördlicher Richtung deutete nichts auf Siggis Anwesenheit hin. Was er sah, war lediglich eine in drei Kategorien von Grau getauchte Landschaft: hellgrau der Boden, mittelgrau alle Kontraste dazu und dunkelgrau der mondfreie Himmel. Er war enttäuscht und müde. Und er fror wie nie zuvor in seinem Leben. Seine Hände hatten jedes Gefühl verloren, und er spürte von seinen Zehen nicht mehr als von seinen Absätzen.

Nachdem auch die Krähe keine Spur von Siggi gehabt hatte, ging er zurück zum Parkplatz. Seine Hoffnung, Siggi zu finden, war mittlerweile kaum mehr vorhanden. Vielleicht tauchte er morgen unbeschadet und fröhlich auf. Hatte jemanden gefunden, bei dem er die Nacht verbringen konnte. Vielleicht war er auch schon längst zu Hause.

Und wie er auf sein Auto zuging, vernahm er ein Wimmern. Er wusste nicht, wie Siggi sich anhörte, wenn er wimmerte. Aber wer hätte es sonst sein sollen? Hatte er ihn jetzt tatsächlich auf den letzten Metern gefunden? Jetzt, wo er eigentlich hatte aufgeben wollen? Er hatte immer geahnt, dass Siggi in der Nähe sein musste, aber so nah?

Er verfiel in Laufschritt und mühte sich ab, bei der Schneeglätte nicht auszurutschen. Das Wimmern schien von der Loipe unterhalb des Gehweges zu kommen, der einige Meter entfernt vom Parkplatz verlief. Er bemerkte das tosende Gebläse einer eingeschalteten Schneekanone. Die längste Zeit war es nur ein leises Hintergrundrauschen gewesen, nun aus der Nähe dröhnte sie ihm beinah in den Ohren. Und in diesen Lärm mischte sich ein Wimmern. Mal stärker, mal schwächer. Er wurde sich immer sicherer, es musste Siggi sein. Was war geschehen? Was machte er dort bei der Schneekanone?

»Siggi, Siggi!«, rief er mit dem zusammengekratzten Rest seiner Stimme: »Siggi! Ich bin gleich da!«

Tatsächlich, da unten war Siggi. Doch er rührte sich nicht vom Fleck. Es machte den Anschein, als ob er an einem Seil an der Schneekanone hängen würde. Er konnte sich keinen Reim darauf machen. Nur gut, dass er ihn gefunden hatte. Siggi wäre hier draußen mit Sicherheit gestorben. Seinen Lauten nach zu urteilen, war er schon sehr geschwächt.

Er stand auf dem Gehweg und blickte einige Meter hinunter auf die Loipe, wo Siggi halb verdeckt durch die Schneekanone kauerte. Ein steiler Abhang lag zwischen ihnen beiden. Er musste aufpassen und durfte sich nicht so weit über die Böschung lehnen, sonst drohte er abzustürzen. War Siggi hinuntergefallen und hatte sich irgendwie an der Schneekanone verfangen? Dort unten war fast alles pickelharter Kunstschnee. Die Landung wäre fatal. An dieser Stelle war der Boden für gewöhnlich sumpfig. Lag hier nicht ausreichend Schnee, sah der ganze Abschnitt schnell braun aus, und die Spur weichte auf. Er selbst hatte daher darauf bestanden, dort zusätzlich zu beschneien. Die Schneekanone sollte große Haufen produzieren, die das Loipengerät dann über den Abschnitt verteilen sollte. Das hatte ihm einiges Unverständnis unter seinen Angestellten eingebracht. Eine weitere Schneekanone zu betreuen, hatten sie gejammert und sie für überflüssig gehalten. Abgelegen von den Skiliften sei sie schwer ans Wasser anzuschließen, und wer solle die extravagante Beschneiung nachts auch noch kontrollieren? Faule Bagage.

Seit er die Ehrwalder Skilifte und das Personal vor einem Jahr übernommen hatte, jammerte die Belegschaft ihn voll. Konnten froh sein, dass er sie nicht allesamt vor die Tür gesetzt hatte, als sie zuletzt auf die Idee mit dem Liftlerstreik gekommen waren. Das üblicherweise stark besuchte Weihnachtswochenende hatten sie bestreiken wollen. Anstatt Gondeln und Sessellifte fahren zu lassen, hatten sie geplant, vor den Liftstationen im Ort mit erhobenen Tafeln Demosprüche zu skandieren. Das hatten ein paar wenige auch getan. Auf der grünen Skipiste hatten sie gestanden und gegen seine Firmenführung protestiert.

Zu Weihnachten hatte allerdings ein selten starkes Tauwetter eingesetzt, sodass die Lifte gar nicht hatten in Betrieb gehen können. Tagelang war es regnerisch und so warm gewesen, dass nicht einmal Beschneiung möglich gewesen war. Der gesamte Streik war buchstäblich ins Wasser gefallen. Aber so war das im heiligen Land Tirol. Hände falten, Goschn halten. Da streikte man nicht. Schon gar nicht während des Weihnachtsfriedens. Da galt das für so unnatürlich, dass einem selbst das Wetter einen Strich durch die Rechnung machte.

Er musste Siggi schnell helfen. Vorher wollte er aber telefonisch Alarm schlagen. Es war nicht einfach, mit tauben Fingern die Reißverschlüsse seiner Jackentasche zu öffnen. Doch darin befand sich kein Handy. Er klopfte sich auf die Brust. Sakko-Innentasche. Dorthin hatte er es zuletzt gesteckt. Er musste die Jacke öffnen. Kaum einen Spaltbreit offen, erfasste die Kälte seinen Brustkorb, und ein Schauer fuhr ihm über den Rücken. Er hatte bei aller Anstrengung unter dem Sakko zu schwitzen begonnen. Die eisige Luft stürzte sich auf das nasse Fleckchen Haut und klatschte ihm wie ein Schneeball zwischen die Schulterblätter. Da fiel ihm auf, dass er das Wimmern länger nicht mehr gehört hatte. Er hielt inne und versuchte durch das Getöse der Schneekanone wieder etwas wahrzunehmen. Nichts. Aber auf einmal war ihm, als stünde jemand hinter ihm. Ehe er sich vollends umgedreht hatte, erkannte er Siggi.

»Der Siggi! Wo …« Er konnte seinen Satz nicht beenden. Es passierte so schnell. Er taumelte kurz, aber nicht lange genug, um zu verstehen, was geschah.

Als er mit Wucht auf der steinharten Loipe aufschlug, presste es ihm die Luft aus den Lungen und beinahe die Augen aus dem Kopf. Das Letzte, was er fühlte, waren die Nadelstiche des Kunstschnees in seinem Gesicht.

9

Hugo wusste nicht, wie lange das noch so weitergehen konnte. Wieder hatte er in der Nacht so gut wie nicht schlafen können. Sein Nervenkostüm war mittlerweile so schlecht wie sein Schlaf. Er war so müde, dass er seine eigenen Bewegungen nur sah, aber nichts davon spürte. Im Hotel hatte es fast die ganze Nacht laute Musik gegeben, dann ein Mordstrumfeuerwerk und schließlich das Gegröle der besinnungslos Besoffenen bis in die frühen Morgenstunden. Mehrfach war er aufgestanden und hatte die Fenster darauf kontrolliert, ob sie gut genug verschlossen waren, denn das Gelächter und Gekreische war beinah ungedämpft in sein Zimmer gedrungen. Unzählige Flüche hatte Hugo gegen die Verursacher auf den Straßen des Örtchens ausgestoßen.

Früher hatte er noch geglaubt, dass eine gewisse Mystik darin läge, dass die Erde jedes Jahr an ihren Ausgangspunkt zurückgelangte. Darin hatte er den Zauber des Neubeginnes verortet. Mittlerweile wusste er aber, dass das Universum sich ständig ausdehnte und die Reise der Erde vielmehr eine spiralförmige durch die Unendlichkeit war. Da war kein Platz für einen Neuanfang. Man schleppte die ganze alte Scheiße Windung um Windung weiter mit, während man neue Scheiße erlebte. In Wirklichkeit war 2019 das letzte Jahr gewesen, das man hatte feiern dürfen. Dann hatte man 2019 und 2020 verabschiedet. 2021, 2022 und 2023. Was jetzt käme, würde auch nicht besser werden.

Hugo schälte sich aus dem Bett. Er hatte Kopfschmerzen, als würde sein Kopf mit einem Rechen bearbeitet. Der Schmerz fuhr von der linken Schläfe zurück aufs Hinterhaupt und drückte in seinen Augenhöhlen. Über die Jahre hatte er immer die gleichen Vorsätze gehabt. Das Rauchen, eh klar. Oder mal zur Fußpflege zu gehen. Mit dem Rauchen hatte er das Vorsätzemachen dann aber ebenfalls aufgegeben. Wegen Sarah.

Sarah, die immer nur an die Zukunft dachte. Hugo war der

Meinung, dass es mit Sarah deswegen so schön gewesen war, weil sie beide zu alt für so was wie die Zukunft waren. Als sie sich kennengelernt hatten, waren sie beide über vierzig gewesen. Sie würden keine Familie mehr gründen. Sie würden immer Clemens und Sarah bleiben. Mit eigenen Nachnamen. Die gemeinsamen Momente hatten nur ihnen gehört. Es hatte keine Verpflichtungen gegeben, keinen Kredit, keine unterschiedlichen Ansichten bei Kindererziehung. Nur eine gute Zeit. Aber Sarah wollte immer mehr Zukunft, und es fehlte ihr nicht an Ideen: zusammenziehen. Haus bauen. Bienenzucht. Freundeskreis erweitern. Ein E-Auto.

Wenn einer eine leichte Beziehung wollte, hatte der andere schwer daran zu tragen. Und das war wohl der Grund, warum dieses Jahr ohne Sarah beginnen musste. Wer die Zukunft nicht sehen will, verliert sie. Und Sarah hatte die Mundhygienestation aus dem Badezimmer abgenommen und in ihre Tasche gepackt. Von da an war nichts mehr rückgängig zu machen gewesen. Sarah gab es ohne diese Mundreinigungsstation nämlich einfach nicht. Dann hatte er, was er glaubte, das ihn ausmachte – unter anderem seine lammfellgefütterte Lederjacke –, genommen und ins Auto auf die Rückbank geworfen. Die Rückbank – nicht in die Autobox. Nie wieder würde er irgendwas in diese Autobox packen.

Hugo schlich sich aus dem Hotelzimmer, in dessen Bett er ohnehin keinen Schlaf fand. Unter der Decke steckte nur die rasende Verzweiflung darüber, hinter seinen Augenlidern von grellen Gedanken geblendet und wach gehalten zu werden.

An diesem Morgen traf er nicht auf die Gamslechnerin und ihren Hund. Die Rezeption fand er verlassen vor. Nicht einmal der Mopplakai war zu sehen. Die Dunkelheit des Wintertages empfing ihn mit dem Geruch nach angezündeten Streichhölzern, und die Luft war staubig. Träge Schwaden stinkenden Nebels hingen unter den Lichtern der Straßenlaternen. Die Schreie und das Gelächter der Feiernden waren verklungen, und nur das Rauschen der Schneekanonen drang in sein Ohr. Immerhin war er gut auf die nächtlichen Temperaturen vorbereitet. Er hatte sich so warm angezogen, wie er nur konnte. Außerdem hatte er sich eine bessere Route überlegt, die nicht an den Kultstätten umnachteter Greise vorbeiführte. Dieses Mal entschied er sich, die Straßen des Ortes ganz zu verlassen, und folgte, als sich ihm eine Gelegenheit bot, einem ausladenden Weg über die Felder. Der Alte hatte ihn in seinen Träumen heimgesucht. Dessen durchdringende hasserfüllte Blicke waren nicht spurlos an Hugo vorübergezogen. Sie hatten ihn getroffen wie echte Schrotkugeln.

Einem Straßenschild hatte er zuvor entnommen, dass er auf dem Weg zum Golfplatz war. Er kam an unzähligen Stäben mit Raketen vorbei, die ihren Auftritt hinter sich hatten. Abgefeuert. Er fühlte mit ihnen und begann eines nach dem anderen aufzulesen. Nostalgie überkam ihn, als er sich erinnerte, das als Kind schon getan zu haben. Wie wertvoll waren ihm diese verloschenen Raketen vorgekommen. So weit gereist, aber nicht so weit wie die Postkarten, die mit abgestürzten Luftballonen von weit her kamen. Einmal hatte er eine solche Postkarte beantwortet. Nach Ghana. Seither wusste er, dass die Hauptstadt dort Accra hieß. Aus Accra war dann sogar eine Antwort gekommen, an die er sich nicht erinnerte. Nur daran, dass die Schrift auf dem Umschlag in ganz normalen Blockbuchstaben war. Irgendwie hatte er sich als Kind afrikanische Schrift anders vorgestellt.

Er ging weiter, und aus einzelnen Stäbchen begann ein ganzer Strauß zu werden. Ab und an schaffte es der Mond durch die dichte Wolkendecke. Der Wetterbericht hatte einen klaren Tag mit idealen Skibedingungen verheißen. Beim Aufheben eines weiteren Stäbchens bemerkte Hugo Pfotenabdrücke neben sich. Sie verliefen einmal quer über den Weg und stachen im tieferen Schnee Löcher aus. Er musste sofort an Wölfe denken. Dann schalt er sich aber selbst der Übertreibung, weil es doch sehr viel wahrscheinlicher war, dass ein Hund diese Spuren hinterlassen hatte. Das mit den Wölfen wurde ihm langsam zu viel. Er war genervt davon, dass die ständige mediale Berichterstattung schon so viel Einfluss auf seine Wahrnehmung nahm. Man musste heutzutage aufpassen, dass man noch in der Realität und nicht in einem Newsfeed lebte.

Hugo setzte auf dem festen Untergrund fort. Er sank kein bisschen ein, der Boden war griffig, obwohl kein Rollsplit lag. Erst jetzt bemerkte er die neben sich eingewalzten Kuhlen. Da wurde ihm klar, dass er schon die längste Zeit auf einer Loipe wanderte. Aber der Weg war gut zu begehen, und er genoss, den Schnee unter seinen Füßen knirschen zu hören. Der Mond wechselte sich mit den wenigen Fahrzeugen auf der Schnellstraße beim Auf- und Abblenden ab. Hugo glaubte hören zu können, wie die Autos jedes Mal bei Lähn auf die sechzig abbremsten.

In einiger Entfernung konnte er eine ungetüme weiße Erhebung ausmachen. Es weckte seine Neugier, sah es doch aus wie ein gestrandeter Wal. Die Beschreibung passte. Rund, mächtig und ruhig lag ein riesiger Haufen steinharten Kunstschnees vor ihm. Der Schnee am Boden war schmutzig, der riesige Schneeberg hob sich so umso besser vom Untergrund ab. Daneben blinkte inmitten der Dunkelheit ein kleines gelbes Licht. Eine Schneekanone. Aber warum zum Kuckuck war hier ein ganzer Berg gelandet, an dem die Titanic zerschellen hätte können? Hugo schritt die Länge des Hügels ab, und ein schwarzes Etwas an den Ausläufern des Hügels zog ihn an. Leicht angeschneit lehnte dort ein schwarzer Anzugsschuh. Die Unterseite stand fast aufrecht. Die Marke konnte Hugo aber nicht erkennen. Die Einsamkeit, die dieser einzelne Schuh in ihm aufsteigen ließ, machte ihn wütend. »Von zweien geht immer einer verloren«, dachte er. Er war zornig auf diese Ungerechtigkeit, die dieses Paar getrennt hatte, und holte aus, um den Schuh weit wegzutreten. Doch der Schuh wurde zurückgehalten. Gerade rechtzeitig fraßen sich die ersten Strahlen der Sonne durch die feinstaubbelastete Luft und ließen ihn erkennen, dass sein Zorn unberechtigt gewesen war. Der Schuh hatte seinen Besitzer nämlich gar nicht verlassen. Denn dessen Fuß steckte noch immer darin.

10

1925, am Fuß der Zugspitze, Obermoos

Wilhelm Gamslechner war zur Baustelle an der Talstation aufgebrochen, um das am Vortag angelieferte Tragseil zu begutachten. Auf einer gigantischen Spule war es mit der Eisenbahn nach Ehrwald transportiert worden. Ein Firstbäumchen hatte daraufgesteckt. Die Spule war mit Brettern zugenagelt, um die wertvolle Fracht beim Transport zu schützen. Stolz hatte darauf die Aufschrift »TRAGSEIL FÜR DIE ZUGSPITZBAHN« geprangt. Dreitausendfünfhundert Meter lang, mit einer Dicke von achtundvierzig Millimetern, gefertigt aus hundertdreiunddreißig Gussstahldrähten. Mit offenen Mündern hatten die Anwohner den Transport des vierzig Tonnen schweren Seils bestaunt. Es hatten mehrere Automobile voreinandergespannt werden müssen, um die Spule vom Bahnhof Ehrwald nach Obermoos über die eigens dafür befestigte Zufahrtsstraße zu befördern. Ein Kraft- und Konzentrationsakt. Kein Wagen war ausreichend stabil gewesen, als dass er das Gewicht des Stahlseiles hätte tragen können. Also hatte die Spule über Baumstämme gezogen zu werden. Mühsam hatte man sich Meter um Meter erkämpfen müssen, indem ein Stamm vor den anderen gelegt werden musste. Jetzt tummelten sich die Arbeiter um die gigantische Spule, die inmitten der Baustelle der späteren Talstation lag, und Gamslechner genoss das geschäftige Chaos. Es wurde mit Hochdruck gearbeitet. Die Seilbahntrasse, die künftig kerzengerade auf den Gipfel führen sollte, war bereits vollständig ausgeholzt. Die geknickten Baumstämme waren großteils liegen geblieben, was Gamslechners ästhetisches Auge zwar störte, aber er führte immerhin keinen Verschönerungsverein.

»Gamslechner, der Bürgermeister will dich sprechen«, sagte der Ingenieur.

Wilhelm Gamslechner richtete seine Krawatte. Er wusste, dass der Bürgermeister in einer der Baubaracken bereits auf ihn wartete. Es hatte Gerüchte gegeben, und Gamslechner ahnte, dass der Bürgermeister keine guten Nachrichten haben konnte. Es stand außer Frage, dass es Probleme bei der Finanzierung der Seilbahn gab. Sie hatten schlecht kalkuliert, das war nicht von der Hand zu weisen. Sie lagen im Zeitplan für den Bau hinterher, und der Aufwand hatte bereits sämtliche Kostenansätze überstiegen. Die letzten Wochen waren angespannt gewesen. Die Leute wurden nervös, weil sich Gerüchte über den Konkurs der Hauptinvestoren wie ein Lauffeuer verbreitet hatten. Zu alldem kamen die Unruhen unter den Arbeitern. Einige der Aufwiegler hatten sie zwar loswerden können, aber unter der Oberfläche brodelte es noch immer, und nicht jedes Glutnest war gelöscht. Dafür war in den letzten Monaten zu viel passiert. Am Berg und im Tal.

Während Gamslechner die letzten Schritte auf dem Weg in die Baubaracke machte, vor der zwei Männer mit Schaufeln standen und rauchten, konnte er Ferdl im Schatten der riesigen Tragseilspule ein Stück Brot kauen sehen. Er winkte ihm zu. Ferdl winkte zurück. Sein Gesicht war noch immer grünblau, und seine Augen schienen noch nicht wieder auf gleicher Höhe im Schädel zu liegen. Wahrscheinlich kaute er so bedächtig an dem kleinen Stück Brot, weil ihm der Kiefer noch große Schmerzen bereitete. Vor wenigen Wochen hatten ihn Holzarbeiter am Heimweg in einem abgelegenen Waldstück gefunden. Mit eingeschlagenem Schädel. Keiner hatte damals daran geglaubt, dass Ferdl es schaffen würde. Kein zweites Mal nach dem Steinschlag am Berg. Doch Ferdls Kopf schienen Steine nichts anhaben zu können. Sie hatten den Halbtoten in die Gamslechner-Wirtschaft gebracht, wo ihn die Magd wochenlang gesund gepflegt hatte.

Gamslechner hatte aus Ferdl herausbringen wollen, wer das mit ihm gemacht hatte. Er hatte sich zwar denken können, wer dahintersteckte, doch Ferdl hatte keinen Hinweis gegeben. Der hatte nämlich gar kein Interesse daran, Armin hinzuhängen. Dann wäre nur der nächste Schlägertyp von Schorsch Giebler gekommen, mit einem größeren Stein vielleicht.

Gamslechner zog den Hut und ging in die Baubaracke, wo der Bürgermeister ungeduldig schnaubte. Er saß auf dem Stuhl an einem staubigen Tisch. Vor ihm eine Tasse mit Wasser. Die Baracke bot wenig Licht, aber Schutz vor dem beißenden Wind.

»Servus, Anton!«, begrüßte er ihn.

Der Bürgermeister war ein Mann schlechter Konstitution. Er wirkte stets kränklich, und immer saß er irgendwie schief. Sein Hut lag neben ihm. Der Schnurrbart schien grauer, als Gamslechner ihn zuletzt gesehen hatte.

»Griaß di, Wilhelm. Ich hab den Ferdl draußen gesehen«, sagte der Bürgermeister. »Hat man zur Verantwortung ziehen können, die ihn überfallen haben?«

Gamslechner schüttelte den Kopf. »Der Ferdl ist ein sturer Hund. Er will nichts sagen. So einen Dickschädel muss man erst mal einschlagen können. Aber ist auch gut so. Er kümmert sich um den Buben vom August«, erklärte er.

Der Bürgermeister sah ihn betroffen an: »Es ist so tragisch, was dem August zugestoßen ist.«

Gamslechner wandte den Blick ab und versuchte durch die dreckigen Scheiben der Baubaracke die Stelle auf dem Berg zu sehen, wo August gestorben war.

»Es war ein Fehler von mir gewesen, ihm diese Arbeit zu geben«, räumte Gamslechner ein.

»Das war ganz sicher nicht deine Schuld!«, korrigierte ihn der Bürgermeister in väterlichem Ton. »Das war der Krieg. Du hast nicht wissen können, wie's an der Dolomitenfront war. In manchen Menschen lebt der Krieg einfach fort.«

Es stimmte. Wilhelm Gamslechner war nicht wie die anderen jungen Männer ins Gebirge geschickt worden. Auf Betreiben eines Freundes der Familie, der als Schiffsarzt bei der Kriegsmarine Dienst versah, war Gamslechner auf ein Kriegsschiff an die Adria einberufen worden. Den Stellungskrieg, die dreckigen Gräben, die Lawinen und die Kälte hatte er nicht erlebt. Gamslechners Einheit war nie in ein Gefecht geraten. Und bis zu diesem Tag hatte er das stets für einen Glücksfall gehalten. Seit dem Tod von August schämte er sich dafür.

»Es ehrt dich, mein Freund, dass du mir diese Schuld nehmen willst«, winkte Gamslechner ab.

»Es ehrt mich nicht, wenn es mir nicht gelingt«, entgegnete er.

»Anton, ich hab die Gerüchte gehört«, brachte Gamslechner es direkt zur Sprache.

»Wenn es schlechte Gerüchte sind, stimmen sie vielleicht«, der Bürgermeister beschönigte nichts, »es ist ernst. Die Financiers sprechen von Fehlspekulation. Unvorhersehbar – sagen sie. Der ganze Schaden sei für sie noch nicht ganz absehbar. Aber ich sag dir eins, Wilhelm. Das Geld ist weg.«

»Das heißt das ganze Kapital? Alles weg? Die Finanzierung, die wir für die Löhne der letzten Wochen und das Material brauchen?« Gamslechner wollte es nicht glauben. Was sollte nun werden? Aus den Arbeitern, der Seilbahn?

»Dabei überschreiten die Baukosten jetzt schon jedwede Planungsansätze. Wir mussten die Fundamente viel größer bauen als in den Plänen veranschlagt. Die Zufahrtsstraße, die Hilfsseilbahn, all das sind Kostenpunkte, die in den ursprünglichen Plänen wesentlich niedriger vorgesehen waren«, seufzte der Bürgermeister. »Wir sprechen von fast drei Millionen Schilling.«

Drei Millionen, hallte es in Gamslechners Gedanken nach. »Anton, die Arbeiter werden hungern, wenn sie diese Löhne nicht bekommen. Dann ist es jetzt so weit, wir müssen uns an die Gemeinde wenden. Im Gemeinderat werden sie einsehen, dass der Bau der Bahn nur in ihrem Interesse sein kann. Welcher andere Ort kann schon mit der ›höchsten Seilbahn der Welt‹ aufwarten?«

»Mit Verlaub, Wilhelm – das kann nicht die Lösung sein. Die anderen Fraktionen warten nur auf mein Scheitern und werden nichts unversucht lassen, unsere Seilbahn als einen Fehlschlag hinzustellen. Meine Feinde beschränken sich nicht nur auf die anderen Lager. Du kannst dir sehr gut denken, dass in den eigenen Reihen gierig auf meine Position gespitzt wird. Ich seh die Flugblätter schon vor mir: ›grobe Eigenmächtigkeiten, unverantwortliche Spekulation mit Gemeindegeldern‹. Nein, das muss unter Ausschluss des Gemeinderates vonstattengehen.«

»Was schlägst du dann vor? Wir brauchen jetzt aber das Geld der Gemeinde!«

Gamslechner wurde ungehalten, beruhigte sich jedoch, als er an den Gesichtszügen des Bürgermeisters ablesen konnte, dass dieser bereits eine Idee hatte.

»Die Elektrizitätswerke haben das Geld«, stellte der Bürgermeister fest.

»Die Elektrizitätswerke *gehören* der Gemeinde. Wie willst du den Gemeinderat da außen vor lassen?«

»Das ist zwar richtig, aber der Verwaltungsrat kann eigenständig Geschäfte abschließen. Ganz ohne Einbindung des Gemeinderates und als Vorsitzender des Verwaltungsrates der Elektrizitätswerke werde ich ein Darlehen bewilligen. Die Seilbahn ist einfach zu bedeutend, um sie jetzt ruiniert zu wissen. Ich komme gerade von einem inoffiziellen Treffen mit dem Landeshauptmann. Er wird uns unterstützen.«

»Aber Anton, wenn das an die Öffentlichkeit gelangt!« Gamslechner wurde angst und bang. »Sie werden dich aufknüpfen.«

»Natürlich werden sie einen Schuldigen für dieses Debakel brauchen, aber ich werde nichts unversucht lassen, unsere Bahn zu retten. Bei meiner Ehr. Wir müssen nur zusehen, dass wir den Zeitplan einhalten.«

Wegen des verdammten Zeitplans ist der August gestorben, dachte Gamslechner.

»Der Bundespräsident und der Verkehrsminister haben ihr Kommen zur Eröffnung angekündigt«, fuhr der Bürgermeister fort. »Verstehst du, was das heißt? Der Bundespräsident höchstpersönlich! Die Kleingeister und Saboteure werden gezwungen sein, anzuerkennen, welch Wunderwerk unsere Seilbahn ist, wenn erst einmal der Bundespräsident da war! Sie werden dann nicht anders können. In der Zwischenzeit werde ich mich an ein Bankkonsortium des Landes wenden und den Rest an Aktien ausgeben.«

»Das kann doch nicht dein Ernst sein!«, zweifelte Gamslechner. »Das gibt schweren Kerker für uns beide.«

Doch der Bürgermeister klang überzeugt. Er musste diesen Plan schon länger geschmiedet haben: »Nein, Wilhelm, du wirst davon nichts gewusst haben«, erwiderte er. »Wenn der Plan scheitert, dann musst du handlungsfähig bleiben, sonst ist die Seilbahn unseren Feinden auf Gedeih und Verderb ausgeliefert. Hoffnung ist eine Lektion, und die lernt man nicht an seligen Tagen. Du wirst sehr gut darin werden müssen.«

»Anton«, stöhnte Gamslechner auf.

»Sei nicht dumm, Wilhelm. Einer von uns muss sie fertig bauen.«

11

Heute, am Fuß der Zugspitze, Obermoos

Es hatte einige Minuten gedauert, bis Hugo sich über seine nächsten Schritte hatte bewusst werden können. Auch wenn er es nicht fassen wollte, hing der Schuh an einem Fuß und der Fuß allem Anschein nach an einem toten Menschen. Begraben unter Tonnen von Schnee. Anfangs wollte er nicht damit aufhören zu denken, er hätte lediglich eine Puppe gefunden. Die Werbefigur einer Skischule oder so etwas. Aber warum hätte eine solche mit Anzugschuhen werben sollen?

Hugo hatte zunächst noch versucht, den Fuß weiter auszugraben. Mit den Händen war er nicht weit gekommen. Also hatte er die Raketenstäbe dazu verwendet, die einer nach dem anderen abgebrochen waren. Dann aber blieb ihm nichts anderes übrig, als den Notruf zu wählen, allerdings nicht, ohne sich dabei peinlich berührt zu fühlen. So ganz sicher war er sich in dem Moment ja dann doch nicht gewesen, dass da wirklich ein Toter liegen sollte, von dem nur ein Fuß mit einem teuren schwarzen Schnürschuh unter einem sanft geformten Eisberg herausragte. Wie oft kam das schon auch vor? Jeder hatte davon gehört, dass Enten, wenn sie von Frost überrascht werden, schon mal auf Wasseroberflächen anfroren. Und einmal war ihm sogar ein Video weitergeleitet worden, auf dem ein Mann auf zu Eis erstarrte Enten eingeschlagen hatte, um sie zu befreien. Aber das waren nur Enten gewesen, und die lebten danach ihr Entenleben weiter. Das hier war etwas ganz anderes. Vor ihm lag ein Mensch.

Hugo hätte gern geglaubt, dass das Schlimmste, das ihm an diesem Tag hätte passieren können, das Auffinden einer Leiche gewesen wäre. Denn es kam noch dicker: Die Ersten, die nach Alarmierung des Notrufes bei ihm ankamen, waren zwei ihm bekannte Personen. Es handelte sich um dieselben beiden Herren Beamten, die Hugos Führerschein einkassiert hatten.

»Oha!«, sagte der jüngere Polizist. »Was machen *Sie* denn noch da?«

»Urlaub. Ich bin hier entlanggegangen und auf diesen Schuh gestoßen.«

Die Beamten betrachteten den Schuh und die davor mikadoartig platzierten Raketenstäbe. Sie tauschten untereinander fragende Blicke aus. Der zweite Polizist schien vom Naturell eher ein ruhigerer Typ zu sein und wandte sich wieder an Hugo: »Waren diese Sprissl auch schon hier?«

»Nein. Ich hab versucht zu graben.«

»Mit Sprissl?«, hakte der junge nach, und seine Wangen wurden von der Kälte immer roter. »Haben Sie was g'soffen?«

»Und wenn schon. Ich bin nicht mit dem Auto da«, gab Hugo patzig zurück. Er vergrub die Hände in den Jackentaschen, um zu verbergen, dass er sie zu Fäusten verkrampfte.

»Der Kollege meint ja nur fürs Protokoll«, beschwichtigte der ruhigere der beiden. »Gell, Rainer?«

Rainer grummelte etwas, das nach Zustimmung klang, und begann mit seiner Taschenlampe den Schuh zu beleuchten. Das Licht an diesem Morgen war noch immer schwach. Um diese Jahreszeit machte die Morgendämmerung eine eigene Tageszeit aus.

Der ruhigere Polizist, der auch der ältere der beiden zu sein schien und nicht annähernd so verbissen wie sein Kollege wirkte, tippte mit seiner Schuhspitze gegen den gefrorenen Fuß und sah seinen Kollegen ausdruckslos an. Fast so, als hätte er auch erst in diesem Moment den Ernst der Lage verstanden. »Der ist echt. Und wenn der noch lebt?«

»Dann müssen wir ihn ausgraben«, antwortete Rainer.

»Dann brauchen wir aber mehr als Sprissl. Das ist bockhart.«

»Vielleicht braucht man da die Bergrettung. Ist ja so ähnlich wie eine Lawine«, warf Hugo ein.

»Die Bergrettung? Was sagst du, Matthias? Und die sollen

mit einem Lawinenpips kommen, oder was?«, verlachte ihn Rainer.

»Ich weiß nicht, vielleicht zumindest die Feuerwehr«, lenkte der Beamte mit Vornamen Matthias ein. »So kriegen wir den da jedenfalls nicht raus. Vielleicht sollten wir mal den Schuh ausziehen, Puls fühlen oder so.«

»Ich greif den nicht an«, lehnte Rainer entschieden ab.

»Ja, vielleicht werden dadurch Spuren zerstört.«

Die Polizisten sahen ihn böse an.

»Welche Spuren?«, wollte Rainer von Hugo wissen.

»Vielleicht liegt hier Fremdverschulden vor«, wehrte er sich.

Der jüngere verzog die Mundwinkel bis zu den Ansätzen seines Borstenhaarschnittes. Es war, als hätten die Polizisten bislang nicht daran gedacht, dass hier eine Straftat vorliegen könnte.

»Ausgraben müssen wir ihn trotzdem. Falls er noch lebt. Aber dadrunter gibt's eigentlich keine Luft. Das ist wie Beton. Der kann nimmer leben.« Der Beamte hielt inne und sah sich um. Seine Aufmerksamkeit schien einem Geräusch zu gelten, das ebenso von den umliegenden Hängen widerhallte wie ein rotierendes oranges Licht.

»Grad recht«, sagte Rainer zufrieden.

Hugo erkannte eine Pistenraupe, die sich auf der Loipenbahn entlangschleppte und direkt auf sie zuhielt. Sie fuhr bis auf einige Meter an Hugo und die Polizisten heran. Dann stoppte die Pistenraupe und hob die schwarze Schwanzflosse, die das Lamellenmuster in den Schnee presste. Eine Frau mit Anorak der Liftgesellschaft und dünnem Pferdeschwanz unter einer dicken Mütze kletterte heraus.

»Endlich tut's mal was gegen die Trottel, die die Loipe mit einem Wanderweg verwechseln. Was ich Arbeit hab wegen denen!« Ihre Stimme klang rauchig und gleichzeitig schrill. Sie funkelte Hugo böse an. Dann fiel ihr Blick auf den Fuß. »Jesses, ist das ein Fuß?«, fragte sie überrascht und trat näher heran. »Der war gestern noch nicht hier.«

»Warst du gestern noch da?«, sprach Matthias sie an.

»Ja, die Schneekanone hab ich programmiert. Sonderauftrag vom Chef. Er will auf dem Abschnitt keinen dreckigen Schnee sehen.«

»Wann war das?«, wollte er wissen.

Sie langte nach der Brusttasche ihres Anoraks. Neben dem Logo der Liftgesellschaft verlief ein Reißverschluss. Hervor kam eine Packung Kaugummis, von denen sie sich gleich zwei Stück in den Mund schob. Sie hatte die Packung fast schon wieder ganz zurück in die Jacke gesteckt, als sie Hugo und den Polizisten ebenfalls einen anbot. Rainer lehnte so heftig ab, als würde es sich um Bestechungsgeld handeln. Hugo hingegen nickte dankbar, und sie schenkte ihm die restliche Packung. Und das, obwohl er Fußstapfen in die Loipe getreten hatte. Aber Leichenfund schweißte Leute zusammen. Sogar Loipenfahrerinnen und Fußgänger.

»Boah, wann war des genau. Neune?«, schätzte sie und schmatzte dabei.

»Einundzwanzig Uhr also?«, vergewisserte sich Rainer.

Die Liftangestellte nickte.

Der Kaugummi schmeckte eigenartig. Hugo warf noch mal einen Blick auf die Packung. Nikotinkaugummi. Klar. Neujahrsvorsätze.

»Hast du eine Idee, wie wir den da rauskriegen?«, erkundigte sich Matthias.

»Ich hab Schaufeln dabei, aber helfen wird da nur ein Bagger«, prognostizierte sie.

»Ich tät sagen, wir fangen mit den Schaufeln an.«

Matthias machte sich daran, die Böschung hinaufzuklettern. Es lag ein beachtlicher Niveauunterschied zwischen der Loipe und der oben verlaufenden Fahrbahn, mehr als nur ausreichend für einen schweren Sturz. Die Anhöhe war gesäumt von Hagebuttensträuchern. Ihre roten Früchte waren mit einer trüben Eisschicht überzogen. Die dürren Ästchen stellten feine Härchen aus Eiskristallen auf und glänzten weiß in der Sonne.

Die Liftlerin bemerkte, wie Hugo dem Beamten nachsah. »Was glaubts, abgestürzt?«, wollte sie wissen.

»Wär ja nichts Neues. Aber sogar für Silvester ist das ein arger Unfall«, stellte Rainer fest. Für Hugos Empfinden ein wenig voreilig. Es erschien ihm recht skurril.

»Stimmt. Normalerweise schießen sie sich einen Finger weg oder brennen Städel nieder. Ob der noch gelebt hat, wie er zugeschneit worden ist?«, fragte sie.

Hugo schauderte. Lebendig begraben. Furchtbar.

Rainer zuckte mit den Schultern: »Dabei sagt man immer, B'soffene und Kinder passiert nichts. Matthias, ist da oben was?«

»Na, keine Spuren, nichts. Der Wind muss den Kunstschnee verweht haben. Alles glatt beschneit. Ich hab einen Bagger angefordert.« Matthias kletterte wieder hinunter.

Hugo konnte sehen, welches Geschick es ihm abverlangte, den eisigen Hang heil herunterzukommen. Der Beamte ging dabei behände vor und wandte dem Hang seine Vorderseite zu, um mit den Fußspitzen Tritte in den gefrorenen Untergrund zu schlagen. Aufgrund der Neigung blieb dort kein Schnee liegen. Matthias löste gefrorene Erde und Steine, die auf die Loipe herabrollten und das Missfallen der Liftangestellten erregten. Hugo ahnte, warum der Schnee an dieser Stelle zu schmutzigen Verfärbungen neigte.

»Zwei, drei Autos stehen oben. Und der Volvo vom Atzwanger«, berichtete Matthias.

Liftlerin Leonie verdrehte die Augen. »Der Chef«, seufzte sie.

»Was macht denn der da?«, fragte Rainer.

»Nichts wahrscheinlich. Das wird nur das Auto sein. Gestern war doch dieses ›Gondelsilvester‹ mit dem Steinbockgipfel. Vermutlich hat er's stehen lassen.«

»Gondelsilvester?«, fragte Matthias, der mittlerweile wieder bei ihnen angekommen war.

»Hast das nicht mitkriegt? Der Atzwanger hat ein Silvesteressen in den Gondeln veranstaltet, während sie damit ganz kamot auf und ab gefahren sind«, erklärte Rainer.

»Die Landesrätin Obergantschler soll da gewesen sein«, ergänzte die Liftlerin.

»Scheiße«, warf Matthias ein, »wenn das einer von denen ist? Ein toter Politiker. Na, bitte gorschen.«

Rainer riss die Augen auf: »Leonie, du musst sofort den Atzwanger anrufen. Wir brauchen den Bagger jetzt mehr als dringend. Er soll einen von seinen schicken.«

Sie nickte und wählte die Nummer. Während sie darauf wartete, dass abgehoben wurde, war ihr, als ob Gregor Atzwanger ganz in der Nähe wäre, denn sie glaubte, sein Handy in ihrer unmittelbaren Umgebung läuten zu hören. Das tat sie auch tatsächlich. Sie alle. Sie hatte die Nummer des Fußes vor ihnen gewählt.

12

Hugo stand abseits, als die Bagger und zusätzliche Rettungskräfte ankamen. Mittlerweile war er völlig ausgefroren. Seine Beine waren schmerzhaft steif geworden, und sein Rücken begann ebenfalls zu ziehen. Der Himmel hatte schlagartig aufgeklart, doch konnten die Sonnenstrahlen lediglich seine Laune erwärmen.

Er beobachtete, wie der rote Kleinbagger der Firma ATZBAU damit begann, den Schneeberg vorsichtig abzutragen. Mittlerweile war auch klar, dass Gregor Atzwanger in der Nacht nicht nach Hause gekommen war. Er hatte das Telefonat von Rainer und der Mutter von Atzwanger mitangehört. Atzwanger hatte mit seiner Mutter in einem Haus nicht weit vom Hotel Gamslechner Hof gelebt.

Hugo war müde. Er hatte keine Ahnung, wie er zurück zum Hotel kommen sollte. Keinen Schritt konnte er mehr laufen. Da traf es sich gut, dass die Liftlerin nicht auf ihn vergaß. Leichenfund schweißte immer mehr zusammen.

»Darf ich dich mitnehmen? Nicht, dass du mir die frische Spur zertrampelst!«, fragte sie freundlich genug, dass er nicht ablehnen konnte. Hugo nickte eifrig und sah sich nach einer Aufstiegsmöglichkeit in das Gefährt um.

»Einfach draufsteigen. Das ist kein Motorrad«, belehrte sie ihn. Sie saß bereits auf ihrem Sitz.

»Danke«, stotterte er und quetschte sich in das winzige Führerhäuschen. Es war überraschend warm. Dann startete sie mit einer Geschwindigkeit, die Hugo weit übertrieben schien.

»Ich bin jetzt spät dran und muss Zeit reinholen«, erklärte sie und senkte die Schwanzflosse auf die Loipe, um alle Unebenheiten aus der Bahn zu tilgen.

Dabei hätte es ihr egal sein können. Von ihrem Chef hätte sie wohl keinen Ärger mehr zu befürchten. Aber Hugo sagte nichts. Er war froh und dankbar darüber, eine warme Mitfahrgelegenheit ergattert zu haben. Das Gefährt fraß sich wie eine gierige Raupe durch die Landschaft. Manchmal musste Leonie anhalten, um Raketenstäbchen aufzusammeln. Dann fuhr sie allerdings mit umso größerem Karacho weiter.

»Was hast denn du mit dem Rainer und dem Matthias sonst noch zu schaffen? Der Rainer kann zwar ungut sein, aber so ungut ist auch selten«, fragte sie freiheraus.

Hugo dachte darüber nach, ob er sie einweihen wollte, erkannte aber keinen Grund, sich rauszureden: »Den Schein haben s' mir vor ein paar Tagen zupft, bei Lähn.«

»B'soffen?«, kam wie aus der Pistole geschossen.

»Zu schnell.«

»Jeder weiß doch, dass sie in Lähn stehen.« Sie kratzte sich unter der Mütze.

Hugo ärgerte sich. Dieses blöde Lähn.

»Aber Glück hab ich auch grad keines. So ein Pech muss ich haben, dass gerade *meine* Schneekanone den Chef umbringt.«

»Machst dir deswegen Sorgen?«, fragte Hugo nach.

»Na, mit Schneekanonen kenn ich mich aus. Da war alles ordnungsgemäß. Da kann niemand was dafür, wenn sich da einer drunterlegt. Vielleicht sollten die Leut einfach weniger saufen. Fallen um und erfrieren. Passiert hier nicht zum ersten Mal. Ganz gefährlich sind die Dorffeste in der Übergangszeit. Maifest zum Beispiel. Wenn die Nächte noch immer frostig sein können. Da wollen sie ganz brav sein und nicht mit dem Auto fahren. Zack. Ausgerutscht. Eing'schlafen. Erfroren.«

»Dann ist das hier auch passiert, ausgerutscht und eingeschlafen?«

»Davon würd ich ausgehen. Freiwillig legt man sich da ja auch nicht hin.«

»Und wenn den einer *niedergelegt hat*?«, hakte Hugo nach.

Sie sah ihn böse an. In Anbetracht dessen, dass sie auf ihrer Fahrbahn nicht mit Gegenverkehr rechnen mussten, machte sich Hugo keine Sorgen.

»Ah wa. Du schaust zu viel Fernsehen, oder?«, entgegnete sie.

»Vielleicht«, gab Hugo zu. »Aber das war einfach so unheimlich, dass ich mir nicht vorstellen kann, dass das mit rechten Dingen zugegangen sein soll.«

»Das gehört wohl dazu, wenn man einen Toten findet. Wir haben jedes Jahr zwei, drei Herzinfarkte auf der Loipe. Da laufen sie ein paar Runden, wachsen den Ski nach, essen einen Müsliriegel, und dann fallen s' einfach um. Das schaut auch nie natürlich aus. Ist es aber.«

Hugo verstand, was sie damit zum Ausdruck bringen wollte. Jetzt kam er sich aufgrund seiner Vermutung blöd vor.

»Hat er Familie gehabt, der Chef?«, erkundigte sich Hugo.

»Er ist mal mit einer Deutschen gegangen, aber die gibt's schon lange nicht mehr. Der Großvater hat ihm vor ein paar Jahren das Unternehmen vererbt. Aber sonst hat's da niemanden gegeben, glaub ich.«

Sie konzentrierte sich wenig auf die Fahrt. Hugo war sich nicht sicher, ob er sie für routiniert oder fahrlässig halten sollte. Das klassische Fahrlässigkeitsalter hatte sie jedenfalls hinter sich. Er hätte sie auf Mitte dreißig geschätzt. Ihre burschikose Art ließ sie allerdings jünger wirken.

»Machst du den Job schon lang?«, fragte er, um einen Hinweis auf ihr Alter zu bekommen.

»Kann man so sagen. Nach der Schule hab ich zwei, drei Saisonen Skilehrer gemacht. Dann bin ich beim Lift gelandet. Seit ein paar Jahren mach ich auch die Loipe. Der Rundkurs ist viel Arbeit, vor allem in schneearmen Wintern. Aber es gefällt mir besser als das Skilehrern. Ich brauch das ganze Tamtam mit die Gäst nicht. Immer so tun, als hätten die den Wintersport neu erfunden, nur weil s' in eine Skibindung einsteigen können. Außerdem weiß ich bis heut nicht, wo der Unterschied zwischen Berg- und Talski ist. Ich bin, auch ohne das zu wissen, immer gut gefahren.«

»Hier draußen ist es aber auch angenehm ruhig«, stellte Hugo fest und ließ seinen Blick über die verschneite Landschaft gleiten. Das Tal war von einer im Morgenlicht glitzernden Schneeschicht bedeckt, und von den Häusern der Umgebung stiegen dicke Schwaden aus den Kaminen.

»Mir ist das auch das Liebste am Morgen, die Loipe machen. Auch wenn das heißt, dass ich womöglich nicht viel Schlaf krieg, weil ich die halbe Nacht noch sämtliche Beschneiungsanlagen kontrollieren muss. Das ist oft richtig zach, verschiedene Skilifte anfahren und sicherstellen, dass die Kanonen auch funktionieren. Früher hat da jeder Lift seine eigenen Leute gehabt, aber seit der Atzwanger alle Liftgesellschaften außer die Zugspitzbahn aufgekauft hat, hat er eine ›Poollösung‹ eingeführt, und jetzt gibt's da einfach einen Pool aus Leuten, die dann in ihrer Schicht alles Mögliche machen müssen. So ist es billiger.«

»Klingt sehr anstrengend.«

Die Liftlerin seufzte. »Also entspannter ist es mit dem Atzwanger nicht geworden. Angefangen hat der mit dem Bauunternehmen von seinem Großvater, und als das gut gelaufen ist, hat er sich nach und nach in die Skilifte im Bezirk eingekauft. Es ist noch nicht so lang her, da hat er den Dohlenschwingenlift, den Hauslift der Reuttener, übernommen und groß geredet, er sorgt für ein schneesicheres Skigebiet, aber dürfte die Rechnung ohne die Gemeinde gemacht haben. Keine einzige Genehmigung hat er kriegt. Und was hat er dann gemacht? Einfach zugesperrt. Die ganze Belegschaft auf die Straße gesetzt und ein Jahr später, als dann alles geklärt war, mit Liftlern aus seinen ›Pools‹ wieder aufgesperrt. Meine Freundin Corinna war fünfzehn Jahre an der Liftkasse. Heute sitzt da jetzt eine Ostdeutsche von einer Leiharbeitsfirma. So einer war der Atzwanger. Das muss man wissen.«

Das Loipengerät wurde langsamer, sie waren dabei, durch eine lichte Reihe Bäume zu fahren. Zwei Rehe sprangen über die Spur.

»Die sind immer da«, grinste Leonie.

Hugo sah den Tieren nach, wie sie in irgendeinem Schatten

wieder verschwanden. »Klingt nicht, als ob er sonderlich beliebt war.«

»Bei der Belegschaft ganz sicher nicht. Bei die da oben vermutlich schon. Immerhin kommt ja sogar die Landesrätin, wenn der Atzwanger zum ›Gondelsilvester‹ einlädt. Wahrscheinlich hat er dort Stimmung gemacht für den Scheiteltunnel. Das wär ein Mordsauftrag für den Atzwanger geworden. Mit dem Gewinn hätt er dann dem Gamslechner seine Anteile an der Zugspitzbahn abkaufen können. Dann wär er endlich der Seilbahnkaiser geworden, der er hat in der Schule schon immer sein wollen.«

»Seilbahnkaiser hat auch noch kein Kind werden wollen«, scherzte Hugo.

»Der Gregor Atzwanger schon. Ich bin mit dem in die Volksschule gegangen. Also dem Atzwanger und dem Felix Gamslechner. Den kennt man ja auch. Der Gregor wollt immer der beste Freund vom Gamslechner werden. Aber der Felix war da nicht so drauf aus. Vielleicht, weil einem der Gregor immer gerne unter die Nase gerieben hat, wie toll er doch nicht ist, und das hat den Felix genervt. Total verschieden die zwei, auch als Unternehmer. Beim Gamslechner kannst nach Jahrzehnten in Pension gehen, der Atzwanger hat einen rausgehaut, wenn man nur schief geschaut hat.«

»Kaum zahlen s' einen Lohn, glauben s', du gehörst ihnen«, bekräftigte Hugo, der als öffentlich Bediensteter seit seinem zwanzigsten Lebensjahr zu wissen glaubte, wovon sie sprach.

»Das kannst laut sagen. Sechzig-Stunden-Woche, Zwölf-Stunden-Tag werden da überlegt. Alles auf unsere Kosten, und traut sich einer dagegen was sagen, zack, ist er gekündigt.«

»Sag bloß?«

»Tatsache. Im Dezember hat die Belegschaft gestreikt. Blöd nur, dass es niemandem aufgefallen ist, weil die Lifte nicht gelaufen sind. Das war die Idee vom Guido Lamprecht. Der hat versucht, Garantien für die Belegschaft auszuverhandeln, aber so schnell hast gar nicht schauen können, hat ihn der Atzwanger entlassen.«

»Gibt's ja nicht. Was ist mit eurer Gewerkschaft? Betriebsrat?«

Leonie lachte. »Pah! Vergiss es. Mit dem Auftrag für den Tunnel hätt's viele Subaufträge gegeben. Da hätt keiner das Maul aufgerissen. Und nur wegen dem Lamprecht? Sagen wir mal so, der hat's einem auch zu leicht gemacht. Der ist einfach ein Unsympath. Und noch dazu tritt der auch offen gegen den Tunnel auf. Er hat deswegen sogar eine eigene Anrainervereinigung gegen den Scheiteltunnel gegründet: ›Scheiteln vereiteln!‹ Man stelle sich vor.« Sie machte eine kleine Pause und studierte eines der Anzeigenlichtchen. »Ich brauch auch keinen Tunnel«, gab sie dann zu, »oder eine Maut. Aber ich würd echt gern mal am Samstag nach Reutte zum Einkaufen fahren können. Das kannst halt vergessen. Da ist die Straße dicht. Dein halbes Leben musst hier danach richten, ob du um die und die Zeit über den Katzenberg oder den Fern kommst oder nicht.«

Er nickte ihr zu. Verständnis von einem transitgeplagten Tiroler zum anderen.

»Warum eigentlich diese aufgetürmten Kunstschneehaufen?«, fragte Hugo. »Die blockieren die Loipe doch nur.«

Leonie grinste. »Verstehe, dass das für dich komisch aussieht. Wenn man den Schnee erst einmal vor Ort hat, kann man ihn verteilen und niederwalzen. Seit rund zehn Jahren wird hier der Loipenrundkurs so präpariert, wenn zu wenig Schnee liegt. Mit Mistbreitern wird der Schnee dann ausgebracht und danach drübergewalzt.«

»Mit Mistbreitern?«

»Geht super! So wird er langsam aus den Hängern ausgekippt«, versicherte Leonie.

Er konnte in der Entfernung die ersten Langläufer erkennen. Auch Leonie sah die bunten Jacken mit den langen Stöcken.

»Ich biege hier jetzt ab, deswegen muss ich dich rauslassen. Wenn du da vorne zwischen den Häusern gerade hinaufstichst, kommst du zum Kirchplatz«, erklärte sie.

Hugo kletterte ungern aus dem warmen Gefährt und bedankte sich bei Leonie. Er folgte ihrer Wegbeschreibung ins Hotel. Aus ein paar Meter Entfernung entdeckte er ein kleines Grüppchen Kinder. Sie trugen Skianzüge und kleine Säckchen um den Hals. Als sie ihn sahen, begannen sie zu tuscheln. Sie kamen auf ihn zu und stellten sich nebeneinander auf, sodass sie ihm den Weg versperrten. Ein Kind zählte an: »Zwo, drei, vier!«

Dann schrien sie ihm voller Inbrunst etwas zu, das wie »guter Luis« klang. Es lag ihm wohl noch der Schreck seines frühmorgendlichen Fundes in den Knochen, der Hugo beim Anblick der erwartungsvollen Kindergesichter Reißaus nehmen ließ. Was ging in diesem Ort vor? Doch egal, was es war: Der Gedanke, dass Gregor Atzwanger nicht eigenverschuldet ums Leben gekommen sein konnte, nahm für Hugo immer mehr Gestalt an.

13

20. April 1945, am Fuß der Zugspitze

Der Tag begann damit, dass die Dorfbewohner die roten Flaggen von ihren Mauern rissen und Mütter sich auf der Straße über ihre Kinder warfen.

Auch der zwölfjährige Wilhelm Albert Gamslechner wusste, was die Sirenen bedeuteten. Wilhelm Albert war zwar nach seinem Vater Wilhelm benannt worden, aber man nannte ihn nur Albert. So wie die Mutter jetzt nach ihm rief: »Albert! Komm sofort ins Haus!« Albert machte allerdings keinerlei Anstalten, auf sie zu hören, und starrte in den Himmel, um die Flugzeuge zu erspähen, die den Alarm ausgelöst hatten.

»Albert! Muss ich dir wirklich den Hintern versohlen? Schau, dass du reinkommst!«

Früher hätte sie mit dem Vater gedroht: »Warte nur, bis Vati davon erfährt.«

Aber der Vati wusste und sah jetzt ohnehin alles. Vom Himmel aus. Während Albert sich sicher war, dass Wilhelm Gamslechner vom Himmel herabsah, zweifelte die Mutter stark daran. So wie sie an vielem zweifelte, was ihren Mann anbelangte. Deswegen blieben auch die vielen Fragen ihres Sohnes unbeantwortet oder erzeugten nur ein Seufzen. Überhaupt sprachen die Leute vom Tod des alten Gamslechner nur hinter vorgehaltener Hand.

In dem Jahr, als Albert Gamslechner geboren worden war, hatte das Deutsche Reich gegen Österreich die Tausend-Mark-Sperre verhängt. Die Einreise nach Österreich kostete fortan jeden Reichsbürger tausend Mark, was das touristisch aufstrebende Tirol schwer getroffen hatte. Und mit ihm auch dessen erste Seilbahn. Die ohnehin finanziell angeschlagene Unternehmung war somit außerstande gewesen, die erforderlichen

Gewinne zu erwirtschaften, um die Baukosten hereinzubringen. Der Bürgermeister und Wilhelm Gamslechner hatten jahrelang versucht, eine Lösung für das Finanzdebakel um die Seilbahn zu finden. Aber als die Reisenden ausblieben und die Umsätze eingebrochen waren, hatte der Verkauf der Seilbahn nicht verhindert werden können. Eine Unternehmung tirolerischen Pioniergeistes war an Deutschland gefallen. Die Seilbahn war von der auf deutscher Seite gegründeten Bayerischen Zugspitzbahn aufgekauft worden. Der Bürgermeister hatte Tirol verlassen müssen. Wilhelm Gamslechners Befürchtungen hatten sich bewahrheitet: Man hatte seinen Freund zum Teufel gejagt.

Der Anblick der Seilbahn hatte langsam begonnen, Wilhelm Gamslechner krank zu machen. Wie unerwiderte Liebe. Er fühlte sich beraubt. Heimatlos. Verschmäht. Dann war es ihm immer schwerergefallen, den Anblick des Wettersteins zu ertragen. Immer öfter hatte er die Vorhänge der auf die Zugspitze zeigenden Fenster zugezogen, wenn er in seiner Kammer saß. Bald darauf waren ihm auch die Sonnenaufgänge zu viel geworden, sodass die Vorhänge im ganzen Haus geschlossen zu bleiben hatten.

Die Gamslechnerin, schwanger und verantwortlich für ein stürmisches Kleinkind, hatte kein Verständnis für ihres Mannes Schwermut aufbringen können. Ihrer Ansicht nach war es die Seilbahn, mit deren Bau alles Unglück seinen Gang genommen hatte. Sein Lebenswerk war im Begriff, ihrer aller Leben zu zerstören. Die Schulden. Die Schmach. Der Schmerz. Das Ausbleiben der Reisenden hatte auch ihr eigenes wirtschaftliches Fortkommen schwer belastet. Immerhin hatten Gamslechners auf Wilhelms Drängen hin den Gasthof zu einem Hotel umgebaut, schmucke Fremdenzimmer eingerichtet und mit allerhand Luxuriösem dem betuchten Urlauberpublikum aufgewartet. Die anfängliche Begeisterung der Gamslechnerin war schnell der Sorge vor dem finanziellen Ruin gewichen, als sich die außenpolitische Misere um die Einreisebeschränkungen abgezeichnet hatte. Davon wollte ihr Mann aber nichts wissen.

Für ihn hatte es nur eine Sorge gegeben, nämlich den Verlust der Seilbahn. Tagein, tagaus betrauerte er, was nicht mehr zu ändern war. Er aß nicht. Er arbeitete nicht. Es lag allein an der Gamslechnerin, zu wirtschaften, durchzurechnen und die Familie über Wasser zu halten. Sie hatte Bedienstete entlassen müssen und deren Aufgaben übernommen, während sie unablässig Vorhänge aufzog, um die verbliebenen Gäste nicht zu verschrecken. Wilhelm Gamslechner war indessen unermüdlich darin gewesen, das Tageslicht auszusperren. Vielleicht waren die Vorhänge für die Gamslechnerin an so manchem Tag der einzige Grund gewesen, um überhaupt aufzustehen. Ihr war, als würde die Finsternis von Wilhelms Gedanken über sie alle kommen, wenn sie es auch nur einmal verabsäumen sollte, das Licht ins Haus zu lassen. Irgendwann war Gamslechner dann einfach gar nicht mehr aus seiner Kammer herausgekommen. Damit war auch das endlose Vorhang-auf-Vorhang-zu beendet. Darüber war die Gamslechnerin schlichtweg erleichtert gewesen. Sie hatte keine Versuche mehr unternommen, ihn zum Essen zu bewegen oder ihn bei wichtigen Fragen mit einzubeziehen. Am Ende des Tages war ihr nur geholfen, wenn er sein Zimmer einfach nicht mehr verließ. So hatte sie sich um die Dinge kümmern können, die keinen Aufschub duldeten. Sie hatte die Pferde verkauft und Darlehen aufgenommen. Wo es nötig gewesen war, hatte sie seine Unterschrift gefälscht und seine Abwesenheit auf infektiös klingende Krankheiten geschoben, wodurch weder Banken noch die Lehrer der Kinder auf seine Anwesenheit bei weiteren Terminen pochten.

Die einzige Hilfe dieser Tage war der Gamslechnerin der Sohn von August, der junge Gustl, gewesen, der sich der beiden Gamslechner-Söhne angenommen hatte. Er hatte den Knaben gezeigt, wie man sich die Füße in frischen Kuhfladen wärmte, welche Blüten nach Schokolade rochen und wie man durch Grashalme pfiff. Außerdem hatte er ihnen erklärt, dass es auch gegen Hunger half, wenn man sich die Sonne auf den Bauch scheinen ließ. Nur nicht im Winter. Im Winter half einem nichts.

Die Knaben hatten sehr an Gustl gehangen, und Gustl hatte gewusst, wie es war, wenn der Vater anwesend war, aber nie mehr nach Hause kommen würde. Jedes Mal, wenn sie danach gefragt hatten, erzählte er ihnen eine Geschichte vom Bayernkönig. Aber nur die vom Märchenkönig. Nicht die des Geisteskranken, der ins Wasser gegangen war.

Den Leuten im Dorf war nicht verborgen geblieben, dass in der Gamslechner-Wirtschaft etwas nicht mit rechten Dingen zugegangen war. »Ans Springkraut wollt er, der Gamslechner! Das hat er jetzt davon«, hatten die Alten erklärt, und die Jungen waren an ihren Lippen gehangen, während sie sich vorgestellt hatten, wie der Gamslechner den Zugspitzgeist verärgert hatte. Die Gamslechnerin hätte sich vielleicht darum gekümmert, hätte sie nur einen Augenblick Zeit gehabt für das Geschwätz hinter den rot behangenen Hausfassaden. Ihr selbst kamen jedenfalls keine Fetzen mehr vor die Fenster. Die jüngste Generation der Dorfbewohner hatte begonnen, bei jeder Adlersichtung an Gamslechner zu denken: »Da, diesmal holt er den Wilhelm!«, hatten sie jedes Mal geschrien, wenn der Ruf eines Steinadlers zu vernehmen war.

In der Schule hatten es auch nur die wenigsten gewagt, Albert zu vernadern. Ein Gamslechner blieb nun einmal ein Gamslechner. Dennoch war es Albert nicht entgangen, dass der Zustand seines Vaters für Gesprächsstoff sorgte. Seine Mutter führte dies grundsätzlich auf die Missgunst der Leute zurück. Gamslechners konnten immer für volle Mägen ihrer Kinder sorgen, ihr Heim war auch im tiefsten Winter warm, und die Familie hatte sich in der Gegend Bedeutung ererbt. Das hatte immer noch zahlreiche Neider auf den Plan gerufen. Die Mutter hatte es nie ausgesprochen, aber sie verfluchte den Tag, an dem die Idee dieser Seilbahn geboren worden war.

Und jetzt stand der älteste Sohn von Wilhelm Gamslechner bei Fliegeralarm auf der Straße und legte den Kopf in den Nacken, um Rundumblick zu haben, und die nächste Generation von Alten begann zu flüstern: »Ausschau hält er nach dem Zugspitzgeist! Den Albert wird er auch holen!« Und da das Geflüster der Leute das Einzige war, das Albert über die letzten Jahre seines Vaters wusste, hatte sogar er angefangen zu glauben, dass der Zugspitzgeist zuerst hinter dem Vater und jetzt hinter ihm selbst her war. Doch er wollte dem Zugspitzgeist mutig begegnen. Er wollte ihm ins Antlitz sehen und sich weder kampf- noch spottlos ergeben. Dann würde, davon war er überzeugt, auch das Gerede aufhören. Viel eher würde er dann als kühner Bursche gelten, der im Angesicht der Gefahr nicht davonlief. Oder sich hinter Vorhängen vor den Leuten versteckte. Der junge Gamslechner stierte in den Himmel, bis ihm schwindlig wurde, und schmähte den Flieger einen »dummen Hennengeier«, was dieser mit schwerem Donner auf dem Gipfel der Zugspitze beantwortete. Albert ignorierte weiterhin die immer verzweifelter klingenden Rufe seiner Mutter und ließ den Himmel nicht aus den Augen.

»Albert! Albert!«, rief sie aus der Tür. Sie selbst wagte sich keinen Schritt weiter. Der kleine Bruder stand nah bei ihr und lugte hinter ihrem Rock hervor: »Wird's bald!«

Doch Albert hatte genug von den Rügen der Mutter und dem Flüstern der Leute. Sollte ihn der Zugspitzgeist holen, wenn er schon seinetwegen gekommen war. Er sah den Schatten des Fliegers aufgefangen von den Felswänden nahe der Seilbahntrasse. Dann rannte er los.

»Albert! Albert!«, kreischte die Mutter in einer Tonlage mit den Sirenen.

Aber Albert konnte sie nicht hören. Ihm schlug das Herz bis zum Hals. Er wollte mutig sein. Sich dem Zugspitzgeist stellen und sich nicht hinter geschlossenen Vorhängen seinem Schicksal ergeben. Sich selbst und allen Schandmäulern musste er beweisen, dass der Zugspitzgeist keine Macht über ihn hatte. Er rannte den ganzen Weg hinauf zur Seilbahn und spürte die Präsenz seines Vaters hinter jeder Biegung.

Er kannte die Bilder von der feierlichen Eröffnung mit dem Bundespräsidenten und dem Minister, den Blumenkränzen auf der Fahrkabine und den Pressefotografen in der Hilfsseilbahn. Und wie er immer weiter auf das Dröhnen des Fliegers zulief, konnte er vor seinen Augen sehen, wie der Bundespräsident seinem Vater die Hand reichte, Gratulationen und Begeisterung ausdrückte. Mit stolzgeschwellter Brust stand der Vater da und lächelte. Das hätte das einzige Bild sein sollen, das ein Knabe von seinem Vater hätte haben sollen. Nicht jenes des zittrigen Alten, der in einer dunklen Kammer Papiere mit unleserlichen Worten beschrieb und dann der Mutter gab, um diese zu verschicken, was die Mutter nie tat, sondern sie zum Einschüren des Ofens verwendete.

Der Flieger kreiste nun direkt über ihm. Er vernahm den schweren Donner vom Gipfel der Zugspitze und war sicher, dass der Zugspitzgeist seiner nun ansichtig geworden wäre. Jeden Moment würde er sich auf ihn herabstürzen. Er nahm das kleine Messer aus seiner Hosentasche, das ihm Gustl gegeben hatte, bevor er an die Front hatte müssen. »Ich schau, dass ich schnell in ein Lazarett komm!«, hatte er versprochen. »Da wird's nur g'stohlen. Pass du drauf auf!« Der junge Gustl war gar nicht in ein Lazarett gekommen. Er lag irgendwo da draußen an oder unter der Front. Von ihm war nur sein Name zurückgekehrt. Jetzt stand er da im Sockel der weinenden Bronzemutter vor der Kirche.

Das Messer in Alberts Hand war stumpf und kalt. Er sah sich um. Keine Menschenseele war zu sehen. Wie damals an Heiligabend, als er sich mit Gustl aus der Mette gestohlen hatte und der Ort leer und verlassen war, weil sie alle die Geburt Christi gefeiert hatten. Sie hatten hinter dem Gotteshaus in den Schnee gepieselt, und Gustl hatte gesagt, dass er gar kein Ingenieur werden wollte.

Als er die rote Flagge an der Talstation der Zugspitzbahn hängen sah, fiel ihm ein, dass an diesem Tag der Geburtstag des Führers war. Es hatte sich herumgesprochen, der Führer würde auf der Zugspitze seinen Geburtstag feiern. Dann war der Zugspitzgeist vielleicht doch nicht wegen ihm gekommen?

Nein. Der Zugspitzgeist war ganz sicher wegen Albert gekommen, denn mit einem Mal vernahm Albert ein scharfes Sausen und war überwältigt davon, mit welcher Kraft sich der Zugspitzgeist auf ihn herabstürzte. Albert hatte keine Gelegenheit, ihm ins Gesicht zu blicken oder gar seine zurechtgelegte Verwünschung auszustoßen. Die Wucht, mit der der Zugspitzgeist niederkam, stieß Albert sofort um und schmetterte ihm Steine und Gebälk um die Ohren. Das Getöse war so überwältigend, dass er die Orientierung und das Bewusstsein verlor. Um Albert wurde es still. Er schwebte zwischen der Vergangenheit und der Zukunft, hörte den Vater reden, Gustl singen und die Mutter mit dem Bruder schimpfen. Dabei lag er vergraben zwischen den Trümmern der Talstation der Zugspitzbahn.

Nur einer war waghalsig genug gewesen, um einem lebensmüden Burschen ins Kampfgebiet hinterherzujagen. Die Schreie der Gamslechnerin waren bis in die verlassenen Ställe der ehemaligen Gamslechner-Wirtschaft vorgedrungen. Dort war Ferdl zu Hause, seit Gustl einberufen worden war. Gustl hätte sicher nichts dagegen gehabt, wenn Ferdl aus seinem alten Hof hinausgestorben wäre, aber Ferdl war es kein Zuhause mehr gewesen ohne Gustl. Schließlich hatte ihm die Gamslechnerin gestattet, in den Ställen ein Lager aufzuschlagen. Bis Ferdl was Passenderes gefunden hätte.

Mit zerklüftetem Scheitel, um einige Zähne ärmer, aber noch immer stark und robust wie ein Haflinger packte Ferdl mit bloßen Händen nach Mauerteilen, die er achtlos zur Seite warf. Womöglich dieselben Mauerteile, die er zwanzig Jahre zuvor noch mit den übrigen Arbeitern sorgsam übereinandergeschichtet hatte. Damals hatte Ferdl auch noch gesprochen. Unverständliches zwar, aber er hatte in den letzten Jahren erkennen müssen, dass sein Gestammel ihm gefährlich werden könnte. So ein Depp war Ferdl nämlich gar nicht. Dieser Tage überlebte nur der Schweigsame.

Ferdl stand der Schweiß auf der narbigen Stirn, und er keuchte schwer. Der Staub der zermalmten Wände, zerriebene

Farbe und gesprengter Ziegel, brannte ihm in den geöffneten Poren und der Lunge. Binnen kürzester Zeit hatte er sich die Finger an den rauen Trümmern aufgeschunden. Hektisch griff er immer wieder tief in den Schutt, riss Bretter heraus, während kleine Fitzelchen Papier um ihn herumschwebten. Schließlich stieß Ferdl auf etwas, das wie die Überreste einer Tischplatte aussah. Und wie er diese nach oben kippte, blickte er plötzlich in die wachen Augen des kleinen Gamslechner, der so frisch und erholt wirkte, als wäre er wie so viele Male zuvor auf der Viehweide in der Sonne eingeschlafen. Ferdl wagte kaum, ihm die Hand zu reichen. Ihm war, als sähe er einen Geist. Albert kroch aus dem Schutt heraus und verstand plötzlich die Mutter, die einmal gesagt hatte, dass sie froh sei, dass der Vater sich erspart habe, in diesem unwürdigen Krieg zu kämpfen. Daraufhin hatte sie ihm gleich das Versprechen abnehmen müssen, dass er dies niemals jemandem verraten dürfe. Albert hatte sich dabei nichts gedacht und es auch niemandem verraten, denn was den Vater anging, gab es so viel, von dem die Mutter nicht wollte, dass es irgendwer erfuhr. Aber jetzt begriff er, was es mit dieser Form der Dankbarkeit auf sich hatte. Als Albert die Verwüstung sah – die Station in Schutt und Asche, das große Tragseil der Seilbahn gerissen, eine Kabine zerschellt –, fühlte er solche Wehmut, dass er froh war, dass der Vater das niemals hatte sehen müssen. Der Vater, der die Seilbahn so geliebt hatte. Die Seilbahn, die seine Mutter so hasste. Die Seilbahn, die er noch nie bestiegen hatte.

14

Heute

Als Hugo in seinem Hotelzimmer ankam, sehnte er sich nach der Wärme des Sommers. Seine Glieder waren durch und durch gefroren. Die Gelenke schmerzten, und die dauernd vor Kälte verkrampften Muskeln fühlten sich an wie gezerrt. Erst dachte er daran, lange zu duschen, da fiel ihm aber ein, dass das Hotel über eine in den Foldern vielfach angepriesene Wellnesslandschaft verfügte. Er studierte den Weg durch das Haus dorthin. Mit dem Lift in das erste Untergeschoss und nur geradeaus. Das würde er, ohne im Bademantel zwischen den Skischuhgästen umherzuirren, leicht finden. Er packte Handtücher und seine Schlappen und schlüpfte in den Bademantel. Dass er keine Badehose mithatte, störte ihn nicht. In die Sauna ging man sowieso ohne, und in der Zwischenzeit sollte es der Bademantel oder das Handtuch tun.

Sarah hatte sich nicht einmal dazu bequemen können, ihm ein gutes neues Jahr zu wünschen. Das fand er kindisch. Selbst irgendwelche fremden Nummern hatten ihm Videos von singenden Sektgläsern weitergeleitet. Eines dieser Videos, darin kam auch ein in zahlreiche Kleeblätter zerplatzendes Schweinchen vor, sendete er dann von sich aus an Sarah. Er verzichtete darauf zu warten, ob die Häkchen unter seiner Nachricht blau wurden, und fuhr mit dem Lift wie beschrieben in das erste Untergeschoss, ohne richtig angezogenen Gästen oder Personal zu begegnen. Das wäre ihm unangenehm gewesen.

An diesem Neujahrstag schien es im Haus sehr ruhig zu sein. Die meisten schliefen vermutlich noch aus. Als sich die Türen des Aufzuges öffneten, musste Hugo nur dem Geruch nach Chlor und dem kleinen goldverzierten Holzschildchen mit der Aufschrift »Winteroase« folgen. Dann vernahm er schon das

Rauschen der Poolanlage, und die Temperatur stieg hinter der nächsten Milchglastür auf eine schwüle Hitze an. Linderung seiner Verspannungen machte sich bemerkbar.

Hugo verstand schnell, dass das Motto der »Winteroase« die isländischen warmen Quellen waren. Es wunderte ihn nicht, dass man in einer alpinen Region, wenn es um warme Badeerlebnisse gehen soll, Authentizität leihen musste. Noch nie war er in einem Tiroler See geschwommen und hatte nach dem ersten Ganzkörperkontakt mit dem Wasser nicht sofort nach Luft schnappen müssen. Aber natürlich kam in der Ausstattung das Autochthone nicht zu kurz. Er roch die ätherischen Düfte von Zirbe und Latschen. Die Becken waren glasklar. Die Fliesen darin waren nicht einfach nur blau, sondern erweckten durch ihre an Steine erinnernden Formen den Anschein, dass man hier tatsächlich in einen Bergsee eintauchen könnte. Und war das ein Fisch gewesen? Tatsächlich. Ein ausgeklügeltes Zusammenspiel von Licht und Wasserbewegungen ließ am Grund des Beckens schemenhafte Umrisse von Forellen entstehen. Hugo verspürte nicht wenig Lust, in dem Becken zu tauchen und es wie ein Kind zu erforschen. Doch ohne Badehose verwarf er den Gedanken gleich wieder.

Hugo schlappte durch einen verlassenen Ruheraum, der zu einer Seite völlig verglast war und einen unverbauten Blick auf die Gebirgskette ringsherum bot. Dazu musste man nur durch den vom Außenpool aufsteigenden Dampf hindurchsehen. Die Sonne stand tief und warf warme Strahlen durch die blank geputzten Scheiben. Hugo hielt inne, lauschte den beruhigenden Klängen unsichtbarer Lautsprecher und widerstand dem Gelüst, sich bei einem reichlich befüllten Teestand mit Trockenfrüchten vollzustopfen. Stattdessen ließ er seinen Blick über die Gipfel schweifen, deren Felswände viel zu steil waren, um Schnee zu halten. Nur ihre Rinnen und Vorsprünge waren weiß bedeckt. Kaum wahrnehmbar stoben die Spitzen und Kämme von kräftigen Böen weiß auf. Da und dort erkannte Hugo dunkle Risse in den Schneefeldern, wo sich Schneebretter gelöst hatten. Sie hatten kleinere und größere Kluften und eine skalpierte Grasnarbe zurückgelassen. Das geschah, wenn die unterste Schneeschicht großflächig den gesamten Bodenbewuchs mitriss.

Er dachte an seine Arbeit und die nächsten Gerichtsverhandlungen. Eine davon lag ihm besonders schwer im Magen. Ein Zweiundzwanzigjähriger hatte im Vorjahr betrunken einen Rodelunfall verursacht, bei dem eine Frau schwer verletzt worden war. Der Beschuldigte bestritt, der Verursacher zu sein. Laut Vernehmungsprotokollen der Polizei wollten ihn auch seine Freunde nicht dabei gesehen haben, wie er bei voller Geschwindigkeit mit der gemächlich dahinrutschenden Frau kollidiert war. Nur deren Ehemann und Sohn bezeugten, dass der unfallverursachende Rodler wie der Beschuldigte an jenem Abend eine orange Jacke und eine rot-weiße Mütze getragen haben sollte. Dass die Freunde sich nicht einmal auf die Bekleidung des Beschuldigten festlegen wollten, würde die Richterin wohl als unglaubwürdig abtun und zu einem Schuldspruch kommen. Die verletzte Frau war selbstständige Physiotherapeutin und konnte aufgrund ihrer zertrümmerten Kniescheibe monatelang nicht ihrer Tätigkeit nachgehen. Das Strafverfahren war daher nur der Auftakt für einen Zivilprozess, wo sich die Forderungen nach Schadenersatz für die Schmerzen, Heilungskosten und den Verdienstentgang häufen würden. Ein Schuldspruch im Strafverfahren hätte unweigerlich die Folge für den Beschuldigten, der als Servicefachkraft arbeitete, den Rest seines Lebens an die Frau zu bezahlen. Er verfügte nämlich über keine Haftpflichtversicherung. Das war hart. Nicht jeder Fehler wird einem verziehen, wenn man jung ist. Hugo kam plötzlich in den Sinn, warum dieser Rainer so gnadenlos mit seinem Führerschein hatte sein müssen. Unter Umständen hätte ihm auch niemand verziehen.

Er nahm eine lauwarme Dusche am nächstgelegenen Wasserfall und ging in die Saunakabine, die durch das kleine Fensterchen leer gewirkt hatte. Er wurde freundlich gegrüßt, als er eintrat. Ein einheimischer Gruß. Er wunderte sich. In einer von außen nicht einsehbaren Ecke saß ein Mann mit langen, dünnen Beinen auf einem gelben Handtuch, das nicht zur Hotelausstattung gehören konnte. Er fragte sich, ob der Wellnessbereich auch für Tagesgäste zugänglich war, doch als er die roten Haare des Mannes erkannte, kam ihm schnell die Idee, dass es sich nicht um einen Gast, sondern den Inhaber dieses Hauses handelte.

»Servus!«, grüßte er zurück.

Mehr sagte er nicht. Hugo war sich nicht sicher, inwieweit sich sein Saunakollege eine Unterhaltung wünschte. Für gewöhnlich schwieg er und sah stumm zu, wie die Schweißtropfen den Körper entlangliefen. Er musste nicht länger das Für und Wider einer Unterhaltung abwägen. Felix Gamslechner begann das Gespräch von sich aus.

»Ich nutze die Zeit, wenn's hier unten so ruhig ist. Die meisten Gäste sind beim Frühstück oder schlafen noch aus. Und heute ist so ein Tag, wo ich auch mehr Unterstützung beim Fitwerden brauch!«, lachte Gamslechner.

Richtig, das Gondeldinner, dachte Hugo. Ob er schon wusste, was mit Atzwanger geschehen war?

»Ich bin völlig ausgefroren. War heute schon stundenlang auf der Loipe.«

»Sportlich, sportlich!«, lobte Gamslechner gestellt und wirkte beim Wort »Loipe« sichtlich betroffen.

»Na, ich hab eine Leich gefunden.«

Gamslechner sah nicht überrascht aus. Hugo ging davon aus, dass er wissen musste, dass es einer seiner Gäste gewesen war. »Ah, du warst das?«, seufzte er.

Hugo nickte und begann die Hitze in seinen Händen zu spüren. Sie pochten, als würde man sie aufpumpen. Nach dieser nur kurzen Zeit in der Kabine konnte er sich nicht mehr vorstellen, vor Kurzem noch heftig gefroren zu haben.

»Das war ein Schulfreund von mir, der Tote. Und gestern haben wir sogar gemeinsam Silvester gefeiert. Und jetzt tot. Einfach so. Brutal.«

Das war ehrlich, fand Hugo.

»Was hat denn die Polizei vor Ort gemeint?«, erkundigte sich Gamslechner gierig bei ihm.

»Gestürzt und erfroren«, sagte Hugo leise. Mitleidig.

»Ja, gibt's das? Heut Nacht war der zwar *gut beinand*, also mäßig alkoholisiert, aber dass es so schlimm war, hab ich mir nicht gedacht. Ich hab ihn gefragt, ob er bei meinem Fahrer mitfahren will, aber er hat abgelehnt.«

»Ah, da war eine Veranstaltung?«, stellte sich Hugo dumm.

»Kein Vergnügen. In erster Linie Geschäftliches, die üblichen drei ›W‹, aber in schönem Ambiente. Der Atzwanger wollte ein besonderes Silvester ausrichten. Weil ich ihm dafür die Gondeln der Zugspitzbahn zur Verfügung stelle, bin ich auch eingeladen. Es gibt ein mehrgängiges Dinner und wenig Toilettenpausen. Aber es hat allen gut gefallen. Und jetzt. Das war's mit dem Gregor. Nicht zu fassen.«

»Drei ›W‹?«, fragte Hugo vorsichtig nach. Er war sich nicht sicher, wie viel Gamslechner von dem Geschäftlichen erzählen wollte.

Dieser rang sich ein kurzes Lächeln ab. »Du kannst es dir denken, Wolf, Windräder, Wohnsitz.«

Hugo verstand. Das waren *die* Themen, die Tirol momentan beschäftigten.

»Ich sag's dir, das mit dem Wolf macht mich fertig«, stöhnte Gamslechner.

Was kümmert sich ein Hotelier um Wölfe?, fragte sich Hugo.

»Wir haben uns das jetzt ein paar Jahre angeschaut. Am Anfang hat man halt geglaubt, da laufen ein paar Viecher im Wald herum. Hin und wieder erwischt's ein Schaf. Dass sie äußerst scheu seien, hat es geheißen. Dass ich nicht lache. Die laufen am Ortsrand in die Wildkameras oder gehen an die abgelegten Rucksäcke von Wanderern. Mittlerweile gibt es da einige solcher Geschichten. So scheu sind die nicht mehr. Jetzt braucht nur *ein Mal* was passieren. Dann kommt kein Wanderer mehr zu uns. Ich weiß zwar nicht, ob Abschüsse die Lösung sind, aber wir müssen uns der Realität stellen, dass es so was wie ein friedvolles

Nebeneinander nicht zu geben scheint. Im Rest Europas gibt es immer mehr tödliche Zwischenfälle mit Braunbären. Und es dürfte nur eine Frage der Zeit sein, bis mal etwas mit einem Wolf ist.«

»Und das wurde gestern Nacht diskutiert?«, bohrte Hugo nach.

»Da brauchte es lustigerweise nicht viel Diskussion. Wir sind uns da ziemlich einig. Wir leben hier vom Wandern und dass die Gäste gefahrlos die Natur erleben können. Mehr gestritten wurde da schon über die Zweitwohnsitze. Das ist ein wirklicher Dauerbrenner. Dass Nichteinheimische Grund und Boden für Ferienhäuser aufkaufen, haben wir hier freilich auch. In Biberwier sind gerade fünftausend Quadratmeter an einen Großinvestor gegangen. Grundverkehrsbehörde und Gemeinde schieben sich gegenseitig den schwarzen Peter zu. Da kann der Atzwanger seinen Wiener Freunden noch so tolle Ferienhäuser verkaufen wollen. Das treibt nur die Grundstückspreise für die Einheimischen in die Höhe. Aber so einfach ist es dann doch nicht. Einer von diesen Unternehmerfreunden vom Atzwanger ist es, der jetzt in Ehrwald den ersten Windpark Tirols errichten will. Was das soll, frag ich mich auch. Wir haben in Tirol seit jeher nachhaltige Energieerzeugung durch Wasserkraft. Was muss da jetzt so ein Windpark her? Seien wir ehrlich, diese Windräder sind einfach nur schiach. Wir Touristiker haben ein grundsätzliches Interesse daran, die Ursprünglichkeit der Landschaft zu erhalten.«

Hugo verhielt sich ein Grinsen bei dem Gedanken, dass die Familie Gamslechner beim Bau einer Seilbahn keine derartigen Bedenken gehegt hatte.

»Windräder gehören nicht auf unsere Almen und Bergketten. Diese Monster sind viermal höher als jeder Baum, und damit ist es ja auch noch nicht getan. Um die aufzustellen, müsste man den halben Wald roden und Zufahrtsstraßen bauen, weil die ja auch gewartet werden müssen. Den Beton, den man für die Fundamente eines Windrades braucht, bringt man nie wieder aus dem Boden. Ich kann nicht behaupten, dass ein Windpark umweltschonend sein soll, nur weil es grad modern ist. Als ich ein Kind war, hieß es immer nur ›Rettet den Wald!‹, saurer Regen und so weiter. Heute soll er kahl geschlagen werden, um Windräder einzubetonieren.«

»Und um den Scheiteltunnel ging's gar nicht?«, rutschte es Hugo heraus. Die Frage war zu direkt. Er hoffte, ihn nicht vor den Kopf gestoßen zu haben. Aber wenn Gamslechner sich gerne in der Sauna unterhielt, warum das Gespräch nicht in eine für Hugo interessante Richtung lenken?

Gamslechner winkte ab. »Der Atzwanger ist nicht auf der Brennsuppe dahergeschwommen. Jeder weiß, dass wir gegen den Tunnel sind. Den Abend hätte er sich nicht mit einem offenen Konfliktgespräch versaut.«

»Aber es ist doch nur ein Tunnel, klingt doch eigentlich gut?«, deutete Hugo sein Unverständnis an.

Gamslechner blieb zunächst ruhig. Hugo merkte, dass er dieses Gespräch schon etliche Male geführt haben musste: »Man verstehe mich nicht falsch. Meine Ahnen sind mit dem Postkutschengeschäft zu Geld gekommen. Früher war es von Vorteil, an einer viel bereisten Straße zu leben. Die Schuster, Schmiede, Gasthöfe und so weiter konnten von den Reisenden noch profitieren. Heute rauschen die SUVs zu Tausenden einfach durch und bleiben bestenfalls bei einer dieser schweineteuren Tankstellen stehen, bevor sie weiter nach Italien fahren. An Spitzentagen fahren sechsundzwanzigtausend Fahrzeuge über den Fernpass! Die Leute hier haben nichts davon außer den Lärm, den Stau und die Abgase. Versuch mal an einem Samstag das Ehrwalder Becken zu verlassen. Vergiss es. Du kommst nicht weit. Du landest unweigerlich in der Blechlawine. Jeder weitere Ausbau der Straße, jeder Tunnel, jede Spurerweiterung wird zahlenmäßig nur noch mehr Verkehr mit sich bringen. Mehr Autos, mehr Lkw, mehr Abgase, mehr Lärm und mehr Stau. Wenn hier eine gut ausgebaute attraktive Strecke geboten wird, dann werden die Fahrzeuge auch hier fahren. So einfach ist das.

Und wegen der Vierzehn-Euro-Maut, die jetzt kommen soll, wird auch keiner einen Umweg auf sich nehmen. An sich wäre die Maut ja ein Schritt in die richtige Richtung, aber biegt dann wieder falsch ab, wenn dadurch nur ein weiterer Tunnel gebaut werden soll. Demnächst soll der Lermooser Tunnel renoviert werden. Kannst du dir vorstellen, was das für die Gemeinden an der Umfahrungsstrecke bedeuten wird? Ich mag gar nicht dran denken.« Auch wenn Gamslechner diese Argumente immer und immer hatte vorbringen müssen, ohne Emotionen tat er dies nicht. Es lag nicht allein an den knapp neunzig Grad in der Kabine, dass ihm das Blut ins Gesicht stieg. »Willst wissen, was wirklich hergehört? Ein Bahntunnel. Und nix anderes. Dass wir hier endlich ans österreichische Bahnnetz angeschlossen werden und diese Herumeierei über Garmisch-Partenkirchen aufhört. Mit dem Zug nach Innsbruck zu kommen ist eine Halbtagsreise und nur mit der Deutschen Bahn machbar. Wir brauchen eine gscheite Bahnverbindung in die Landeshauptstadt – eine *innerösterreichische* –, allein um dem Verkehr übern Fernpass zu entgehen.« Gamslechner atmete schwer.

Hugo begann, den jungen Hotelier zu bewundern. »Dass grad du für den Zug bist!«

Gamslechner musste selbst kurz grinsen. »Weil die Eisenbahn meinen Urgroßvater um das Postkutschengeschäft gebracht hat? Paradox, nicht? Aber wer vorankommen will, muss mit der Zeit gehen und nicht versuchen, sie zurückzudrehen. Der Gregor Atzwanger hat das halt anders gesehen. Dabei hätte er sich auch mit einem Bahntunnel eine goldene Nase verdient. Wäre ja egal gewesen, ob er für eine Eisenbahn oder Autos durch den Berg gräbt. Aber für einen Bahnausbau fehlt der politische Wille. Die Leut sind so kreativ, wenn's darum geht, gegen etwas zu sein. Weißt, wer am lautesten gegen den Bau der Zugspitzbahn gewettert hat? Die Alpenvereine. Weil sonst ja *jeder* auf die Zugspitze gekommen wäre. Ich hätt einfach gern, dass *jeder* Ehrwalder zu *jeder* Zeit nach Reutte oder nach Innsbruck fahren kann.«

Mit dieser Haltung stand Gamslechner zweifelsohne allein im Steinbockgipfel da.

»Was wird jetzt aus dem Tunnel, wenn der Atzwanger nicht mehr ist?«, fragte Hugo. Der Schweiß tropfte ihm mittlerweile im Takt seines Herzschlages auf die Oberschenkel.

Gamslechner blickte auf die durchgelaufene Sanduhr an der Wand der Kabine und strich sich die Haare zurück. »Den wird schon ein anderer bauen wollen. Irgendwann.«

Hugo nickte. Gamslechner knotete sich das Handtuch um die Hüfte.

»Gutes Neues noch! Sapperlot, hätte ich fast vergessen.«

»Stimmt, gutes Neues. Und ich bin der Clemens Hugo, bevor ich es vergesse.«

»Fein, Clemens. Ich muss mich aufmachen, die Polizei will mit mir reden! Stell dir vor, ich war vermutlich der Letzte, der den Gregor lebend gesehen hat.«

15

Die Beerdigung von Gregor Atzwanger fand nur drei Tage später statt. Hugo hatte sie nicht übersehen können, als er von einem seiner Spaziergänge zurückgekommen war. Das Kirchengeläut hatte ihn darauf aufmerksam gemacht, dass die altrosa Kirche Besucher und Vereinsfahnen durch ihre Türen verschluckte.

Es hatte wieder begonnen zu schneien. Für den regionalen Radiosender gab es an diesem Tag nur das Thema Schnee. Lawine da. Verkehrsverzögerung hier. Nämlich tatsächlich hier, weil hängen geblieben am Fernpass. Wettervorhersage andauernde Schneefälle. Von den Bergen ringsum war nicht viel zu sehen. Sie waren in undurchdringliches Weiß und bauschige Wolken getaucht, die tief auf den Boden herabreichten. Am Rand der Skipisten wurden Sprengladungen gezündet.

Hugo hörte die Schüsse im Tal widerhallen, konnte aber nicht ausmachen, an welcher Bergseite die potenziellen Lawinenhänge entschärft wurden.

Er fragte sich, ob es eine gesellschaftliche Regel dafür gäbe, dass derjenige, der einen Toten findet, auch auf dessen Beerdigung gehen sollte. Dazu fiel ihm allerdings nichts ein. Es wunderte ihn nur, dass scheinbar niemand Bedenken an dem Unfallhergang hatte. Für alle Beteiligten war Gregor Atzwanger einfach betrunken eine Böschung hinuntergestürzt und dann von einer Schneekanone so lange beschneit worden, bis er erstickt war. Hugo rechnete nach. Drei Tage war es her seit Bergung der Leiche. Er hätte sich zumindest eine kriminalpolizeiliche Untersuchung im Anfangsstadium erwartet. Eine Obduktion in zwei Tagen? Das hielt er für unwahrscheinlich, aber er konnte nicht außer Acht lassen, dass sich mit den Verbindungen der Familie Atzwanger Dinge nicht beschleunigen ließen.

Um nicht völlig ungeniert die Trauergäste anzustarren, aber das Spektakel auch nicht ganz aus den Augen zu verlieren, spazierte er von der Kirche hinunter zu einer metallgegossenen Wildsau, die hilfesuchend aus dem meterhohen Schnee lugte. Zu gern hätte er gewusst, ob sich die Landesrätin auf der Beerdigung sehen lassen würde.

Etwas am Tod vom Atzwanger wollte Hugo nicht loslassen. Kapitalverbrechen waren nicht sein Steckenpferd. Vermutlich war es aber seine jahrzehntelange Zusammenarbeit mit Staatsanwälten, die in ihm Zweifel weckte. Das Verbrechen zu erkennen war schließlich deren Handwerk. Passierten solche Unfälle hier wirklich so häufig, dass niemand an einer derart banalen Erklärung Anstoß nahm? Keiner außer Hugo selbst schien daran zu denken, dass das Ende vom Atzwanger vielleicht von jemandem herbeigeführt worden sein könnte. Eine Tat vor aller Augen. Ein Mord, der nicht erkannt würde, obwohl er plastischer nicht hätte sein können. Vermutlich nur, weil sich niemand vorstellen wollte, wozu einer von ihnen fähig wäre.

Atzwangers Vorhaben und sein Umgang mit dem Personal waren umstritten. Da gab es genügend Zunder. So wie Hugo das verstanden hatte, war der Ausbau der B 179 nicht von allen Anwohnern befürwortet worden. Nicht unwahrscheinlich, dass sich einige übergangen fühlten. So etwas entwickelte sich doch oft zu schwelendem Hass. Und dann noch sein Umgang mit den Liftbediensteten. Hatte die Fahrerin des Loipengerätes nicht gesagt, es sei jemand von heute auf morgen entlassen worden? Ein gewisser Guido. Hieß er Leuprecht? Nein, Lamprecht! Wer weiß, mit wem Atzwanger noch im Clinch lag.

Hugo konnte nicht widerstehen. Er wollte es genauer wissen und wählte die Nummer der Staatsanwaltschaft Innsbruck. Es waren zwar noch immer Weihnachtsferien, doch irgendjemand musste ja vor Ort sein. Hugo war so lange dabei, er kannte fast alle der Staatsanwälte. Bei einigen von ihnen hatte er sogar schon mit den Eltern gearbeitet. In den letzten Jahren waren aber viele junge hinzugekommen, was der Pensionswelle im öffentlichen Dienst zu verdanken war. Ganz ohne elterliche Beziehungen in der Rechtsprechung hatte es Bita Moursavi-Sprenger geschafft. Die Iranerin mit dem Pitztaler Dialekt. Sie kannte sich mit Schwerverbrechern aus. Als sie neu gewesen war, wurden Witze darüber gemacht, dass die Blut-und-Sperma-Fraktion Frischfleisch bekommen hatte. Und genau dafür war sie auch ausgebildet. Was Moursavi-Sprenger zu verhandeln hatte, musste man erst mal aushalten. Hugo ließ es auf ihrem Apparat lange läuten. Sie antwortete nicht. Nachdem er aufgelegt hatte, dämmerte ihm, dass er sich doch besser raushalten sollte.

Die Kirchenglocken läuteten energischer und zeigten damit den Beginn des Beerdigungsgottesdienstes es an. Er entschloss sich kurzerhand, daran teilzunehmen, und zwängte sich als vermutlich einer der Letzten durch die Türen. Seine Kleidung war zwar nicht schwarz, aber in seiner dunklen Lederjacke würde er jedenfalls nicht hervorstechen. Er stellte sich in die hinterste Reihe. Etwas anderes wäre ihm auch nicht übrig geblieben. Die Kirche war prall gefüllt. Die Beerdigungen junger Menschen waren immer besonders gut besucht. Und wenn der Verstorbene dann auch noch ein tatkräftiger Großunternehmer war, dürfte auch der eine oder andere politische Vertreter gekommen sein. Das lockte wiederum weitere Gäste an. Bei den Alten kamen oft nur eine Handvoll Leute, und die bestanden weitestgehend aus denen, die einfach zu jeder Messe gingen. Wenn man so richtig alt war, dann besuchte man eine Beerdigung nicht zuletzt aus dem Kalkül heraus, es bei der eigenen Beisetzung zu mehr Leuten zu bringen. Wenn man bei einem auf die Beerdigung ging, dann konnte man im Gegenzug erwarten, dass ein, zwei dieser Angehörigen dann auf der eigenen erscheinen würden.

Außer dem Rücken der Leute konnte Hugo nicht viel sehen. Er erkannte aber, dass der Pfarrer und die Ministranten an den Altar herausgetreten waren. Das Gemurmel in den Bänken und auf der Empore erstarb. Sogleich setzte die Orgel ein und nahm das Kirchenschiff ganz ein. Sie verbeugten sich vor dem Hochaltar und schritten an ihre Plätze. Die übrigen Besucher in den hintersten Reihen schienen dem Verstorbenen nicht besonders nahegestanden zu haben. Sie waren größtenteils damit beschäftigt, eifrig miteinander zu flüstern oder zu gähnen. Immerhin spielte niemand mit dem Handy. Nur beiläufig, wenn überhaupt, wurden die Gebetsfloskeln mitgesprochen. Lediglich ein groß gewachsener Mann mit weißem Bart und schief sitzender Wollmütze schien ernsthaft Anteil nehmen zu wollen. Mit verschränkten Händen lauschte er bedächtig den Worten des Pfarrers.

Bevor dieser jedoch die Messe ins Freie auf den Friedhof verlegen konnte, klingelte Hugos Handy. Er hatte vergessen, es auf stumm zu schalten. Mit einem Gesicht, als erlitte er einen Herzinfarkt, versuchte er es zum Schweigen zu bringen.

»Der Herr gib ihm die ewige Ruhe.«

Er erntete strafende Blicke von denen, die in ihrer Unterhaltung über Weltcupergebnisse gestört wurden, und stürzte aus der Kirche hinaus ins Freie. Erst auf dem Treppenabsatz bekam er das Handy zu fassen. Es war Moursavi-Sprenger.

»Servus! Bist du noch im Außerfern? Ich sag's gleich. Von deinem Urlaub weiß mittlerweile das ganze Haus.« Hugo wurde von einer Welle der Scham überrollt.

»Ich bin auf der Beerdigung vom Atzwanger«, stotterte er.

»Soll ich später wieder …?«

»Na, na. Bin eh rausgegangen.«

Ihre Stimme wurde weicher. »Du hast ihn gefunden, gell. Ich kenne den Bericht. War's sehr schiach?«

»Es war bizarr. Wird denn da gar nicht ermittelt?«

»Ach, wegen dem Atzwanger? Nein. Da wurde nichts weiter veranlasst.«

»Ehrlich, nichts weiter veranlasst?«, fragte Hugo nach.

»Wir wissen, dass der Atzwanger stark alkoholisiert war und mit offener Jacke und Hosenfalle ausgegraben wurde. Der ist beim Urinieren abgestürzt und dann unter dem Kunstschnee erstickt.«

»Hm«, meinte Hugo ungläubig.

»Auch wenn das fast so unwürdig ist, wie beim Selfiemachen zu verunglücken. Da war nichts, das was anderes hätte vermuten lassen.«

»Ja, versteh schon. Die Situation war einfach sehr eigenartig.«

»An deiner Stelle wäre ich auch irritiert, aber es hat alles zampasst. Viel gelber Schnee. Der Alkohol. Silvester. Da passiert halt immer was. Der Haslinger hat das dann auch gleich ad acta gelegt. Kein Anfangsverdacht.«

Der Haslinger, der Patsch, der einen Diebstahl nicht mal erkennen könnte, wenn man ihm das Geldtaschl fladert, dachte Hugo. Von allen Kollegen war Martin Haslinger die einzige Dumpfnuss. Hugo hatte eine Weile mit ihm näher zu tun gehabt. Haslinger war arbeitsscheu, schlampig und ständig mit dem Kopf in den Wolken. Für Hugo an sich schon ein Grund, um aufmerksam zu bleiben.

»Kein Anfangsverdacht«, wiederholte Hugo langsam.

Moursavi-Sprenger witterte etwas: »Was soll das heißen? Gibt's da was zu wissen?«

»Es ist nur …« Er war sich unsicher, ob er mehr erzählen sollte. Er war nicht zuständig. Es ging ihn nichts an. »Also man hat ihn nicht mal aufgemacht?«

»Geh, Clemens. Du bist zu involviert. Da war nichts aufzumachen. Und du weißt selbst, wir können nicht jeden Todesfall obduzieren. Die Dokter haben wir alle eingespart.«

»Aber in *dem* Fall wäre es vielleicht wichtig gewesen. Der Atzwanger hatte wohl Feinde.«

»Wir sind da in Tirol. Wir haben alle Feinde. Den Wolf. Die Wiener«, entgegnete sie ihm, und das war die ideale Gelegenheit für Moursavi-Sprenger, um auf Hugo selbst zu sprechen zu kommen. »Sogar du hast jetzt welche.«

Hugo schluckte. Es überraschte ihn nicht, dass sie das Thema anschnitt. Hugo wusste, dass er mittlerweile in Akten der Staatsanwaltschaft als Beschuldigter geführt wurde. Dennoch fühlte er sich ungebührlich gemaßregelt. Das war eine neue Erfahrung, die er ihr aber nicht übel nehmen konnte. Hugo wusste, sie tat es, weil ihr an ihm lag. Moursavi-Sprenger und er verstanden sich gut. In ihrer Anfangszeit hatte er ihr unter die Arme gegriffen. Nicht, weil sie es nötig gehabt hätte, aber die anderen Neuen damals waren schnöselige Sprösslinge aus Akademikerfamilien gewesen, die sich nur schnellstens Richtung Zivilrechtsplanstelle absetzen wollten. Sie war ihm schnell ans Herz gewachsen. Er half ihr, sich einzugewöhnen, und unterstützte sie, wo er nur konnte, damit sie sich den Respekt in der Abteilung erarbeiten konnte, den sie verdiente. Er schanzte ihr die richtigen Schimmel zu oder nannte ihr auskunftswillige Sachbearbeiter. Als »Blutbambi« hatte man sie spöttisch bezeichnet. Die Augen so dunkel und so groß, dass der Vergleich mit einem Reh schmerzlich treffend erschien. »Auf der Suche nach dem Jäger, der die Mutter abgeschossen hatte«, hatten die Eingesessenen damals über ihr Engagement gelacht. Wie immer, wenn man gegenüber dem Nachwuchs die Berechtigung zu haben schien, sich über ihn lustig zu machen. Und bei Frauen war das seit jeher schon schlimmer gewesen als bei männlichen Kollegen.

»Was soll ich sagen?«, seufzte Hugo.

»Dass die Vorwürfe gegen dich nicht stimmen und dass du den Polizisten nicht im Namen der Staatsanwaltschaft angewiesen hast, dich weiterfahren zu lassen.«

Er schwieg.

»Oje, Clemens! Ich kann ja jetzt nicht so tun, als wüsste ich nichts davon. *Dieser* Abschlussbericht der Polizei ist nämlich bei uns eingelangt. Und den kann nicht mal der Haslinger so leicht einstellen. Was ist dir denn da nur eingefallen?«

»Es ist einfach mit mir durchgegangen. Eine bessere Erklärung habe ich nicht«, antwortete er wortkarg. Sie musste sich denken können, dass er sich in einer Ausnahmesituation befinden musste.

Moursavi-Sprenger seufzte. »Wegen des Mopeds?«

»Woher weißt du das, bitte?«

»Ich hab ein Talent dafür zu erkennen, wann Menschen in Schwierigkeiten geraten.«

»Warum hast du dann nicht einfach rechtzeitig etwas gesagt?«

»Weil ich kein Talent dafür hab, Menschen von dummen Entscheidungen abzubringen. Ich kann dir nur raten, Clemens, geh zur Personalvertretung und hol dir einen Anwalt. Es steht Spitz auf Knopf. Du weißt selbst, welcher der Beste in dem Fall ist – der Zurisser, wenn du mich fragst. Da kannst du wenigstens sicher sein, dass du nicht mit einem ausgebeuteten Rechtsanwaltsanwärter abgespeist wirst.«

Hugo wurde schwer ums Herz. Er bemerkte, dass sich die Unterhaltung dem Ende zuneigte. Zu gern hätte er weiter mit ihr gesprochen. Es erinnerte ihn an sein beschauliches Dasein, das er vor zwei Wochen noch gefristet hatte. Mit Sarah. Mit Führerschein. Ohne Strafverfahren.

»Mach ich. Ich werde aber noch ein paar Tage hierbleiben«, versicherte Hugo.

»Okay. Krieg einen klaren Kopf und verhalt dich ruhig. Damit mein ich, stochere bloß nicht in der Sache Atzwanger rum. Dir haftet jetzt der Geruch von Amtsmissbrauch an. Alles, was du angreifst, beginnt übel zu riechen, denk dran!«, riet sie ihm mit Nachdruck. »Und gell, wir haben nie geredet.«

»Ja, klar. Danke.« Es war ihm ganz recht, wenn niemand weiter von dem Telefonat erfuhr. Sie schätzte die Situation absolut richtig ein. Keiner musste davon wissen, dass er Hirngespinsten von Morden auf einer Loipe nachhing, während er selbst als Beschuldigter in einem rosa Akt geführt wurde.

»Ruf den Zurisser an und halt die Segel im Wind. Wird schon wieder!«, redete sie ihm gut zu, bevor sie auflegte.

Hugo konnte nicht sagen, ob es daran lag, dass das Gespräch vorbei war, aber er begann sich beobachtet zu fühlen. Er fragte sich, ob er so einsam war, dass er schon paranoid wurde. Es erinnerte ihn stark an den dementen Alten im Wald. Wieder glaubte er, Augen im Rücken zu haben. Doch weit und breit war niemand zu sehen. Er blickte über die verschneiten Grabsteine hinweg. Er war umringt von Namen in Goldlettern, die ihm nichts sagten. Teilweise lagen ihre Geburtsdaten so weit zurück in der Vergangenheit, dass er sich gewundert hätte, wenn sie irgendjemand noch etwas gesagt hätten: »August Bichler«, las er. »Ferdinand Somwanter«. »Fritz Somwanter«. Hugo erkannte am Geburtsdatum 22. April 1898, dass es Zwillinge gewesen sein mussten. Ferdinand hatte Fritz um Jahrzehnte überlebt. Und dennoch. Wer erinnerte sich noch an ihn? Auf Beerdigungen war stets von der alles überdauernden Erinnerung die Rede. In Wahrheit erlosch diese Erinnerung schon nach einer Generation. Leben um Leben versiegte eines jeden Andenken.

Braune Sprenkel wiesen darauf hin, dass erdige Schuhe über einen der Wege gekommen waren. Natürlich. Sie hatten Atzwangers Grab ausgehoben. Er konnte aber nicht erkennen, wo.

Er wollte nicht zurück in die Kirche und noch mehr Aufsehen erregen. Er folgte der erdigen Spur und schritt die Seite des Gotteshauses ab. Die Beschläge seiner Lederjacke fingen fingernagelgroße Flocken auf. Einige davon wurden rasch transparent und verglommen wie verwehte Glut. Zurück blieb ein feuchter Schatten auf dem Leder.

Unweit von Hugo schlugen zwei Krähen mit ihren Flügeln auf. Sie hatten sich auf einer Stromleitung um ein Stück Lebkuchen gezankt. Hugo konnte nicht sagen, welche der beiden das Stück erfolgreich für sich beanspruchen hatte können. Sie beruhigten sich, plusterten sich auf, um sich warm zu halten. Nachdem Hugo das Einzige war, das sich rührte, starrten sie ihn an. Hugo war ihr durchdringender Blick unangenehm. Er starrte zurück in die Rabengesichter mit ihrem scharfen Profil, und in ihren Augen spiegelte sich das wenige blaue Licht des Tages. Der Wind fuhr ihnen in das Gefieder um den Nacken. Sie kamen Hugo vor wie nicht von dieser Welt. Wer wusste schon, wozu diese Viecher imstande waren, wenn sie diesem eisigen Wind standhalten konnten? Frisch fallender Schnee ließ das schwarze Gefieder ergrauen. Sie hatten keine Eile, ihn sich aus dem Gefieder zu schütteln. Kleinere Böen pfiffen um die Häuser und stoben Schnee auf. Aus der Kirche drangen die monoton gesprochenen Gebetsformeln. Es klang leidend. Selbst wenn es keine Beerdigung mehr gewesen wäre, die katholische Liturgie klang immer leidend, fand Hugo.

Er konnte erahnen, dass sich hinter der Kirche der Friedhof

erstreckte. Während er versuchte, die Dimensionen zu erfassen, versäumte er, auf seine unmittelbare Umgebung zu achten. Im toten Winkel entdeckte er eine Gestalt. Der Schreck löste einen derartigen Impuls in ihm aus, dass er auf dem glatten Schneeweg ins Rutschen geriet und nach hinten zu kippen drohte.

»Aber, aber«, knurrte die Gestalt und hielt sich an einer Schaufel fest. Hugo kam sie bekannt vor. Die Stimme. Die Größe. Die Schaufel. Das reichte, um ihn vollends aus dem Gleichgewicht zu bringen. Er stürzte zu Boden. Jetzt würde der Alte zuschlagen ohne vorherige Teufelsbeschwörung, dachte Hugo. Doch er war wenig beeindruckt. Er lehnte tatenlos an der Schaufel. Hugo starrte in die durch Jahrzehnte in die Haut gezogenen Falten. Die knorrigen Hände trugen keine Handschuhe, und die Fingernägel standen bläulich grau ab.

Er öffnete den Mund, und heraus kam das Krächzen eines Raben. Tatsächlich sah es nur im ersten Moment so aus, denn während der Alte höhnisch den Mund verzog, begannen die zwei Krähen wieder mit ihrem Gezanke. Oder war es vielleicht Gelächter?

Jedenfalls fing der Alte an, spöttisch zu lachen. Er machte keinerlei Anstalten, wie man es vielleicht erwartet hätte, Hugo beim Aufstehen zu helfen oder sich nach seinem Befinden zu erkundigen. Hugo rappelte sich auf.

»Aufpassen«, raunte der Alte.

Bei diesem Alten handelte es sich nicht um die Person aus dem Wald. Dem stechenden Blick fehlte der Wahnsinn. In dem Gesicht lag lediglich Spott und Desinteresse. Dennoch glaubte Hugo, eine gewisse Ähnlichkeit zu erkennen. Altern war ein Gleichmacher, hatte Hugo einmal gehört. Er strich sich die Hosenbeine glatt, als ob es etwas gegen den Schmerz in seinem Gesäß genutzt hätte. Als der Alte ohne weitere Ansprache begann, den Schnee zwischen den Grabsteinen wegzuschaufeln, drehte Hugo sich um und verließ den Friedhof. Ihm wurde klar, dass der Alte sein ganzes Telefonat mitangehört hatte.

16

Hugo war hungrig. Er stolperte in das nächste Wirtshaus, das geöffnet hatte. Beim Eintreten wurde er überrascht von einem übellaunigen Wirt gemustert.

»Ja, einen bringen wir schon noch unter. Wir haben gleich einen Leichenschmaus«, raunte der Wirt.

Na bravo. Der Leichenschmaus von der Atzwanger-Beerdigung. Hugo überlegte, wieder zu gehen, doch unter den strengen Augen des Wirts, der schon eine dicke Mappe mit wenigen Seiten Speisen auf den Tisch geworfen hatte, wollte er sich nicht mehr davonmachen. Hugo setzte sich auf den Platz, den der Wirt für ihn vorgesehen hatte, und begann die Seiten in Klarsichtfolie durchzublättern. In der Mitte des Tisches stand ein schweres Eisengestell, das mit Plastikblümchen dekoriert war und die Aufschrift »Stammtisch« trug. Er erkannte, dass es sich bei dem Gestell um den traditionellen Stammtischaschenbecher gehandelt haben musste. Infolge des Rauchverbotes war er zu einem Behältnis für Plastikblumen umfunktioniert worden. Das Cordon bleu lachte Hugo an. Dazu ein Bier.

»Salatbuffet gibt es heute keines«, sagte der Wirt, als Hugo die Bestellung aufgab. Er hatte strähnige Haare und schleppte einen standesgemäßen Bierbauch mit sich. Seine blaue Schürze erinnerte eher an einen Tankwart als einen Gastronomen. Vielleicht deckte man sich damit in ähnlichen Handelsbetrieben ein, dachte Hugo.

Die übrigen Tische waren säuberlich mit feinen weißen Tischtüchern überzogen und mit blank poliertem Besteck aufgedeckt.

Der Wirt kam mit schwankendem Gang mit Hugos bestelltem Bier. »Wohl bekomm's.« Die Schaumkrone schwappte bedrohlich über den Rand. Sie verflüssigte sich und lief das Bierglas entlang auf das Tischtuch. Der Wirt warf einen Bierdeckel darauf und stellte das Glas ab. Dann verschwand er wieder in der Küche.

Da Hugo keine weiteren Geräusche aus der Küche vernahm, ging er davon aus, dass der Wirt allein sein musste. Vermutlich bereitete er gerade sein Cordon bleu zu. Der Geruch erhitzten Fettes stieg ihm langsam in die Nase. Sarah hatte seine Neujahrswünsche nicht gelesen. Nur graue Häkchen in der App. Er versuchte sich nicht zu ärgern. Was hatte er erwartet?

Er dachte über das Gespräch mit Moursavi-Sprenger nach. Bei einem gemütlichen Vormittagskaffee hatte er mit ihr über »das Moped« gesprochen.

Begonnen hatte die Geschichte mit der Erinnerung an sein kleines Puchmoped, das er als Jugendlicher einem Pensionisten abgekauft hatte. Vor lauter Nostalgie wurde ihm schwer ums Herz. So süß waren sie gewesen, die Zeiten, in denen man mit knatterndem Motor durch laue Frühlingstage gebrettert war, als würde einem die Welt gehören. Hugo hatte sich den Fahrtwind um die Ohren wehen lassen, die Fliegerbrille seines älteren Bruders auf der Nase und immer eine Zigarette im Mundwinkel. Allein auf dem Moped kam er vermutlich auf eine ganze Schachtel am Tag. Das meiste davon hatte eh der Fahrtwind geraucht. Dann war da noch die Renate. Die Tochter vom Kameraden seines Vaters. Und die Renate war schön. Am schönsten war sie, wenn er sie gar nicht sehen, sondern nur hinter sich auf dem Moped angeschmiegt fühlen konnte. Wenngleich alles, was er damals getan oder gesagt hatte, ihm heute entsetzlich dämlich erschien, war nichts jemals wieder so großartig gewesen wie diese Zeiten. Die Jugend war eine Zeit großer Dekadenz. Man tat Dinge, die man sich später einfach nicht mehr leisten konnte. Hugo war so verschwenderisch mit seiner Jugend gewesen. Denn nichts war endgültig. Das Leben so lang, um noch alles anders zu machen. Man rauchte Zigaretten, als gäbe es keinen Krebs, machte Fehler um Fehler, als gäbe es keine Konsequenzen. Das war es, was man dieser Zeit tatsächlich Jahre später neidete. In der Jugend wurde nicht abgerechnet.

Hugo hatte damals nicht merken können, dass ihm jede seiner Entscheidungen so viele zukünftige abgenommen hatte, sodass er sich irgendwann in der Situation wiederfand, gar keine Wahl mehr zu haben. Damit hatte er sich allerdings gut arrangieren können. Er schob es auf das Älterwerden, und für ihn war es so lange kein Problem gewesen, als Sarah mit auf der Rechnung stand. Doch jetzt war sie aus seinem Leben subtrahiert. Als Ergebnis der einen Entscheidung, die ihn gerade viele solcher gekostet hatte. Entscheidungen, die mit »Sollen Sarah *und* ich?« begonnen hatten und die jetzt nur mehr aus »Soll ich?« bestanden. Als Junger hätte Hugo sich aufrappeln können und mit dem Moped eine neue Sarah aufgabeln und wieder so lange schlechte Entscheidungen treffen können, bis keine mehr übrig war, weder gute noch schlechte. Aber er war nicht mehr jung.

Gerade als der Wirt mit dem Cordon bleu aus der Küche kam, schlug die Tür auf, und mit einem eiskalten Luftzug strömten die Beerdigungsgäste herein. Der Wirt blieb stehen, um allen zuzunicken, während sein Teller kalt wurde. Hugo konnte es kaum fassen, der Wirt stand, bis er den letzten der Eintretenden begrüßt hatte, in der offenen Tür. Der Dampf von Hugos Teller wurde immer dünner, bis er vollständig verschwand.

Als er die trauernde Mutter Atzwanger zu Gesicht bekam, nahm Hugos Groll ab. Seines Wissens war die Familie Atzwanger nicht sehr groß. Nur die Mutter und Gregor Atzwanger selbst. Die Übrigen waren vielleicht entferntere Verwandte oder Freunde der Familie. Ein paar unter ihnen gehörten augenscheinlich nicht zum Trauerzug, auch wenn diese von der Beerdigung kamen. Sie machten keine Anstalten, an dem aufgedeckten Tisch einen Stuhl hervorzuziehen, sondern bahnten sich den Weg durch das Lokal direkt auf den Stammtisch zu.

»Hawediere«, grüßten Hugo drei ihm unbekannte Männer. Zwei davon in seinem Alter, einer wesentlich jünger, in den Zwanzigern vielleicht. Sie wählten ihre Plätze so, dass Hugo mitten unter ihnen saß. Es überraschte Hugo, dass sie ihn nicht von ihrer Unterhaltung ausschlossen. Auch wenn er nicht viel zu sagen hatte, weil er inzwischen doch sein lauwarmes Cordon bleu serviert bekommen hatte und eifrig kaute, um den erstarrten Käse hinunterzuwürgen.

»Eine schöne Beerdigung«, begann der Erste und nickte Hugo zu, der zurücknickte und damit zum Ausdruck brachte, ihr auch beigewohnt zu haben.

»Viele Leute«, bestätigte der andere. Erst da erkannte Hugo ihn. Ohne blaue Uniform wäre es ihm beinah nicht gelungen. Der Busfahrer. Auch dieser hatte einen Moment gebraucht.

»Hoi!«, staunte er, als er auch Hugo erkannte, und wandte sich an seine Begleiter. »Das ist der.«

Hugo schluckte einen großen Bissen Käse-Schinken-Fleisch hinunter. »Ja, ich hab den Toten gefunden.«

Der Busfahrer verzog das Gesicht. »Aso, das auch? Ich hab gemeint, das ist der, dem sie in Lähn den Schein gezupft haben.«

Hugo fühlte sich zur unfreiwilligen Berühmtheit avanciert und erntete erstaunte Blicke.

»Weiß doch jeder, dass die da stehen. Ich hab geglaubt, ein Urlauber hätt den Atzwanger gefunden.«

»Ich bin auch ein Urlauber!«, stellte Hugo klar, dem der Spott des jungen Mannes nichts anhaben konnte.

»Gestrandet bist. Aber ich versteh dich, mit der Bummelbahn über Garmisch wär ich auch nicht nach Innsbruck weitergefahren.«

»Stimmt das, dass die Zehen vom Atzwanger schon von den Viechern abgefressen waren?«, wollte der Junge wissen.

Hugo verschluckte sich beinahe an kalter Panier und hoffte, dass die Gäste des Leichenschmauses nichts von der Frage mitbekommen hatten.

»Linus!«, mahnte der dritte Mann, der sich bislang kaum zu Wort gemeldet hatte. So ermahnte nur ein Vater. Wenn man sich dessen Bräune ansah, wurde einem die Ähnlichkeit zwischen den beiden bewusst. Keine Solariumsbräune. Die untere Gesichtshälfte war weit dunkler als der Bereich um die Augen. Die beiden mussten viel Ski fahren.

»Ich mein ja nur. Es wird halt geredet«, wich Linus aus.

»Wenigstens gibt's da keine Kinder«, meinte Hugo und sah demonstrativ zu den Trauergästen hinüber.

Die Übrigen stimmten ihm zu.

»Der Gregor war ein lediges Kind. So richtig weiß man hier nicht, wer überhaupt sein Vater war. Das sind komische Verhältnisse«, sagte der Busfahrer.

»Es soll nicht freiwillig gewesen sein«, ergänzte der Junge und deutete an, was mit »komische Verhältnisse« gemeint war. Dafür erntete er einen weiteren mahnenden Blick des Vaters. Der Junge wollte sich aber nicht maßregeln lassen: »Ja, was? Das erzählen die Leute.«

»Das ist kein Thema für einen Leichenschmaus«, wollte der Vater klargestellt wissen.

»Was soll ich dann erzählen, dass, seit der Atzwanger die Lifte hat, die Jahreskarte und das Parken teurer geworden sind? Ist das ein Thema für einen Leichenschmaus? Oder dass der halbe Ort angefressen auf ihn war, wegen dem Tunnel? Dass ihm der Lamprecht einen toten Rapp an die Tür genagelt hat?«

Hugo machte Augen. »Einen toten Raben?«

Die beiden älteren Männer hielten sich in der Unterhaltung demonstrativ heraus, indem der eine die Toiletten aufsuchte und der andere aufstand, um an der Schank eine neue Runde Bier zu bestellen.

Linus hingegen freute sich, in Hugo einen Zuhörer gefunden zu haben. »Der Lamprecht Guido, von dem gibt's Geschichten! Der soll im Suff mal mit einem Polizeiauto heimgefahren sein, weil er es mit seinem verwechselt hat. Aber das mit dem Raben, das stimmt. Und das ist noch nicht lang her, zwei Wochen oder so, weil der Atzwanger ihn beim Lift rausgeschmissen hat. Ich weiß zwar nicht, woher man einen toten Raben kriegt, aber den hat er ihm knallhart an die Haustür genagelt. Wenn man am Haus vorbeigeht, sieht man noch immer das Loch«, schilderte der Junge belustigt.

»Und was erzählen sich die Leute, was das zu bedeuten hat?«, erkundigte sich Hugo leicht angeekelt.

»Du kennst den Lamprecht nicht. Der liefert ständig so was. Während Corona ist der mit einer Gasmaske einkaufen gegangen. Das ist halt der Lamprecht.«

Der Busfahrer und Linus' Vater setzten sich wieder an den Tisch.

»Hat eigentlich einer von euch den Gamslechner auf der Beerdigung gesehen?«, wollte der Busfahrer wissen.

Sie verneinten alle zusammen.

Der Busfahrer wandte sich an Hugo. »Der Gamslechner und der Atzwanger, die zwei Goldjungen. Wenn man die zusammen gesehen hat, hat man sie kaum auseinanderhalten können. Einmal, beim Neujahrsschreien, wollte ich dem Atzwanger nichts geben, weil ich überzeugt war, dass der zuvor schon da gewesen war. Das war aber der Gamslechner-Bub gewesen. So ähnlich haben die sich geschaut.«

»Neujahrswas?«, fragte Hugo.

»Neujahrsschreien. Ihr habts wohl gar keine Tradition in dem Innsbruck. Kinder ziehen am Neujahrstag von Haus zu Haus und kriegen für das, dass sie einem ›A guats nuis Jahr‹ wünschen, eine Münze.«

Jetzt verstand Hugo, was das Geschrei der Kindergruppe von vor ein paar Tagen zu bedeuten gehabt hatte.

»Ist das so wie mit den Kürbissen, wo man dann mit Eiern beworfen wird, wenn man nix gibt?«, wollte Hugo wissen.

»Hast ihnen nichts geben, ha?«, lachte Linus' Vater. »Da gibt's keine Strafe, nur blöde Nachred.«

»Dann heißt's wieder die ›Koatlackler‹«, befürchtete Hugo.

Die anderen lachten auf.

Die Trauergäste warfen einen Blick herüber. Linus' Vater winkte beschämt in ihre Richtung.

Hugo fiel ein, wer ihn zuletzt so genannt hatte. »Apropos Koatlackler, ich hab da letztens eine unangenehme Begegnung gehabt. Da am Weg Richtung Zugspitzbahn.«

»Lass mich raten, ein altes Mandl wollt dir den Teufel austreiben?«, warf Linus ein.

Hugo staunte. »Ja, genau!«

»Das war der Zugspitzgeist«, sagte der Busfahrer ernst. Jetzt lachte niemand. Nicht einmal ein Grinsen auf den Gesichtern der Anwesenden. Hugo blickte von einem zum anderen, ob sich nicht doch einer durch ein Augenzucken verriet.

»Der Zugspitzgeist?«

»Jawohl. Er stürzt sich auf alle, die dem Berg und dem Springkraut zu nahe kommen. Pass nur auf!«

Hugo konnte die Männer schlecht einschätzen. Hielten sie ihn für einen leicht zu unterhaltenden Touristen?

»Das war ein verwirrter alter Mann«, entgegnete Hugo trocken.

Der Busfahrer sah ein, dass sich Hugo nicht auf den Arm nehmen lassen wollte. »Hahaha, jetzt haben wir dich aber gehabt!«, lachte er.

Sein Gesicht wurde wieder ernst. Hugo sah, dass es mit den Trauergästen zu tun haben musste. Diese löffelten stumm ihre Suppen, bis auf einen. Der Alte vom Friedhof. Er wirkte streng und zornig. Auch als Außenstehender musste man schnell einsehen, dass man es sich mit diesem Alten wohl besser nicht verscherzte. Sein Blick ging durch Mark und Bein. Vor ihm stand kein Teller.

Die Männer senkten ihre Köpfe und wichen seinen Blicken aus. Linus kratzte mit den Fingernägeln in den Tisch. Der Busfahrer biss in sein Bierglas. Der Vater kaute an seiner Wange. Nur Hugo hielt dem Blick stand. Er konnte nicht sagen, was die Schärfe im Antlitz des Alten ausmachte. Verachtung? Spott? Die grünen giftigen Augen? Hugo spürte ein Frösteln. Ohne ein weiteres Wort legten die Männer ihre Zeche auf den Tisch. Sie wirkten dabei, als hätten sie ein Gespenst gesehen. Oder eines heraufbeschworen. Vielleicht war es auch wieder nur ein Scherz? Ganz wie zuvor? Zugspitzgeist. Buhuu!

Die Männer machten sich daran, die Gaststube zu verlassen,

und Hugo schloss sich ihnen an. Sie schlichen wortlos an dem Alten vorbei. Nur der Vater wagte es, den Alten kurz anzusehen. »Nichts für ungut, Kassian«, stammelte er entschuldigend.

Der Alte ließ keine Regung auf seinem Gesicht erkennen. Er fuhr sich mit seinen langen grauen Fingern prüfend über das Gesicht, als würde er die Schwere einer zu verhängenden Strafe abwägen.

Als sie das Lokal verlassen hatten, atmeten sie auf. Alle bis auf Hugo zündeten sich eine Zigarette an.

»Wer war das denn?«, wollte dieser wissen.

»Der Messner«, antwortete der Busfahrer.

Hugo reichte diese Erklärung nicht. Er sah Linus an und hoffte auf dessen Geschwätzigkeit. Doch auch er schwieg, als er das vom Schnee nasse Ende der Zigarette abriss und sie anzündete.

Der Vater sprang schnell für ihn ein. »Das dumme Gerede über den Zugspitzgeist – wir hätten besser aufpassen sollen, wer mithört.«

»Der Alte im Wald«, paffte Linus und sprach vorsichtig. »Das kann nur der Gamslechner senior gewesen sein.«

»Der ist schon seit Jahren schwer bedient mit seinem Alzheimer. Er wohnt dort in diesem großen Jagdhaus im Obermoos. Sieht Teufel und Dämonen. Manchmal entwischt er der Pflegerin und streift in den Wäldern umher. Der hat auch viel mitgemacht. Ein unwürdiges Lebensende für einen ehrenhaften Bürger. Aber kein Wunder, dass der jetzt mit Teufeln daherkommt, die haben schon sein Vater und sein Sohn gesehen.«

»Wie meinst das?«, fragte Hugo.

»Haben sich beide umgebracht.«

»Was, beide? Gleichzeitig?«

»Na. Sein Vater während dem Krieg und der Meinhard, wie lang ist das her?«, fragte sich der Busfahrer, der die Hände vor der Kälte in den Jackentaschen verbarg. »So dreißig Jahre werden es schon sein.«

»Die Leut erzählen sich Geschichten über den Gamslechner-

Fluch. Weil der Wilhelm Gamslechner, der Urgroßvater vom Felix, mit der Seilbahn den Zugspitzgeist verärgert hat. Der befällt alle Gamslechners und treibt sie in den Wahnsinn.«

»Was du immer mit dem Geschwätz von die Leut hast!«, schalt der Vater diesmal mit wenig Überzeugung. Womöglich glaubte er selbst daran.

Ein Fluch, dachte Hugo, soso. Die Hotelchefin hatte nur von Krankheit gesprochen.

»Aber ist der Felix Gamslechner jetzt wirklich nicht auf der Beerdigung gewesen? Der hätte ja eigentlich auch auf den Leichenschmaus gehört. Immerhin ist die Frau vom Felix eine Cousine vom Atzwanger gewesen«, bohrte Linus wieder nach.

»Das geht uns nichts an«, sagte sein Vater und zuckte mit den Achseln.

»Aber dann stimmt es vielleicht, dass die Martina Atzwanger dem Felix Gamslechner die Schuld am Tod vom Gregor gibt.«

Gerade als Hugo nachfragen wollte, wie Linus das meinte, erregte ein roter Bolide ihre Aufmerksamkeit, Kennzeichen Garmisch-Partenkirchen. Was wollte der denn? Der Wagen parkte, gleich darauf stieg der Fahrer aus und drängte an den Männern vorbei in die Gaststube. Ehe einer von ihnen »Geschlossene Gesellschaft!« rufen konnte, grüßte der Mann tirolerisch »Griaß enk«. Ein Tiroler mit deutschem Kennzeichen? Er verschwand durch die Eingangstür.

»Bist deppert? Wissts, wer das war?«, fragte Linus.

Hugo hatte den groß gewachsenen Mann mit der Jacke eines Wintersportvereins, älter, an die siebzig, das Gesicht wettergegerbt und ernst, in der Kirche gesehen.

»Ich werd narrisch, das war doch tatsächlich der Simon Grasser!«, entfuhr es dem Busfahrer. Die Männer warfen sich überraschte Blicke zu.

»Was will denn der da?«, fragte Linus' Vater.

Das fragte sich Hugo auch. Simon Grasser war jedem Österreicher ein Begriff. Nachdem man ihn in den Achtzigern für zu schlecht für den nationalen Skiverband befunden hatte, war er für das denkbar schlimmste Land an den Start gegangen: Deutschland. Noch schlimmer war, dass das Talent von Simon »dem rot-weißen Zebra« Grasser in Österreich auch noch gänzlich verkannt worden war und er dann unter deutscher Flagge so ziemlich alles abgeräumt hatte, was es zu gewinnen gab. Schließlich hatte er mehrfach Gold bei Olympia und Weltmeisterschaften geholt. Jeder anständige österreichische Wintersportfan schämte sich deswegen.

»Mei, der Atzwanger wird den halt auch gekannt haben als regionalen Unternehmer, immerhin produziert der Grasser seit ein paar Jahren seine eigene Skimarke«, erklärte der Vater.

»Ich hab mir übrigens letztes Jahr ein Paar Graskiii gegönnt«, ergänzte der Busfahrer. »Der Sport Mani hat mir ein super Angebot gemacht, weil ich im Sommer ein E-Bike dort gekauft hab.«

»Ah, Graskiii. Bist zufrieden? Hat der nicht so eine schwache Taillierung?«, fragte Linus' Vater interessiert.

»Für das, was ich fahr, reicht's«, antwortete der Busfahrer.

Kaum war Simon Grasser in die Gaststube gegangen, flog die Tür auch schon wieder auf, und zwei Männer mussten das ehemalige Wintersportass beinahe aus der Tür schleifen. Begleitet wurden sie von lautem Schluchzen von Martina Atzwanger.

»Der Sauhund hat hier nichts verloren!«, hörte man sie schreien. »Komm mir ja nicht mit ›mein Kind‹. Schleich dich!«

17

Jänner 1960, auf der Zugspitze, Kammstation

Im Kammhotel hatte man die Gamslechners freundlich empfangen. Wenn der »Herr Direkter« schon die Ehre zuteilwerden ließ, seine Familie mitzubringen, scheute man im auf 2.805 Metern gelegenen Hotel an der Bergstation der Zugspitzbahn keine Mühen, ihm einen schönen Aufenthalt zu bereiten. Frische Blumengedecke zierten die Tische, und das Menü für den heutigen Tag beinhaltete exotische Früchte. Kaum vorstellbar, welchen Aufwand die Restaurantleitung hatte betreiben müssen, beides mitten im Winter auf die Bergstation heranzuschaffen. Gamslechner hatte vor, dort auf Vertreter der Hauptaktionäre der Zugspitzbahn zu treffen, und wollte einen formidablen Eindruck auf sie machen. Daher war er nicht davor zurückgeschreckt, im dichtesten Schneegestöber des Jahres eine Kabine der Zugspitzbahn zu besteigen, und das noch dazu mit Frau und Kind. Doch was zunächst dazu gedacht war, die Ernsthaftigkeit seiner Absichten zu unterstreichen, ging in Reue über. Albert Gamslechners Frau Leonore und sein achtjähriger Sohn Meinhard hatten wie schon Alberts Mutter nichts übrig für die Seilbahn. Nicht, weil sie sie fast um den Lebensverdienst gebracht hätte, nein, vielmehr, weil sie es für Schnickschnack hielten. Unnötig wie ein Sonnenschirm im Winter. Albert störte sich nicht an ihrer Ignoranz. Es war nicht seine Aufgabe, sie von der Bedeutung der Seilbahn zu überzeugen. Zweifler sind wie Vieh, man kann sie nur vor sich hertreiben oder stehen lassen. Das Einzige aber, was Gamslechner vorantreiben wollte, war die Zugspitzbahn. Auf Vieh verstand er sich nicht.

»Wie entsetzlich stickig es hier ist!«, jammerte Leonore bereits beim Betreten des festlich angerichteten Bergrestaurants.

Gamslechner gab ihr wie üblich recht. Er hatte schnell gelernt, dass es weniger Gezeter bedeutete, wenn er sich der gleichen Ansicht zeigte. Er bat eines der Serviermädchen, ein Fenster zu öffnen.

»Willst du, dass ich mir den Tod hole?«, warf ihm Leonore vor.

Gamslechner lächelte mild. »Natürlich nicht. Wie unüberlegt von mir.«

Leonore riss sich den Fuchspelz von den Schultern. Ohne Vorwarnung warf sie ihn dem Mädchen zu, das gerade dabei gewesen war, penibel poliertes Besteck aufzudecken. Das Mädchen, das glaubte, von einem leibhaftigen Fuchs angegriffen zu werden, ließ das Tablett fallen, und mit dem Geräusch eines zerschellenden Xylofons verteilten sich Dessertgabeln in alle Himmelsrichtungen. Das Mädchen stand über den Überresten des Fuchses, aus dessen weichem Fell am Kopf kleine Rinnsale geschmolzenen Schnees flossen.

»Du patschertes Trum!«, keifte Leonore.

Gamslechner erkannte, dass das Mädchen nicht ahnte, was ihm blühte, wenn es nicht gleich reagierte. Die Bediensteten des Kammhotels standen schließlich auf Gamslechners Gehaltsliste. Leonore würde die junge Frau hinauswerfen. Gamslechner packte den Fuchs am Krawattl und reichte ihn langsam der jungen Frau.

»Man schießt den Fuchs im Winter, weil das Fell dann schön dick ist«, erklärte er dem Mädchen, und sie nahm den Pelz fast andächtig entgegen. »Hin und wieder brauchen wir alle ein dickes Fell«, sagte er leise und schmunzelte. Das Mädchen lächelte warm zurück. Ihr Blick war aufmerksam und mutig. Sie hatte sich nicht einschüchtern lassen, war nicht nervös geworden.

»Wir haben hier noch einen Schneehasen irgendwo. Die werden sich gut verstehen«, antwortete sie.

Leonore konnte sie nicht hören. Sie schritt die Tafel ab und rollte mit den Augen. Die Farbe der Servietten störte sie.

»Du bist die Kreszenz, gell? Vom Hoschbeler-Bauer?«

»Kliebenschädel heiß ich jetzt, Herr Direkter«, antwortete sie.

Gamslechner deutete sich auf die Stirn, als erinnerte er sich wieder. »Ach ja, stimmt.«

»Den Hoschbeler-Bauer gibt's nimmer. Nach dem Feuer war nichts mehr übrig.«

Gamslechner nickte mitfühlend. Er selbst hatte den Viehstall vom Hoschbeler-Bauern brennen gesehen. Bei der letzten Heumahd hatte es eine ungewöhnlich lang dauernde Schwüle gegeben. Der Hoschbeler-Bauer hatte letztlich das Heu zu feucht eingeführt. Die Zersetzungsprozesse des feuchten Grases hatten eine Selbstentzündung bewirkt, und die Tenne und der Stall waren mitten in der Nacht in Flammen aufgegangen. Der gesamte Viehbestand war in dem Feuer verendet. Ferdl war auf die Idee gekommen, dem Mädchen der Familie eine Stellung im Kammhotel zu verschaffen. Doch dieser Segen hatte ihre Eltern nicht daran gehindert, sie dem nächstbesten Tunichtgut zur Frau zu geben.

»Wie geht es den Eltern?«, erkundigte sich Gamslechner.

Kreszenz verzog den Mund. Die Frage tat ihr weh. »Der Vater red nicht mehr viel. Und was soll die Mutter schon sagen?«

»Das tut mir leid«, beteuerte Gamslechner.

»Mir auch«, antwortete Kreszenz.

Kreszenz nahm den Fuchs und verließ den Saal. Gamslechner betrachtete seine Frau. Sie zupfte an den Blumengedecken, bis das Tischtuch voller Blütenblätter war.

»Jemand soll das wegmachen«, herrschte sie ihren Mann an.

In den Tagen vor dem Termin mit den Aktionären war das Wetter gut gewesen. Aus diesem Grund hatte in Gamslechner Hoffnung auf aussichtsreiche Verhandlungen gekeimt. Aber gerade an jenem Sonntag hingen dicke Wolken über dem Wetterstein und entließen große Schneeflocken. Wie aufgeschüttelte Daunen tanzten sie mit dem böigen Wind über die Felswände. Manch eine landete als gut sichtbarer Kristall auf dem Gefieder eines der riesigen Kolkraben, die auf dem Holzgeländer der Bergstation saßen. Die Abfälle der dort residierenden Gäste hatten auch sie heimisch werden lassen.

Die Fahrt mit der Gondel war trotz des Wetters besser gewesen als erwartet. Nach wenigen Höhenmetern war die Kabine schon in undurchdringliches Weiß getaucht gewesen, und Leonore Gamslechner hatte all ihren mehrfach geäußerten Befürchtungen zum Trotz keinen Atemstillstand erlitten. Gamslechner hatte geahnt, dass sie eine neu erfundene Höhenangst vorausschicken würde, nur um die Fahrt vermeiden zu können. Aber nachdem die Kabine ringsum keine Aussicht in die Tiefe geboten hatte, hatte sogar sie sich schwergetan, mehr als Desinteresse zu demonstrieren. Woraufhin bei seinem Sohn jegliche Erwartung an die Fahrt noch weiter geschmälert wurde, als dieser sich zumindest etwas Aufregung vom Zusammenbruch der Mutter erwartet hätte.

»Es ist langweilig«, hatte der Knabe gelegentlich leise wiederholt.

»Es ist sinnlos«, hatte Leonore darauf geantwortet, und keiner von ihnen hatte gewusst, ob sie das »sinnlos« auf die Feststellung des Jungen bezogen hatte.

Beim Verlassen der Kabine hatten die Bediensteten der Bergstation Spalier gestanden. Gamslechner hatte ebenso ehrfurchtsvoll zurückgegrüßt. Er hatte sie inständig bitten müssen, ihre Mützen und Kappen angesichts der Eiseskälte wieder aufzusetzen. Bei dieser Gelegenheit hatte es sich Albert Gamslechner nicht nehmen lassen, das große Rad zu inspizieren, das durch den Antrieb im Tal in Bewegung versetzt wurde. Von der eisigen Luft angehaucht und mit einer glitzernden Schicht Eis bedeckt, hatte es zuverlässig seine Pflicht getan und eifrig das tonnenschwere Seil hinauf- und hinabgespult.

Aufgrund der extremen Witterungsbedingungen und der Größe der Antriebsmotoren hatten diese beim Bau der Bahn in der Talstation vorgesehen werden müssen. Dabei hatte es sich um ein Novum gehandelt.

Man nannte Gamslechner den »Direkter«. Dabei war das die Funktion seines Vaters gewesen. Aber seit bekannt geworden war, dass der junge Albert Teile der Seilbahn hatte zurückkaufen können, hatte die Bezeichnung »Herr Direkter« bei der Belegschaft wieder aufgelebt. Dies war erst nach Rückgabe der Seilbahn an Österreich im Jahre 1958 möglich geworden. Während das Land Tirol die Mehrheit der Anteile hielt, hatte Albert Gamslechner Volksaktien in großer Zahl erworben. Dafür hatte er beträchtliche Teile seines Vermögens aufgewendet. Eines Vermögens, das er nur einem Umstand schuldete: der Lindnerin.

Leonore Lindner war die Tochter eines Hoteliers im Tiroler Oberland gewesen. Während sich der alte Lindner nach Zusammenbruch der Monarchie alle Mühe gegeben hatte, seine adlige Herkunft zu verbergen, gab sich seine Tochter als Prinzessin. Sie galt als kapriziös, arrogant und schwerreich. Obwohl sie schon an die dreißig Jahre alt war, schien es, als hätte *sie* sich dazu herabgelassen, den beinahe zehn Jahre jüngeren Albert Gamslechner zu ehelichen.

Die alte Gamslechnerin hatte sich für die Wahl ihres Sohnes geschämt. Man sagte doch immer, Männer würden Frauen wie ihre Mütter heiraten. Aber mit der Lindnerin wollte die Gamslechnerin nicht in einem Satz genannt werden. Leonore Lindner hielt sich für etwas Besseres. Nicht einmal die Fronleichnamsprozession war ihr heilig genug gewesen, als dass sie sich nicht über andere lustig gemacht hätte. Leonore hatte der Gamslechnerin attestiert, eine »Frömmlerin« zu sein, während sie selbst gelegentlich bei nächtlichen Gelagen anzutreffen war, zu denen bekanntermaßen auch Besatzungssoldaten kamen. In Hosen und rauchend soll sie dort erklärt haben, dass es einfachen Weibern wie der Gamslechnerin geschuldet sei, dass die Frauen den Männern noch um so vieles nachstünden. Als die Gamslechnerin davon erfahren hatte, hatte sie daran gedacht, wie die Lindnerin in den letzten Kriegstagen beinahe mit in das Gefecht am Fernpass gezogen wäre, um den Endsieg höchstpersönlich herbeizuführen. Die Leichen der jungen Burschen aus der Führerreserve, die nach dem Kampf gegen die 44. Infanteriedivision und einen späten Wintersturm ausgeapert waren, hatten noch immer nach dem Parfüm der Lindnerin gerochen.

Albert Gamslechner war sich bewusst gewesen, alle vor den Kopf zu stoßen, als er die beabsichtigte Heirat mit Leonore Lindner kundgetan hatte. Die, die weiterhin große Stücke auf ihn gehalten hatten, meinten, Gamslechner würde diese Last lediglich aus dem einen Grund auf die eigene Schulter nehmen, damit kein anderer dieses Leid erfahren müsse. Die anderen hatten es besser gewusst. Albert Gamslechner brauchte das Geld, um das Lebenswerk seines Vaters wieder in den Schoß der Familie zurückzuführen. Als der alten Gamslechnerin das klar geworden war, geschah etwas, das sie nicht für möglich gehalten hätte. Sie begann, die Seilbahn noch viel mehr zu hassen.

Mit dem Einzug von Leonore Lindner verließ die alte Gamslechnerin das Hotel und erkor das alte Jägerhaus auf halbem Weg ins Obermoos zu ihrem Alterssitz. Mit ihr kam Ferdl, der die Erniedrigungen durch die Lindnerin zunächst stoisch ertragen hatte. Ferdl war es gewohnt gewesen, »Depp« genannt zu werden. Doch selten hatte es einer so gemeint. Dies war nur zweimal der Fall gewesen: bei dem Unteroffizier, der seine Tauglichkeit für den Kampf bezweifelte, und bei der Lindnerin, die ihn für den verlausten Haushund hielt. Es war letztlich Albert Gamslechner selbst gewesen, der Ferdl gebeten hatte, auf seine Mutter zu achten, um nicht länger Gegenstand der Beschimpfungen seiner Ehefrau zu werden.

Der alten Gamslechnerin hatte es ein wenig Trost geboten, dass die Lindnerin immer die Lindnerin hatte bleiben sollen. Auch wenn sie durch die Eheschließung Gamslechner geheißen hatte, so wurde sie nur im direkten Umgang mit dem Namen ihres Mannes angeredet.

Nachdem die Vertreter des Landes und andere stimmgewichtige Aktionäre im Kammhotel eingetroffen waren, wurde nach einigen Bemerkungen über das Wetter das Mittagessen eingenommen. Leonore blühte auf. Die betuchten Männer aus der Stadt, die größtenteils ohne Ehefrauen angereist waren, stellten die gesellschaftlichen Kreise dar, mit denen sie sich umgeben wollte. Man musste es ihr lassen, dass sie dort hinpasste wie die Faust aufs Auge. Ihre derbe Art wirkte amüsant, ihre Neugierde interessiert und ihre Missgunst bewundernd. Gamslechner setzte ein zufriedenes Lächeln auf. Er hatte sich nicht bei allem geirrt, was seine Gemahlin anbelangte.

Nach dem Essen ging es um das Geschäftliche. Dazu erhob sich Gamslechner von seinem Platz und formulierte sein Begehren, wie er es seit Tagen einstudiert hatte: »Meine sehr verehrten Herren!«, sprach er sie mit überzeugter Stimme an. »Es ist mir eine außerordentliche Ehre, Sie heute über meine Pläne für die Zugspitzbahn in Kenntnis setzen zu dürfen. Wie Sie schon festgestellt haben, sind wir mit unserer Bahn bereits sehr hoch hinausgekommen. Sie ist weltbekannt. Ein Wunderwerk. Eine Himmelsstürmerin!«

Die Männer stimmten ihm zu. Der Applaus kam unerwartet, aber willkommen. Seine Aufregung stieg. Er war euphorisch. »Zweifellos ist die Tiroler Zugspitzbahn als beispielloses Meisterwerk an Pioniergeist und Technik anzusehen. Ihre Eleganz, ihre Leistung und ihre Widerstandskraft gegen beißende Winde und eisige Kälte kann uns allen Inspiration sein. Wir verbuchen jetzt schon fast hundertsiebzigtausend Fahrgäste im Jahr.« Beinahe hätte Gamslechner gesagt: »Die Menschen lieben sie!«, doch er hatte an die Gesichter seiner eigenen Familie gedacht, an die apathischen Züge während der Fahrt, und befürchtet, nicht authentisch wirken zu können, weshalb er es unterließ. »Aber eines fehlt unserer Seilbahn! Es ist nicht viel, aber wir können sie perfektionieren. Und damit erreichen wir vielleicht das Doppelte des Rekordjahres 1953! Lasst es uns mit unserer Bahn auf die Spitze treiben! Ganz auf den Gipfel. Wir liegen hier bereits auf 2.805 Meter! Lassen Sie uns der Bahn die fehlenden hundertfünfzig Meter geben – mit der Zugspitz-Gipfelbahn!«

Gamslechner sah es in ihren Gesichtern. Er erkannte die

Begeisterung. Es war ein voller Erfolg. Die Aktionäre applaudierten, und sie nickten sich gegenseitig zu. Albert Gamslechner klatschte ebenfalls. Sein Blick schweifte über ihre Gesichter hinweg aus dem Fenster, und für einen Moment durchbrach ein Sonnenstrahl das Dickicht der Wolken und beschien ebenjenes Fleckchen Fels, auf dem sein Vater den Befehl gegeben hatte, einen Mann zu töten.

18

Heute

Zurück im Hotel, lief Hugo Kerstin im Eingangsbereich über den Weg. Sie kam aus dem Skikeller, wo sie gerade ihre Sachen verstaut hatte. Er hatte sie seit Tagen nicht gesehen und war überrascht, dass sie noch immer in Ehrwald war. Die Allgäuer Allgemeine leistete sich eine teure Recherche. Wie bereits bei ihrem ersten Aufeinandertreffen war sie in Skihosen mit breiten Trägern und einem türkisen Fleecepullover gekleidet. Ihr Gesicht glänzte speckig.

Hugo sah auf die Uhr: Es war gerade früher Nachmittag.

»Schon zurück vom Skifahren?«, erkundigte er sich.

»Ja, das Wetter ist zu schlecht. Sicht gleich null, und wenn dir der Wind dann auch noch die Schneeflocken ins Gesicht bläst, dann wird es wirklich unangenehm.«

Hugo nickte mitfühlend. »Da hilft nur ein Jagatee«, diagnostizierte er mit einem Grinsen.

»Oder ein Glühwein.«

Sie setzten sich in stiller Übereinkunft in die Hotelbar. Als Erstes brachte Kerstin ihr zerzaustes braun gelocktes Haar in Ordnung.

Hugo fragte sich, ob er jemals einen so warmen Braunton gesehen hatte. Aber als er einen – wenn auch unscheinbaren – grauen Ansatz erkannte, wurde ihm klar, dass dieser gefärbt sein musste.

»Na, ich sag's dir. Heute war kein guter Tag am Berg. Das macht dann keinen Spaß mehr, wenn nur noch Buckel auf der Piste sind, die man auch nicht gescheit erkennen kann.«

»Kann mir vorstellen, dass einen da die Tageskarte reut«, pflichtete ihr Hugo bei und spielte insgeheim auf ihre leicht pfennigfuchserische Ader an.

Glühwein hatte das Hotel nicht auf der Karte. Dafür tranken sie jetzt doch Jagatee. Der Barmann mit dem Hass auf große Beutegreifer hatte ihnen zwei randvoll angefüllte heiße Tassen hingestellt.

Kerstin blies den Dampf von der Oberfläche der Tasse. Sie erzeugte kleine kreisförmige Wellen, und das Rumaroma erfüllte den kleinen Tisch.

»Die Kosten für die Liftkarten sind das geringste Problem, wenn man die richtigen Leute kennt«, meinte sie mit einem Zwinkern.

»Und das tust du?«, forderte Hugo sie heraus.

Kerstin lachte. »Gwies! Sag nur, wenn du mal günstige Liftkarten brauchst, dann besorg ich dir welche.«

»Danke«, sagte Hugo, ohne zugeben zu wollen, dass er seit seiner Jugend nicht mehr auf Skiern gestanden hatte. Als er Kerstin zuvor gesehen hatte, ausgefroren, mit rotem Gesicht und dem unsicheren Gang, weil das Gefühl in den Füßen von den Skischuhen fehlte, hatte er sich wieder einmal bestätigt gefühlt, dass er das nicht mehr brauchte. Und außerdem, so eine Tageskarte kostete mittlerweile mehr als ein Abendessen für zwei Personen, nahm man das Parken noch dazu, vielleicht sogar mit Weinbegleitung. »Das vom Atzwanger hast aber sicher auch mitbekommen?«, fragte er, weil sie von den Atzwanger-Liften gesprochen hatte.

»Wer denn nicht? Furchtbar tragische Gschicht. War heut nicht die Beerdigung?«

»Ja, ich war sogar kurz dabei.«

Kerstin riss erstaunt die Augen auf. »Sag bloß, du hast den gekannt?«

»Nein, gefunden. In dem Kunstschneehaufen«, antwortete Hugo.

»Wie, du hast den gefunden? Tot?«

»Ja. Am Neujahrstag. Ich habe nicht schlafen können und war spazieren. Und wie ich da zum Zugspitzparkplatz unterwegs bin, find ich da halb eingeschneit den toten Atzwanger.«

»Na, das nenn ich schlecht gerutscht.«

Hugo bemerkte, dass ihr etwas unter den Fingernägeln brannte. Er war mit seinem flauen Gefühl nicht allein. Auch sie schien ihre Zweifel an der Sache zu haben.

»Und ist dir gar nichts komisch vorgekommen?«, fragte sie unverblümt.

»Wie, komisch?«

»Was weiß ich? Eigenartig halt.«

Hugo wollte, dass sie es aussprach. Er wollte mit seinem Verdacht nicht länger allein sein.

»Ja, hat irgendwas nach Mord ausgeschaut«, wagte sie den Vorstoß.

»Warum nach Mord?« Hugo stellte sich noch immer dumm, er wollte haargenau wissen, wie sie auf diese Idee kam. »Nein, nach Mord hat nichts ausgeschaut.« Und genau da lag das Problem.

»Ich find schon, dass die Sache ein bissle zum Himmel stinkt. Wie kann man bei jemandem, der so polarisiert hat wie der Atzwanger, ohne den geringsten Zweifel davon ausgehen, dass der aufgrund eines Unfalles gestorben sein soll.«

Hugo zuckte mit den Schultern. »Ich hab mich auch schon gefragt. Die Behörden nehmen wohl an, dass er sich da an der Kante erleichtern wollte und aufgrund seiner Berauschung dann das Gleichgewicht verloren hat. Sie haben ihn jedenfalls aus einer Stelle mit gelbem Schnee ausgegraben.«

»Für mich heißt das nichts. Wenn ich länger am kalten Schneeboden liegen müsst, würd ich mich auch anmachen. Dir muss doch was aufgefallen sein. Fußspuren oder irgendwas.«

»Nein, da war rein gar nichts. Der Wind hat den Kanonenschnee in alle Richtungen verteilt. Es hat überall eine leichte Schneedecke gelegen. Da waren keine Spuren zu erkennen.«

»Kurios find ich das schon, vor allem, dass da nicht mal ordentlich ermittelt wird.«

Hugo hätte ihr gern etwas von der Dunkelziffer bei unbekannten Tötungsdelikten erzählt und der Ausdünnung der Gerichtsmediziner, aber er kam nicht zu Wort.

»Ich kann dir nur raten, das ja nirgends anklingen zu lassen. Die halten dich hier sofort für paranoid«, beklagte Kerstin.

»Würde dir die Vorstellung gefallen, dass bei dir wer vor der Haustür ermordet worden sein könnte?«

»Es muss ja auch nicht gleich Mord sein, vielleicht war's nur eine Rangelei, und die ist ungünstig für den Atzwanger ausgegangen.«

»Warum sollte man an einer Böschung beim Pinkeln rangeln?«

»Das sollte man denjenigen fragen, der ihn als Letztes gesehen hat«, regte sie an.

Hugo wusste, wer das war. »Der Felix Gamslechner. Nach diesem Gondeldinner. Das hat er mir in der Sauna erzählt. Und dass er deswegen auch von der Polizei befragt worden wäre.«

»Ich hab den noch nicht mal im Hotel gesehen, und du kennst den nackt?«, wunderte sich Kerstin, die immer leicht gekränkt zu sein schien, wenn jemand anderer etwas mehr wusste als sie. Berufskrankheit, nahm Hugo an.

»Reiner Zufall.« Hugo winkte beschämt ab, weil er befürchtete, Kerstin könnte ihn sich nackt vorstellen. »Was ich aber noch gehört habe, ist, dass die Mutter vom Atzwanger dem Gamslechner die Schuld am Tod ihres Sohnes geben soll.«

»Woher hast denn das?«, fragte Kerstin verblüfft.

»Recherche«, scherzte Hugo.

»Stammtischg'schwätz, oder? Hast du nicht vorhin gesagt, dass du erst aus dem Dorfwirt gekommen bist? Das ist doch bitte der Quell allen üblen Geredes.«

»Aber dran war da immer noch ein Funken Wahrheit.«

»Okay, meinetwegen, aber warum sollte Gamslechner den Atzwanger beseitigen? Waren das nicht Freunde?«

»Wegen dem Tunnel?«

Kerstin schüttelte energisch den Kopf. »Das würde ich nicht meinen. Den Tunnel kann man durch einen Mord am Atzwanger nicht verhindern. Jetzt kommt halt einfach der nächste Bauunternehmer zum Zug.«

»Ist dir klar, dass wir gerade im Gamslechner Hof sitzen und darüber sinnieren, dass der Juniorchef einen der größten Tiroler Bauunternehmer getötet haben soll?«

»Außer uns macht's ja sonst auch keiner«, sagte Kerstin mit größtem Recht. »Wir müssen uns fragen, wer tatsächlich einen Nutzen am Tod vom Atzwanger gehabt haben könnte.«

»Bei allem, was ich über den gehört hab, dürfte das eine längere Liste werden«, verzog Hugo das Gesicht.

»In der Tat. Fangen wir mit dem Naheliegendsten an. Wer verdient am Tod vom Atzwanger?«

»Der Gamslechner mal nicht.«

»Da geb ich dir recht. Was aber nicht heißt, dass er nicht doch ein anderes Motiv hätte haben können. Eigentlich müsste man auch an denjenigen denken, der jetzt den Tunnelauftrag bekommt. Das ist aber zum heutigen Zeitpunkt viel zu wenig konkret. Da kämen einige in Betracht. Drum würde ich die mal außen vor lassen. Wenn du mich fragst, müsste man sich mal anschauen, wer jetzt vom Atzwanger erbt.«

»Die Mutter, schätze ich. Außer er hat ein Testament.«

»Okay, Kinder hat er nicht gehabt. Aber es muss ja einen Vater geben. Die Mutter wird's jetzt nicht gewesen sein. Und den Vater vom Atzwanger kennt man nicht«, fasste Kerstin zusammen.

»Ich hätt da aber schon eine Idee.« Hugo erzählte von Simon Grasser, den er heute hatte aus der Gaststube fliegen sehen.

»Nicht dein Ernst!« sagte Kerstin.

»Wieso nicht, das würde doch passen! Er war auf der Beerdigung gewesen und danach beim Leichenschmaus hinauskomplimentiert worden. Vielleicht hatten er und die Atzwanger etwas miteinander.«

»Aber wieso hätte die Atzwanger den Vater ihres Kindes so gut geheim halten sollen?«

»Na ja, vielleicht ist das keine so glückliche Verbindung gewesen. Mir gegenüber wurde heute angedeutet, dass es sich dabei um einen Übergriff gehandelt haben könnte. Und dass sie vielleicht deswegen geschwiegen hat, damit das nicht aufkommt.«

»Und dann taucht der dreiunddreißig Jahre später bei der Beerdigung auf und lässt sich eine Szene machen? Klingt irgendwie unlogisch. Aber es würde mich jetzt schon brennend interessieren, was die miteinander zu schaffen hatten. Die Atzwangers und der Grasser«, stellte Kerstin fest.

»Was macht der jetzt eigentlich?«

»Ist einer der Nachwuchstrainer unserer Skimannschaft und versucht, seine Skimarke über Wasser zu halten. Er findet einfach keinen Athleten, der mit dem Ding an den Start gehen will. Die haben halt alle längst ihre Ausstatter. Da tut sich eine neue Marke echt schwer.« Kerstin wischte ein paarmal an ihrem Smartphone herum. Auf der Instagram-Seite des Nachwuchsteams blieb sie hängen und drehte das Handy zu Hugo. »Was für ein Glück. Der Grasser ist sogar in der Gegend«, sagte sie.

Unter den Bildern der jungen Athleten beim Stangenfahren war zu lesen, dass sie einige Tage auf der Zugspitze trainieren würden.

Hugo verfluchte sich. Er würde Ski fahren müssen.

19

Im Hotel Gamslechner Hof konnte man sich tatsächlich eine Vollausstattung zum Skifahren leihen. Zu Hugos Erleichterung war dies im Preis inbegriffen und erforderte keine Erhöhung seiner Germknödelberechnung. Hugo und Kerstin waren so verblieben, dass sie ihre Kontakte in der Gegend nutzte, um vielleicht noch mehr darüber herauszufinden, warum es keine weiteren polizeilichen Ermittlungen gab und Gamslechner offenbar aus dem Schneider war. Es lag also an Hugo selbst, auf die Zugspitze zu fahren und mit Grasser direkt zu sprechen. Laut Instagram trainierten sie dort für eine Woche, bevor die nächsten Rennen anstünden. Kerstin hatte ihm eine ihrer Sonderangebotsliftkarten abgetreten und war stolz darauf zu betonen, dass sie nur ein Drittel des ursprünglichen Preises gekostet hätten.

Hugo warf sich in Montur. Der Verleih hatte ihm einen Helm mitgegeben, mit dessen Passform er seine Probleme hatte. Er beließ es bei Mütze und Skibrille. Außerdem war ihm der Helm mit seiner grünen Farbe so bekannt vorgekommen, und er hatte sich unweigerlich fragen müssen, ob er ihn nicht bereits an dem Urlauber aus dem Bus gesehen hatte. Obwohl er beinahe seit Jahrzehnten nicht mehr in Skischuhen gesteckt hatte, erinnerte er sich sofort an das beklemmende Gefühl, vor allem beim Treppensteigen.

Dann torkelte er gemeinsam mit einer bunten Armee von Anoraks aus allen Ecken der Ortschaft zum Bus, um an einen der Lifte gekarrt zu werden. Das Wetter war noch immer bescheiden. Dichter Schneefall verhieß keinen guten Skitag. Aber das war ja auch nicht sein Ziel. Er wollte mit Simon Grasser reden. Er würde pikante Dinge ansprechen müssen, und die Frage war sicherlich, ob Grasser überhaupt darauf eingehen würde.

Nur die wenigsten der auf den Straßen herumstaksenden

Skifahrer waren zur Tiroler Zugspitzbahn gefahren. Die meisten von ihnen verbrachten den Tag in einem der Skigebiete, die bis in den Ort reichten und deren Eigentümer Gregor Atzwanger gewesen war. Die Liftbügel ruckelten an den Seilen, und die Sessellifte schaukelten von der Ferne wie U-Hakerl.

Als Hugo den Bus verließ und die Skier schulterte, deren scharfe Kanten ihm hoffentlich nicht die geliehene Skijacke aufrissen, blickte Hugo sich am Parkplatz um und dachte daran, dass Atzwanger hier seine letzten Eindrücke gesammelt haben musste. Er muss von den Gondeln gekommen sein. Sein Auto hatte er hier geparkt. Was brachte ihn dazu, zu der Loipe hinunterzugehen? Erleichtern hätte er sich in der Dunkelheit hier überall gekonnt. Warum hätte er dazu über den ganzen Parkplatz gehen sollen? Naheliegend wäre, dass er die Ausrichtung der Schneekanone hatte überprüfen wollen. Bei allem, was Hugo über Atzwanger gehört hatte, würde es ihn nicht wundern, wenn er ein i-Tüpfel-reitender Pedant gewesen wäre, der seine Angestellten bei jeder Gelegenheit nachkontrollierte. Zwischen Atzwangers Auto und der Loipe lagen einige hundert Meter. Die sich nur damit erklären ließen, dass er nach der Schneekanone gesehen hatte.

Die Talstation der Zugspitzbahn stand wie ein Klotz in der Mitte eines großen Parkplatzes, rechts daneben ein neuerer verglaster Komplex. Das Seilbahnmuseum, wie er herausfand. Er stapfte die Stufen auf die Anladeebene hinauf. Drinnen roch es nach einer Mischung von Desinfektionsmittel und Dufterfrischern. Die Talstation der Tiroler Zugspitzbahn war nach einem Großbrand, bei dem auch die Fahrgastkabine ausgebrannt war, 2003 neu errichtet worden. Schuld daran war ein Heizungsdefekt gewesen. Glücklicherweise war dabei niemand zu Schaden gekommen und die Bahn in einer Rekordbauzeit von sechs Monaten wieder geöffnet worden. Das war nach einem Bombardement im Zweiten Weltkrieg das zweite Mal gewesen, dass das Gebäude bis auf die Grundmauern zerstört worden war.

Der Schnee fiel von Hugos Skischuhen in die großen Löcher der Antirutschmatten über den Fliesen. Er kam zu dem Drehkreuz, bei dem er die Karte in den Schlitz stecken musste. Es piepte unfreundlich. Karte ungültig. Hugo dachte erst an einen Lesefehler, putzte die Karte ab und steckte sie abermals in den Schlitz. Karte ungültig. Rotes Licht.

»Da haben wir schon wieder so einen!«, hörte Hugo einen Liftbediensteten rufen, ehe er ihn aus einem der Betriebsräume, deren Fronten dunkel verspiegelt waren, herauseilen sehen konnte.

Hugo war etwas verwundert über das energische Auftreten des Liftbediensteten, welcher ihn ernst musterte.

»Meine Karte. Sie scheint nicht zu funktionieren.«

»Das glaub ich gern«, antwortete der Liftler. Er öffnete für Hugo die niedrige Tür neben dem Drehkreuz. Hugo wollte sich zunächst bedanken, erkannte aber, dass er nicht freies Geleit in die nächste Kabine erhielt, sondern dem Liftler in die Betriebsräumlichkeiten folgen sollte.

»Dann holen wir mal die Polizei.«

»Die Polizei?«, fragte Hugo ungläubig. »Aber warum das denn?« Um Himmels willen, dachte er, nicht schon wieder die Ehrwalder Polizei.

»Wegen deiner gefälschten Liftkarte!«, stellte sein Gegenüber klar und betrachtete seine Karte genau. Er bog sie zwischen den Fingern, und ihm fiel nichts auf, das darauf hindeute, dass die Karte nicht echt sein sollte. Größe, Aufdruck, Strichcode. Wirkte alles normal.

Während die übrigen Gäste in der Station den Blick von Hugo abwandten und ganz auf die einfahrende Gondel richteten, nahm Hugo in den Betriebsräumen Platz und versuchte, die Situation aufzulösen.

»Wo hast denn die her?«, wollte der Liftangestellte wissen. »Oder druckst du die sogar selber nach?«

»Jetzt aber mal langsam«, forderte Hugo ein. Das wurden ja immer mehr Anschuldigungen. »Eine Bekannte hat mir die gegeben.« Danke, Kerstin. *Sonderpreis*, klang es ihm noch in den Ohren.

»Also, eine *Bekannte*«, äffte der Liftangestellte ihn nach. Er war Ende dreißig, sehr groß, und seine Mütze saß viel zu hoch über seinen Ohren und bedeckte nur zur Hälfte den Haaransatz. Dafür hing sie am Hinterkopf wie ein ausgelassener Luftballon herunter.

»Ja, meine Bekannte, und ich sag dir gern ihren Namen. Vielleicht kann sie das erklären. Sie ist Journalistin bei der Allgäuer Allgemeine, Kerstin Schlegele.« Hugo erkannte keinen Grund, warum er Kerstin heraushalten sollte. Sie hatte ihn immerhin in diese Situation gebracht, und er musste unbedingt verhindern, wieder an Junginspektor Rainer zu gelangen.

»Boah, das ist die, die sich immer über die Parkplatzgebühren aufregt, oder?«, tönte es plötzlich von einer anderen Seite. In den Raum kam eine untersetzte Frau Mitte vierzig. Sie war für das Wetter viel zu leicht mit einem dünnen Sweater bekleidet.

»Wo hat sie denn die Karten her?«, erkundigte sich die Frau und nahm das Corpus Delicti an sich. Sie bog sie leicht und hielt sie gegen das Licht. Hugo konnte an ihrem Gesichtsausdruck erkennen, dass die Karte ihren Test nicht bestanden hatte.

»Das weiß ich leider nicht, nur dass es ein Sonderangebot gewesen sein soll.«

»Es war dir gar nicht klar, dass des eine Fälschung ist?«

»Woher denn!«, wehrte sich Hugo. Die Heizungsluft in der Station war so penetrant trocken, dass ihm sofort die Schleimhäute angeschwollen waren.

»Aussehen tun sie ja echt gut. Täuschend echt«, bestätigte der Liftangestellte.

»Die Leute werden einfach immer frecher. Früher haben sie noch lukrativ ihre Tageskarten für den Resttag am Parkplatz verkauft oder sind mit Kinderkarten gefahren. Aber nachproduzieren. Das schlagt dem Fass den Boden aus«, seufzte die Frau.

»Ich kann sie anrufen! Bin sicher, dass die alles erklären kann«, schwor Hugo.

Der Mann und die Frau sahen sich an. Das war offensichtlich nicht in ihrem Sinne.

»Weißt, was«, begann die Frau, »du zahlst mir jetzt einfach einmal Einheimisch, und dann kannst fahren. Lassen wir's gut sein.«

Hugo war überrascht, aber erleichtert.

»Diese Schlegele brauchen wir da wie Rollsplitt unterm Schlitten«, brummte die Frau. »Außerdem haben wir das mit den gefälschten Karten jetzt auch im Griff. Da kommt keiner mehr durchs Drehkreuz. Noch mehr Scherereien will ich deswegen nicht.«

»Scherereien, wegen mir? Gwies nicht«, versicherte Hugo, und es fiel ihm auf, dass er längst in den Skianzug schwitzte.

Die Frau wandte sich an ihren Mitarbeiter. »Heute ist das Wetter eh so schlecht. Da machen wir keinen Umsatz.«

Hugo bezahlte der Frau zweiundvierzig Euro, den Einheimischenpreis für Berg-und-Tal-Fahrt. Er erhielt dafür eine neue Karte, die seiner alten so ähnlich sah, dass er unmöglich den Unterschied erkennen hätte können.

»Danke«, sagte Hugo.

»Nichts für ungut, gell. Pfiat di«, sagte die Frau.

Der Liftler begleitete Hugo hinaus aus dem Raum. Beim Hinausgehen fiel Hugos Blick auf etwas, das er nicht in den Betriebsräumlichkeiten einer Seilbahn erwartet hätte. Das Porträt einer Frau. Der Kleidung nach um die Jahrhundertwende gemalt. Wo ihr Hals und Dekolleté hätten sein sollen, klafften zwei fiese Risse über Kreuz, und die Leinwand hing wie welkes Laub in Fetzen. Das Bild lehnte am Fußboden an der Wand.

»Wer ist das denn?«, fragte Hugo beiläufig.

»Eine Urahnin vom Gamslechner, was weiß ich. Das haben irgendwelche Besucher einfach gemacht. Kaum zu fassen, oder? Das ist aus dieser Sonderausstellung vom Seilbahnmuseum«, erklärte er kurz und hielt Hugo die Tür auf.

Er seufzte. »Sauerei.«
»Hmh«, bestätigte der Liftler.
Auf die nächste Fahrt mussten die beiden zehn Minuten warten. Dann tauchte mit einem Schwung die blaue Gondel auf. Wie ein auf Grund laufendes Boot legte die Kabine auf der Plattform an. Heraus trat ein weiterer Liftangestellter, der sich streckte und den anderen Liftler kurz grüßte, ehe er in die Betriebsräumlichkeiten verschwand. Neben Hugo wollten noch ein deutsches Pärchen und eine Gruppe junger Männer auf den Berg. Dabei hatte die Anzeige über dem Drehkreuz achtzig freie Plätze ausgewiesen. Die Frau versuchte gewissenhaft, einen Platz auszuwählen. Hugo sah schnell, dass sie Angst hatte.
»Hier is doch gut«, meinte ihr Mann und setzte sich Hugo gegenüber auf einen der wenigen Sitzplätze vorn in der Kabine.
»Aber da sieht man ja alles«, entgegnete sie zaghaft.
»Bei dem Wetter ist das nicht allzu viel«, antwortete ihr Mann. Das reichte ihr. Sie setzte sich.
Die jungen Männer, dem Dialekt nach aus Ostdeutschland, nahmen den hinteren Teil der Kabine ein.
»Digger, hast du Höhenangst?«
»Neee, Mann. Deine Mudda hat Höhenangst, wenn sie auf mir sitzt.«
Dann setzte sich die Gondel in Bewegung.
»Ey, Jungs, Allahu akbar!«
Die Männer lachten. Die Frau sah verschreckt aus. Hugo versuchte nicht hinzusehen. Er sah die Schneeflocken auf den Fensterscheiben landen. Als würden sie wie Eier aus der Schale zu Tropfen zerplatzen. Die jungen Männer quatschten und rissen weiter schlechte Witze. Sie waren keine Skifahrer und trugen normale Straßenkleidung. Auch das Ehepaar war allem Anschein nach nicht wegen des Skivergnügens gekommen. Ihnen war einfach nur nach dem bloßen »Top of Germany«-Erlebnis.
»Ist die Gondel schon mal stecken geblieben?«, fragte einer der Männer den Liftangestellten. Die Frau wandte den Kopf und wollte die Antwort hören. Der Liftler ließ sich nicht von

der guten Laune beirren. »Das üben wir regelmäßig mit der Bergrettung. Aber bei der letzten Übung hab ich gefehlt.«

»Also bleibt sie oft stecken?«, bohrte der Mann nach.

Die Frau wurde leichenblass. Der Liftler schüttelte nur den Kopf.

Die Fahrt ging zügig voran. Hugo schluckte mehrmals, um den Druck in seinen Ohren auszugleichen. Sie bewegten sich fast mit zehn Metern pro Sekunde den Berg hinauf. Dabei überwanden sie 1.720 Meter an Höhenunterschied auf drei Komma sechs Kilometern. Die Fahrt sollte also keine zehn Minuten dauern.

Der Wetterstein nahm es mit der Baumgrenze streng. Während unten der Fichtenwald explodierte, war er nach oben hin schnell verschwunden, und eine Wüste von steil aufragenden Felsen und Gestein ließen nur vereinzelt ein vom stürmischen Wind verkrüppeltes Bäumchen erkennen. Eine dicke Schneeschicht lag auf den Wipfeln und breitete sich wie ein flauschiger Flokati im Ehrwalder Becken aus.

Hugo bestaunte den dichten Wald am Fuße des Berges und verstand, dass man wie Gamslechner etwas dagegen haben konnte, diesen für einen Windpark kahl zu schlagen.

»Wie kommt es, dass Sie sich bei dem ganzen Weiß nicht verfahren?«, wollte ein anderer aus der Gruppe von dem Liftler wissen.

Der Liftbedienstete schien beleidigt und würdigte die Frage keiner Antwort.

Diesmal musste die Frau mitlachen. Ihr Mann starrte bei der Vorderscheibe hinaus und betrachtete die Welt, die die Gondel einzusaugen schien. Hugo blickte ebenfalls aus dem Fenster, auch wenn die Sicht nach dem Eintauchen in die ersten Schneewolken nur mehr minimal war. Um ihn herum geschah also der Zauber. Hier gefror das Wasser zu Eiskristallen.

Abgelenkt durch eine Stütze, deren Höhe er aufgrund der Dichte der Wolken nicht abschätzen konnte, erschrak Hugo, als aus dem grauen Nichts wie ein Geisterschiff die zweite Kabine auftauchte und sie sich rasant aufeinander zubewegten. Für einen Augenblick befürchtete Hugo eine Kollision. Doch diese blieb aus, und Hugo blickte der nunmehr fliehenden Schwestergondel nach. Wie ein getrenntes Paar, das zufällig in der Öffentlichkeit aufeinandertraf, schienen sie auseinanderzueilen. Hugo fühlte ihre Entfremdung.

Einer der Männer sprach wieder zu dem Liftangestellten. »Was glauben Sie, könnte einer ohne die geringste alpine Erfahrung hier runterkommen?«

Hugo hoffte für sie alle, dass es wirklich nur eine rhetorische Frage war.

»Runter kommen sie immer«, raunte er. Das würde ihm gefallen, hatte Hugo den Eindruck.

Die jungen Männer klatschten sich auf die Schenkel und johlten. »Da, hörst du, Serhan! Runter kommen se alle!«

Als sie in die Höhe des Zugspitzgipfels vorgedrungen waren, stach überraschend die Sonne durch. Die Wolkendecke war auf knapp dreitausend Meter nicht so dick wie im Tal. Das machte das Licht heller und die Sicht besser. So konnte Hugo rund hundert Meter unter dem Grat etwas erkennen, das wie eine Ruine anmutete. Wohl die alte Kammstation der Zugspitzbahn. Die Seilbahn hatte ursprünglich nicht bis auf den Gipfel geführt. In den 1960ern war erst die Verlängerung bis auf den Zugspitzgipfel vorgenommen worden. Nachdem die Bahn 1991 völlig erneuert worden war, war diese Kammstation aufgelassen worden. An der heutigen Bergstation konnte man noch immer die alte Öffnung erahnen, die mittlerweile mit blauen Fensterscheiben verschlossen war. Seit 1991 führte die Bahn auf direktem Weg von Obermoos auf die Zugspitze ohne Unterbrechung bei einer Zwischenstation. Das stand in dem Folder, den Hugo zum Bahnticket dazubekommen hatte.

Oben angekommen, verließen die Passagiere die Kabine. Hugo hatte es eilig, aus der Station zu kommen, um sich zu orientieren. Ins Freie zu gelangen war aber nicht einfach. Der

Gipfel der Zuspitze war völlig verbaut. Er kam sich vor wie auf Deck eines Kreuzfahrtschiffes. Es zu verlassen gestaltete sich alles andere als leicht. Allein aus Sicherheitsgründen – immerhin befand er sich auf dem Gipfel eines beinahe dreitausend Meter hohen Berges. Zum einen waren da die Anlagen der Tiroler Zugspitzbahn und zum anderen die der Bayerischen Zugspitzbahn, die von deutscher Seite heraufführte.

Während Hugo durch das Gebäude stapfte und nach der Gletscherbahn, dem Zustieg ins Skigebiet, suchte, beobachtete er, wie ein Mann mit einer Schneefräse die Aussichtsterrasse vom Schnee befreite. Kalter Zigarettenrauch schlug ihm entgegen. Schließlich folgte er einem mit Antirutschmatten ausgestatteten Tunnel, dessen äußere Wand glasverkleidet war und an Tagen mit besserer Sicht einen Ausblick auf die umliegenden Gipfel bot. Linker Hand konnten die Felsen der Zugspitze bestaunt werden. Unzählige Gäste hatten sich dort mit bunten Stiften verewigt. Ein paar Schritte weiter hatte man auch Sperrschlösser anbringen können, die man sonst nur von schmucken Brücken aus Touristenstädten kannte. Hugo näherte sich offiziellen Grenzschildern. In wenigen Schritten würde er die Staatsgrenze zu Deutschland passieren. Alles, was sich hinter dieser Grenze befand, die unscheinbar zwischen den beiden Seilbahnanlagen samt Restaurants lag, konnte für sich beanspruchen, das höchste Etwas von Deutschland zu sein: die höchste Fußmatte. Der höchste Hundenapf. Der höchste Zigarettenstummel. Das allein hatte wohl auch die zahlreichen Besucher angelockt, die die schwindelerregende Fahrt nicht wegen des Wintersportvergnügens auf sich genommen hatten. Hugo konnte sehen, wie sich die Kinder einer indischen Familie den Stempel für den Hüttenpass gegenseitig auf die Arme drückten. Deren Mutter musste schnell einschreiten, ehe die nagelneuen Steppjacken voller Tinte waren. Andere spazierten am Münchner Haus vorbei und erfreuten sich einfach am frisch gefallenen Schnee. Sie rollten Schneebälle und bauten kleinere Schneemänner, die sie auf den Geländern zu beiden Seiten platzierten.

Ein Schimmern durch eines der Fenster erregte Hugos Aufmerksamkeit. Beinahe wäre ihm das goldene Gipfelkreuz der Zugspitze entgangen. Es musste das deutsche Kreuz sein. Hugo wusste, dass es auch ein österreichisches mit einem Tiroler Adler gab. Daran war er aber nicht vorbeigekommen. Das Gold strahlte in alle vier Himmelsrichtungen, und von dort konnte man wohl den viel gepriesenen Vier-Länder-Blick in die Schweiz, Deutschland, Österreich und Italien genießen.

Als Hugo an diesem Tag die zweite Gondelfahrt antrat, um auf das Zugspitzplatt, das Skigebiet der Zugspitze, zu gelangen, hielt er bereits Ausschau nach einem gesteckten Lauf, an dem die Nachwuchsfahrer trainierten. Dort erwartete er, auf Simon Grasser zu treffen. Er würde aber nicht umhinkommen, ein paar Schwünge zu fahren. Hugo hatte seit Jahren nicht mehr auf Skiern gestanden. Außerdem war er sich nicht sicher, ob er mit einer fremden Ausrüstung überhaupt zurechtkäme.

Die Wolkenschleier lichteten sich, je näher er dem Zugspitzplatt rückte. Die Sicht war zwar noch immer schlecht, doch er konnte tatsächlich eine Reihe roter und blauer Stangen erkennen. Das musste das Trainingsgelände von Grassers Mannschaft sein. Hugo versuchte, sich den Standort genau einzuprägen, und studierte die Landschaft. Der Lauf erschien ihm viel zu einfach und das Gelände viel zu flach. Tatsächlich gab es am Zugspitzplatt keine schwarzen Abfahrten.

Hugo fiel auf, dass sich seine Augen an das reflektierende Licht gewöhnten. Zwischendurch bot eine aufreißende Stelle sogar einen weiten Blick. Der Himmel wirkte wie ein blauer Karton, von dem sich weiße Aufkleber nur schlecht herunterreißen hatten lassen. Von den Wolken waren an jeder Stelle abgekratzte Reste zurückgeblieben. Doch es reichte aus, um Hugo sich fragen zu lassen, ob er nicht den Großglockner erkennen könnte.

Er achtete nicht besonders auf die anderen Leute in der Gondel. Sie wühlten in ihren Taschen nach Tüchern, um ihre Skibrillen abzutrocknen, aßen Manner-Schnitten oder versuchten, durch angelaufene optische Brillen, die sie unter den Skibrillen trugen, zu erkennen, ob sie Handyempfang hatten oder nicht. Reihum schnieften sie, zogen durch die Nase hoch und seufzten »Aaah« wie Schwimmer, die gerade aus einem Becken stiegen und denen überall das Wasser herauslief. Zwischendurch glaubte immer einer zu wissen, welcher Berg das gerade war, oder eine Gams zu sehen.

Hugo war verwundert darüber, wie leicht es ihm fiel, zurück in das Skifahren zu finden. Denn endlich auf der Piste angelangt, stieg er gekonnt in die Bindung. Es war wohl wie Radfahren. Auch Skifahren konnte man nicht verlernen. Er steckte seine Hände in die Schlaufen der Stöcke und ließ sich langsam gleiten. Er hatte keine Eile. Nach den ersten Schwüngen hielt er an, um die Schnallen der Skischuhe nachzuziehen. Schon nach wenigen Metern erfasste ihn eine Euphorie, mit der er nicht gerechnet hatte. Zum ersten Mal seit Tagen überkam ihn so etwas wie eine Glücksgefühl. Er hörte nichts als den Bergwind um seine Ohren sausen und spürte Eiskristalle in seinem Gesicht prickeln. Sein Körper hatte nicht vergessen, wie man den Ausgleich zwischen der Erdanziehungskraft und den Fliehkräften schaffte, den es brauchte, um die Bretter zu beherrschen. Der Schnee war griffig, wenn auch etwas zu weich für Hugos untrainierte Oberschenkel, aber immerhin nicht vereist. Schneeflocken fielen ihm auf die Skibrille und in den Mund, wo sie sofort zu feinen Tropfen verschmolzen, die nach Himmel und Eiszeit schmeckten. Die übrigen Skifahrer waren bunte Punkte in der Landschaft, die nur von Weitem wie eine einzige Piste wirkte. Tatsächlich präpariert waren nur einige Streifen. Auch wenn sich seine Skier manchmal verkanteten, begann Hugo sogar, waghalsiger zu werden. Er experimentierte mit den Radien, fuhr längere und kürzere Schwünge, fuhr mit und ohne Stockeinsatz oder bremste so abrupt am Pistenrand, dass der Schnee über die Markierung hinausspritzte. Einmal fuhr er ein Stück neben der Piste, um Anlauf für eine kleine Schanze zu nehmen, und fand sich kindisch.

Erst nach drei weiteren solcher Runden war er bereit, Simon Grasser anzusprechen. Nach der nächsten Fahrt mit dem Schlepplift bog er oben auf der Piste ab, wo die Mannschaft trainierte. Hugo erkannte Grassers Jacke bereits aus der Entfernung. Ein schwarzer Anorak mit violett-grün abstehenden Nähten und Sponsorenaufnäher von Grassers Skimarke Graskiii.

Hugo hielt ein paar Meter entfernt an. Nah genug, um die Gespräche mit seinen Schützlingen mitanhören zu können. Gerade standen zwei Mädchen am Start. Grasser analysierte ihre letzte Fahrt und lobte sie oberflächlich für ihre Fortschritte. Irgendetwas störte Hugo daran. Es klang nicht ernst gemeint. Er sah den Mädchen zu, wie sie nacheinander den Slalom fuhren und die Stangen bei Berührung gekonnt von ihren Körpern wegknickten. Als sie außer Hörweite waren, kam ein junger Mann zu Grasser. Diesmal war sein Tonfall ganz anders.

»Du bist gefahren wie eine alte Kuh. Viel zu schwerfällig. Das ist ein Hang für Babys. Du musst lernen, mit Gefühl zu fahren. Druck schön gleichmäßig auf die Ski, du stichst dir sonst selber die Geschwindigkeit ab! Wie mit die Weiber, da brauchst a Gefühl«, schalt er ihn. Er steckte seinen Skistock in den Schnee und demonstrierte dem Fahrer mit den Händen, was er meinte. Seine Hände symbolisierten die Skier und fuhren um den Skistock. »So, geschmeidig gleiten. Bei dir ist es mir sogar wurscht, wenn d' mit einem Innenskifehler rausfliegst, aber wenn ich noch mal zuschaun muss, wie du dir mit dem Außenski den Speed abstichst, werf ich dich aus der Mannschaft.«

Grasser kaute aggressiv auf einem Kaugummi, als er dem Fahrer nachsah, wie er in den Lauf startete.

»Entschuldigen Sie«, sagte Hugo.

Grasser drehte sich zu ihm um. Er hatte keine Skibrille auf und verkniff die Augen im Gegenlicht. »Das ist ein privater Trainingslauf, da kann nicht einfach jeder durchfahren«, sagte er scharf.

Hugo kam näher. »Wir sind uns gestern über den Weg gelaufen. Vor dem Dorfwirt.«

»Ja, und?«

»Ich wollt Ihnen nur sagen, dass ich es war, der den verunfallten Gregor Atzwanger auf der Loipe gefunden hat. Mein Name ist Clemens Hugo.«

Hugo war per Sie mit ihm. Das war der Respekt, den man aufzubringen hatte, wenn man einem – wenn auch ehemaligen – Profisportler begegnete, fand er.

»Und warum lauern Sie mir hier auf? Und wie haben Sie mich überhaupt gefunden?«

»Ich hätte Sie nicht so überfallen dürfen. Von Instagram weiß ich, wo Ihre Mannschaft trainiert. Ich würde mit Ihnen gerne über den Unfall sprechen.«

»Wieso? Was geht Sie das an?«

»Ich komm gleich zur Sache. Ich glaube, dass der Tod vom Atzwanger kein Unfall war. Und nachdem ich gestern den Zwischenfall nach der Beerdigung mitbekommen hab, dachte ich mir, dass Sie vielleicht helfen könnten, Licht in die Sache zu bringen. Ich würde nur zu gern verstehen, was da passiert ist. Mich beschäftigt die Sache sehr.«

»Sind Sie von der Polizei?«, argwöhnte Grasser und verlagerte sein Gewicht auf den anderen Fuß. Den Talski nämlich, stellte Hugo fest.

»Nein. Die Behörden halten es alle für einen Unfall. Für mich klingt das aber merkwürdig. Ich bin sicher, da stimmt etwas nicht. Ich kann einfach nicht glauben, dass das so passiert sein soll, wie alle sagen. Ich will nur, dass Gregor Atzwanger Gerechtigkeit erfährt und nicht wegen Behördenschlamperei oder Einsparmaßnahmen untergeht.«

»Gerechtigkeit?«, seufzte Grasser.

Mittlerweile waren wieder ein paar Läufer vom Lift gekommen, die auf Instruktionen ihres Trainers warten. Grasser drehte sich in ihre Richtung.

»Ein paar Runden frei fahren! Auflockern! Gemma, gemma!«,

rief er ihnen zu und verscheuchte sie wie Tauben von einem Semmerl am Boden.

Grasser trippelte mit den Skiern seitlich den Hang zu Hugo hinauf.

»Warum waren Sie gestern auf der Beerdigung?«

»Und Sie sind fix nicht von einer Zeitung oder Privatdetektiv oder was immer?«

»Nein. Ich möchte nur wissen, dass ich mir nichts zusammenspinne. Der Vorfall mit der Frau Atzwanger gestern. Kann es sein, dass Sie dem Gregor Atzwanger nahestanden?«

»Ob wir uns *nahestanden*? Das wollen Sie wissen? Kann man so nicht sagen, aber wenn Sie gestern beim Leichenschmaus waren, dürften Sie ja mitbekommen haben, worum es gegangen ist. Ich bin der Vater vom Gregor.«

»Und deswegen waren Sie gestern nach der Beerdigung am Leichenschmaus?«

»Ja. Und dass ich dort nicht in Ehren empfangen wurde, war keine Überraschung, weil die Martina und ich eine Abmachung hatten.«

»Eine Abmachung?«

»Das war damals alles nicht so einfach. Ich hab in den frühen Neunzigern einen absoluten Höhenflug gehabt und alles gewonnen, was es zu gewinnen gab. Ich bin damals richtig gut Ski gefahren. Ein fescher Laggl dürft ich auch gewesen sein. Sodass ich hab keine Weiber aufreißen müssen. Die sind Schlange gestanden bei mir. Und irgendwann hab ich die Martina Atzwanger kennengelernt. Mehr brauch ich dazu nicht zu sagen. Jedenfalls hat sich die Presse sehr für mich interessiert. Jede Zeitung wollte etwas von mir. Ständig wurden mir irgendwelche Affären angedichtet. Sogar mit irgendeiner Fürstin hätte ich was haben sollen. Und die Martina wollte alles andere als irgendwo in so einer Klatschzeitung landen. Alles, was die Martina verlangt hat, nachdem sie von der Schwangerschaft gewusst hat, dass niemand davon erfährt, dass ich der Vater bin. Sie wollt nicht mal Geld für den Buam. Nur dass ich mich fernhalt.«

»Und mit Ihrem Auftritt gestern haben Sie die Abmachung gebrochen«, stellte Hugo fest.

»Mei, unter diesen Umständen hab ich mich nicht länger dran gebunden gefühlt. Das war ja alles schon lang her, und der arme Bua ... Hätt ich geahnt, dass die Martina nicht mal in der Situation mit mir reden will, wäre ich natürlich nicht dort aufgetaucht«, bereute Grasser es sichtlich. »Und damals, ich war ein junger Mann, hab nur Training und den nächsten Wettkampf im Sinn gehabt, mei, was hat mich da ein Kind interessiert? Ich war froh, dass die Martina das so gesehen hat. Und das, obwohl sie in mich verliebt war. Das war nicht zu übersehen. Da hat sie all diese Berichterstattung dann noch viel mehr getroffen.«

»Sie sagen also, die Martina Atzwanger war verliebt in Sie? Also, einseitig verliebt? Dann sollten Sie da vielleicht etwas wissen. Es hat damit zu tun, dass um den Gregor seinen Vater immer so ein Geheimnis gemacht worden wäre.«

Grasser spitzte die Ohren. »Und?«

»Man erzählt sich, dass der Gregor durch eine Vergewaltigung gezeugt worden sein soll und die Atzwanger deswegen nie verraten hat, wer der Vater vom Gregor war.«

Grasser starrte ihn mit vor Schreck geweiteten Augen an. »Sagt die Martina das?«, stieß er hervor.

»Dorfgeschwätz.«

»Bitte passen Sie bloß auf, mit wem Sie drüber reden. Sie könnten mich ruinieren. Wissen Sie, wie des mittlerweile für einen Mann ist, der wie ich ein bisschen in der Öffentlichkeit steht? Häschtäg Mietu? Können Sie sich vorstellen, was das für mich bedeuten würde, wenn jetzt irgendeine daherkommt und nur einmal behauptet, ich wäre in den Achtzigern oder Neunzigern übergriffig geworden? Dann war's das für mich. Das geht heutzutage schnell, sehr schnell, dann kann ich als vermeintlicher Sittenstrolch ins Altersheim und vorher mein ganzes Geld noch für jahrelange Prozesse raushauen, bei dem ein Freispruch am Ende heißt ›Getan hat er's trotzdem, nur beweisen kann man's nicht‹.«

Hugo wusste nicht, was er dazu sagen sollte, versprach aber, daraus keine große Sache zu machen.

Grassers Ton wurde vorsichtig, als ob er einsehen würde, dass er sich in etwas hineingesteigert hatte. »Aber wirklich. Ich bin ganz anders aufgewachsen und fast siebzig Jahre alt. Mit dem, was man alles noch zu Frauen sagen darf oder nicht, kenn ich mich oft einfach nimmer aus. Im Sport hab ich immer alle Leistungen gleich geschätzt, und ich würd gern die Mädels – die Frauen – genauso trainieren wie die Burschen. Aber das geht einfach nicht mehr.« Er wies mit der Hand auf die Piste, und Hugo verstand, warum er den beiden Fahrerinnen zuvor lediglich oberflächliches Feedback gegeben hatte. »Ich weiß, dass mir die Väter da Unsummen Geld fürs Training zahlen, aber wann ich mit meinem Trainerjargon daherkomm, wo ich schon mal vom ›Oarsch hoch‹ red, krieg ich vielleicht schon eine Anzeige.«

»Dann trainieren S' halt keine mehr.«

»Und schon sind Sie der Frauenfeind.«

Hugo fand, dass es Zeit für einen Themenwechsel war. »Dann haben Sie den Gregor gar nie kennengelernt?«

Das ledrige Gesicht von Grasser, das so sonnengebräunt war, dass man nicht einmal die Schatten seiner Falten sehen konnte, wechselte von besorgt zu melancholisch. »Doch. Vor sechs Monaten ist er bei mir aufgetaucht. Er dürft schon lange gewusst haben, dass ich sein Vater bin, aber aus irgendeinem Grund hat's ihn bis zu dem Zeitpunkt nicht interessiert. Es war so, wie man sich des vorstellt. Er wollt mich kennenlernen. Er wollte auch brennend wissen, ob er noch Geschwister hätte.«

»Geschwister?«, horchte Hugo auf.

»Ich war früher in allem, was ich angefangen hab, sehr erfolgreich, aber dass ich mehrere Bankerte gezeugt hätte, so viel Ehre gebührt nicht mal mir. Aber wenn ich so drüber nachdenke, für meinen Geschmack war der Gregor ein bisschen zu sehr an Geschwistern interessiert.«

»Wie meinen Sie das?«

»Der Gregor hat mich immer wieder nach einer bestimmten Frau gefragt. Er hat mir Bilder gezeigt von ihr. Alte und neue Bilder. Und immer wieder gebohrt, ob es nicht doch sein könne, dass wir zusammen gewesen seien. Das ist mir schon etwas aufdringlich vorgekommen, aber ich kannte den Gregor ja nicht. Er hätte ja immer so sein können, wenn er neugierig war.«

»Und die Frau auf dem Foto haben Sie nicht gekannt?«

»Doch, doch, die kennt man. Aber ich war mir einfach ziemlich sicher, dass ich mit der nichts hatte, weil alles, was ich von der in Frage kommenden Nacht noch weiß, ist, dass es sicher keine Brünette war.«

»Wieso, wer war denn die Frau auf dem Foto?«, fragte Hugo.

»Na, die vom Hotel.« Grasser rückte ein Stück näher. »Der Gregor war felsenfest davon überzeugt, dass der Felix Gamslechner sein Bruder ist.«

20

Wie der schwer gewordene Nebel wollte sich Hugo wieder ins Tal stürzen und wartete an der Station auf die nächste Gondel. Alle zwanzig Minuten gab es eine Abfahrt. Während er die Zeit bis dahin totschlug, beobachtete er die anderen Besucher. Ein Grüppchen von Frauen im mittleren Alter fragte ihn nach »eppas mit Gleatscher«. Die mussten aus Schlegeles Ecke gewesen sein und wollten vermutlich in eine der Ausstellungen, die es auf der Zugspitze gab. Doch wegen der Ausstellungen war Hugo nicht gekommen und konnte ihnen damit auch nicht weiterhelfen. Ein weiterer verirrter Schwung Touristen suchte nach der Gondel ins Tal. »Geht's da nunder?«

»Ja, nach Ehrwald«, antwortete Hugo.

»Is das am Eibsee?«

»Nein. In Tirol.«

»Österreich? Nein, da wollen wir nicht hin.«

Hugo sah zu, wie sie sich an das Schalterpersonal der Zugspitzbahn wandten. Es ärgerte ihn, dass seine Auskunft ihnen nicht gut genug gewesen war, und freute sich, dass die Dame am Ticketschalter – vermutlich von der immer gleichen Leier gelangweilt – sich keinen Haxen ausriss, den Herrschaften den Weg zur Bayerischen Zugspitzbahn zu erklären.

Da sich die Zeit bis zum Eintreffen der Gondel noch auf ein paar Minuten erstrecken sollte, hielt Hugo es für eine gute Idee, noch einmal das WC aufzusuchen. Er folgte dem Geruch nach Klosteinen und verschwitzten Daunen zu den Toiletten.

Als er um die Ecke bog, spürte er es, bevor er es sehen konnte. Eine Kühle, die nicht vom Luftzug einer geöffneten Tür kam. Vor einer Schwarz-Weiß-Fotografie stehend, sah er ihn. Die dürren langen Beine und der runde Rücken. Eine Haltung, die wie eine zusammengedrückte Sprungfeder anmutete. Bewegungen, die nachschwangen, wie bei verbrauchten Stoßdämpfern.

Der Alte aus dem Wald. Albert Gamslechner. Er sprach mit einer Frau, die wesentlich jünger und fürsorglich wirkte. Dann verschwand die Frau durch die Tür des Damen-WCs, während Gamslechner weiter die Fotografien an den Wänden betrachtete. Es waren alte Schwarz-Weiß-Bilder aus der Zeit der Entstehung der Seilbahn.

Auf einmal drehte sich der Alte zur Seite, »Luag, da!«, als ob er einen Nebenstehenden auf etwas auf dem Bild hinweisen wollte. Dann ging der Alte einfach davon, als wäre ihm eingefallen, dass er etwas vergessen hatte.

Er würde seiner Pflegerin wieder einmal davonlaufen, analysierte Hugo die Lage und fühlte sich verpflichtet, auf Gamslechner zu achten. Der alte Gamslechner war flott. Er bemerkte, dass er sich in der Station hervorragend zurechtfand. Im Gegensatz zu Hugo musste dieser nicht lange überlegen, wohin er wollte. Er ließ seine Skier und die Stöcke zurück. Er lehnte sie kurzerhand in eine Aussparung des Treppengeländers. Die Skischuhe machten es ihm schwer genug. Als würde man versuchen, je einen Fuß in einen Putzkübel zu stecken und damit zu gehen. Gamslechner bog zweimal um die Ecke und war schon weit voraus. So schnell konnte Hugo gar nicht schauen, war der Greis in einer verlassenen Ecke der Station durch einen unscheinbaren Ausgang hinaus ins Freie gegangen.

Der Wind hatte in der letzten Stunde stark aufgefrischt, und starker Schneefall hatte eingesetzt. Deswegen hatte Hugo seinen Skitag auch beenden wollen. Doch der alte Mann hatte sich in dieses Schneegestöber geradewegs hineingestürzt. Er blickte nach allen Seiten. Es war niemand zu sehen. Und der Alte war auch sonst von niemandem gesehen worden. Es war wohl allein an ihm, Gamslechner zurückzuholen, ehe ihm da draußen weiß Gott etwas geschah. Er durfte keine Zeit verlieren, wer wusste schon, wie nah Gamslechner den Felswänden bereits gekommen war.

Der Wind fuhr ihm unter die Mütze und blies feinsten Schneestaub in seine empfindlichen Ohren. Der Schmerz fuhr ihm tief in den Schädel. Der Vorsprung des Alten hatte gereicht, um bei der eingeschränkten Sicht sofort im Weiß unterzutauchen. Er starrte in alle Richtungen. Doch er musste sich eingestehen, ihn bereits aus den Augen verloren zu haben. Ein Gutes hatte der frische Schnee allerdings, man konnte Gamslechners fein umrissene Spuren erkennen. Hugo folgte ihnen.

Die Spuren führten immer weiter weg von der Station, direkt auf den Grat. Hugo wusste, dass es nichts bringen würde, nach Gamslechner zu schreien. Die Seilbahn war laut, und die Böen donnerten über den Gipfel. Niemand würde ihn hören. Darum sparte er sich die Hilferufe. Wenn er den Alten ohnehin nicht gleich fände, wäre es sicherlich zu spät. Hugo wurde schwindlig. Die Spur führte entlang des Grates steil bergab. Zu seinen Füßen ragte alle paar Meter ein Metallseil aus dem Schnee. Er schauderte, aber er durfte keine Zeit verlieren. Gamslechners Spuren wurden tiefer. Die Löcher im Schnee dunkler. Er kam wohl langsamer voran. Aber nach wie vor reichte die Sicht nicht, um ihn zu entdecken. Dabei konnte er maximal zwanzig Meter von ihm entfernt sein. Er glaubte, sein Schnauben hören zu können. Er mühte sich mit den Skischuhen im hohen Schnee ab. Zwischendurch konnte er zwar Schritte auf dem blanken, gefrorenen Fels setzen, musste dabei aber umso besser aufpassen, dass er nicht ausrutschte. Er beschloss, dass es wohl das Beste wäre, sich dem Hang zuzuwenden, die Hände an das Seil, und sich Schritt für Schritt hinunterzuhangeln. Wie er wieder hochkommen wollte, noch dazu mit einem gebrechlichen Alten, wusste der Himmel. Es erforderte alle seine Konzentration, das Gleichgewicht und die Orientierung zu behalten. Zwischendurch boten ihm die großen Ösen, durch die das Metallseil verlief, guten Halt. Doch die dünne Eisschicht ließ die Handschuhe immer wieder abgleiten.

Ihm blieb keine Zeit. Jeden Moment könnte der Alte abstürzen. Hugo achtete auf Schreie, doch nur der Wind heulte. An manchen Stellen war der Schnee so angefroren, dass er bei Berührung einfach abbrach und in die Tiefe stürzte. Kurz dachte er darüber nach, seine Handschuhe auszuziehen, doch konnte er nicht sicher sein, ob ihm dann nicht die Finger abfrören. Die Kälte des Metalls schnitt ihm bereits jetzt in die Hände, und er spürte, wie das Gefühl in ihnen verschwand. Sein Gesicht war eiskalt. Die Wangen kribbelten, und die Gänsehaut an seinen Armen und Beinen fühlte sich an, als würden ihm Stacheln wachsen.

Beim nächsten Schritt musste er sein ganzes Gewicht ins Seil hängen, da der sichere Tritt ein gutes Stück unter ihm lag. In diesem Moment ging ein Ruck durch das Seil. Es gab nach und schlingerte durch die Ösen der Haken. Hugo spürte, wie er kippte. Er klammerte sich an das Seil. Zu seinem Glück. Denn nach diesem kurzen Ruck war das Seil wieder auf Spannung. Hugos Gewicht hatte es lediglich unter einer Schicht gefrorenen Schnees auf Zug gebracht, woraufhin es für einen Moment so wirkte, als wäre es aus der Verankerung gerissen. Der Schock reichte ihm, damit ihm die Luft wegblieb. Er kauerte an den Felsen und hörte sein Herz klopfen. Es brauchte lange, bis er wieder zu Atem gekommen war. Das musste die dünne Dreitausenderluft sein. Er schalt sich, so blöd gewesen zu sein zu glauben, dass er in der Lage wäre, bei diesen Bedingungen im Alleingang jemanden zu retten. Beinahe jährlich kam es auf der Zugspitze zu tödlichen Unfällen. Und Hugo war drauf und dran, die Jahresstatistik anzuführen. Als er das eingesehen hatte, war er fest entschlossen umzukehren. Er hatte sich noch nie Gedanken über seinen Tod gemacht. Aber was er in diesem Moment wirklich fürchtete, war auf eine derart dumme Art und Weise zu sterben. Mit Skischuhen im Hochwinter, an einem Klettersteig. Ganz sicher wollte er nicht in die wenig glorreiche Rangliste der schlecht besohlten Touristen eingehen, die von Wanderern in Sandalen angeführt wurde. Er würde umkehren und in der Station Alarm schlagen. Das war ein Fall für die Bergrettung. Was hatte er sich nur gedacht?

Der kräftige Wind hatte ihm längst das Gefühl aus dem Gesicht geblasen. Er spürte eine Eisschicht auf seinen Lippen und leckte sich darüber, was ihm kurze Linderung verschaffte, bevor sie wenige Sekunden danach doppelt so stark zu brennen begannen. Er war mittlerweile überzeugt, dass er den Alten verloren hatte. Natürlich wollte er um Hilfe rufen und sich retten lassen. Doch nicht so. Nicht mit Skischuhen in einem Klettersteig. Da hätte er gleich vor Scham sterben können. Bergauf stürzt man nicht so leicht ab. Außerdem, wer hätte ihn bei dem Getöse des Windes und der Seilbahn hören sollen? Zurück würde er es auch so schaffen. Dem alten Gamslechner konnte er nicht mehr helfen.

Gerade wollte er seine Kräfte für den Aufstieg sammeln, als er die Umrisse eines Gebäudes ein kleines Stück von ihm entfernt erkennen konnte. Der Weg dorthin schien eben und breit. Darauf waren unverkennbar die Fußstapfen vom Gamslechner zu erkennen. Schnell verwarf Hugo seinen Rückkehrplan, denn er musste nur noch einen kleinen Höhenunterschied überwinden und den Fußstapfen folgen. Das sah für ihn weit weniger gefährlich aus, als wieder hochzuklettern. Es war die alte Kammstation. Neben Hugo leuchtete eine rot-weiß-rote Wegmarkierung an einem Felsen auf. Sie vermittelte Hugo ein gewisses Gefühl von Sicherheit und Zuversicht. Die Spuren führten direkt auf das Gebäude zu. Fast alle Fenster des schwarzen kubischen Gebäudes waren mit Brettern vernagelt. Eines der Fenster schien offen zu sein, die Bretter waren wohl von neugierigen Besuchern abgerissen worden.

Hugo hielt sich genau an die Spuren des Alten. So verwirrt Gamslechner allem Anschein nach war, hier kannte er sich noch immer aus. Hugo wollte beileibe nicht riskieren, auf einer Schneewächte zu gehen. Immerhin lag auf dieser Seite des Kammes kein Gletscher. Um Gletscherspalten musste sich Hugo zumindest keine Sorgen machen, auch wenn seine Schritte harsch durch den gefrorenen Schnee krachten.

Bei dem Gebäude angekommen, zwängte sich Hugo durch das Fenster. Am Boden landete er in einem Schneehaufen, den der Wind die letzten Monate durch das offene Fenster geweht hatte. Hugo versuchte den Alten zu hören. Und tatsächlich. Er flüsterte vor sich hin. Er war irgendwo hier drin. Die Wände schienen zu vibrieren. Der Wind, dachte Hugo. Das Gebäude war völlig entkernt. Der Verfall, dem es preisgegeben worden war, machte sich an allen Ecken bemerkbar. Der Putz bröckelte von den Wänden, wo er nicht angefroren war, und bildete Algen oder grünen Schimmel. Eine hölzerne Treppe führte zum ehemaligen Gondeleinlass hinunter. Das Holz war spröde und morsch. Ein Tritt darauf endete sicherlich fatal, dachte Hugo und machte einen großen Bogen darum.

Die große Toröffnung, durch die einst die Gondeln hereingeschaukelt waren, wirkte wie der Schlund in ein bodenloses graues Loch. Je weiter Hugo in das Innere des Gemäuers vorrückte, umso finsterer wurde es, umso leiser wurde der Wind draußen, und umso deutlicher hörte er seinen eigenen Atem und ein Stöhnen und das Ächzen der Wände unter dem Druck des Wettersteins. Oder war es Gamslechner? Hugo musste besonders vorsichtig sein. Einmal zur Seite gedreht, und schon stand er über einem finsteren Schacht mit unbekannter Tiefe. Der trocken gefrorene Staub zu seinen Füßen knirschte bei jedem seiner Schritte. Dazwischen blitzte der eine oder andere Eiskristall auf. Eine Zeit lang half der reflektierende Schnee, der selbst bis in die hintersten Ecken des Gebäudes gelangt war, etwas Licht zu erzeugen, aber Hugo war so weit vom Eingang entfernt, dass er sein Handy als Lichtquelle benutzen musste. Hugo machte sich Sorgen, wie lange der Akku wohl halten würde. Er musste etwas für einen Notruf aufsparen. Erwartungsgemäß hatte das Handy keinen Empfang.

Hugo beschloss, sich weiterhin unauffällig zu verhalten. Er wollte den Alten nicht erschrecken. Zum einen, damit er sich nicht selbst vor Schreck in einen der Schächte und Abgründe stürzte, und zum anderen konnte Hugo ja nicht ahnen, womit sich Gamslechner diesmal bewaffnen sollte. Also schlich er mit Bedacht um die Ecken und ließ Abstand zwischen sich und dem wispernden Alten. Hugo war überrascht, auf mehrere unberührte Paletten Baustoffe einer Außerferner Companie zu stoßen, denn außer ein paar Verkabelungen war das Gebäude völlig ausgeräumt. Selbst die Treppengeländer waren abmontiert, und kein Bodenbelag war mehr vorhanden. Seine Füße gingen auf dem blanken Beton. Hugo musste an die Worte von Felix Gamslechner denken, dass man das Betonfundament eines Windrades nie wieder aus dem Boden bekomme. »Beton ist für die Ewigkeit«, erinnerte sich Hugo an einen Werbespruch.

An manchen Stellen wies das Gemäuer dennoch bedrohliche Risse auf, und es begann sich zu biegen. Es war in Teilen fast hundert Jahre alt. Immer wieder heulte der Wind durch die alte Station und erzeugte disharmonische Töne. Das brachte den Alten zum Juchzen. Dieses hohe, verrückte Juchzen, das Hugo bereits aus dem Wald kannte, wirkte in dieser Ruine noch weit bedrohlicher. Hugo dachte zunächst an ein Echo, da es immer näher zu kommen schien. Doch Gamslechner machte sich wirklich wieder auf den Weg aus dem Gebäude. Er war darin so zielstrebig unterwegs gewesen, dass Hugo nicht daran gedacht hatte, er könnte nur umherirren. Er löschte das Licht an seinem Handy und presste sich hinter einen Elektrokasten, dessen Kabel in frischen Farben leuchteten. Kein bisschen Staub lag darauf. Als Gamslechner nahe genug war, konnte er erkennen, dass er eine Taschenlampe in den Händen hielt. Woher hatte er die? Der Lichtkegel war schwach, aber leuchtete Gamslechner den Weg. Der Alte ging, ohne innezuhalten, an Hugo vorbei, der die Luft anhielt. Hier wollte er nicht auf ihn treffen. Es war viel zu dunkel und zu gefährlich. Wer wusste schon, wo der nächste Schacht verlief? Gamslechner schlurfte durch die finsteren Gänge, zwischendurch hustete er ein Alte-Männer-Keuchen, aber er wirkte robust und kein bisschen gebrechlich.

Hugo hatte zu lange in seinem Versteck verharrt, Gamslechner hatte wieder einigen Vorsprung. Als er zurück beim Fenster war, musste er feststellen, dass Gamslechner hier zwar ausgestiegen war, aber nicht zurück auf den Grat gegangen sein konnte.

Vor ihm lagen seine Spuren. Diesmal führten sie einige Meter um das Gebäude herum zu einer schweren Tür. Das Schloss war offen und die Spuren davor frisch. Hugo warf einen Blick in das Innere. Nur Dunkelheit. Von keiner Seite strahlte Licht hinein. Eine leise Ahnung beschlich Hugo, was er vor sich hatte, und er bekam Gänsehaut. Das war ein verdammter Tunnel. Eng und dunkel. Er musste sich überwinden. Er ärgerte sich, dass er sich den Alten nicht eher geschnappt hatte. Jetzt musste er ihm in diesen schmalen Stollen folgen. Die Luft kam ihm jahrzehntealt vor. Verschlissene Leitungen und die Reste von Rohren waren links und rechts befestigt. Die Seiten waren mit einer kristallweißen Eisschicht überzogen. Das Eis schimmerte im Licht des Handys. Der Boden war spiegelglatt.

Hugo lauschte. Vom Alten war nichts mehr zu hören. Er hatte das Gefühl, bergauf zu gehen, was mit dem glatten Untergrund und dem mehr als nur ungeeigneten Schuhwerk einiges an Anstrengung erforderte. Hin und wieder passierte er ein Schild, das vor irgendetwas warnen wollte, doch das Metall war beinahe vollständig verrostet und unleserlich. Wie Blut hatte der Rost das Eis um die Schilder verfärbt. Der Geruch nach Eisen lag in der Luft. Hugo war sich sicher, dass hier seit Ewigkeiten niemand mehr gewesen war. Es handelte sich um einen uralten Tunnel, den offenbar nur ein uralter Mensch kennen konnte.

Hugo wusste nicht, wie lange er schon durch die Finsternis irrte. Außerdem hatte er das Gefühl, dass die Decke immer näher kam und der Raum immer enger wurde. Er streckte seine Hände aus, um die Abstände zu messen. So ging er eine Weile weiter. Das Handylicht war nur mehr schwach. Der Akku ging zur Neige. Und darum konnte er ihn auch nicht sehen. Erst als der Schein des Lichtes über sein Gesicht schweifte und die grünen Augen wie giftige Pfeile aus dem Schatten schossen, bemerkte er den Alten. Der Schein der Lampe war nur kurz über das Gesicht gehuscht, und trotzdem war Hugo, als wäre diese Fratze die ganze Zeit beleuchtet. Die Augen stierten starr, die Pupillen zogen sich zusammen, als versuchten sie Hugos empfindlichste Stelle zu finden. Der Mund war zum Angriff aufgerissen, die langen Zähne mit Speichelfäden und die hervortretenden roten Adern in seinem Gesicht kamen direkt auf ihn zu. Noch während Hugo versuchte zu rekapitulieren, was vor sich ging, war es schon passiert. Das Handy fiel zu Boden. Es war stockfinster. Ein Blitz fuhr durch den Tunnel. Etwas zerschellte an Hugos Schläfe. Mit triumphierenden Schreien verklangen die Schritte des Alten in der Tiefe des Tunnels. Doch dessen verzerrtes Gesicht verließ Hugo nicht.

21

30. September 1962, Zugspitze, Kammstation

In diesen Tagen erschütterten wieder Hacken und Schaufeln den Wetterstein. Arbeiter tummelten sich eifrig am Gipfel der Zugspitze. Von der bisherigen Kammstation auf 2.805 Metern sollte nun eine Gipfelbahn endgültig den höchsten Punkt von österreichischer Seite aus erschließen. Zunächst war die Seilbahnstrecke um eine Mittelstation erweitert worden. Ein hölzerner Quader schwebte seitdem als Ergebnis auf einer Brückenkonstruktion am Gamskar. Für den Bau der Gipfelbahn mussten alle Materialien mit der Seilbahn aus Ehrwald herangeschafft werden. Im Drei-Schicht-Betrieb ließ Direkter Gamslechner arbeiten. Dafür fehlte es den Männern an nichts. Für ihn waren sie die wahren Hoffnungsträger seiner Vision und mehr noch als die Stahlkonstruktionen, in denen sie ungesichert in schwindelerregenden Höhen hangelten, die Stützen seiner Familienehre. Viele von ihnen kannte Gamslechner. Sie waren schwer arbeitende Männer, harte Hunde, die mitunter zur Todesverachtung neigten. Sie schlugen Nägel ein, wo nicht einmal eine Dohle zu landen gewagt hätte, und promenierten über Stahlträger wie andere entlang der Maria-Theresien-Straße. Manch ein Schelm wagte sogar den Ritt mit der Materialseilbahn, trotz Gamslechners ausdrücklichen Verbotes. Doch was konnte dieser ihnen übel nehmen, dem Reiz einer solch spektakulären Fahrt zu erliegen? Abends saß Gamslechner mit ihnen in ihren Unterkünften am Berg. Die Männer lebten am Wetterstein, bis ihre Aufgabe erfüllt war.

An Gamslechners Seite war wie immer niemand anderes als Ferdl. Gemeinsam saßen sie nach Feierabend bei den Arbeitern. Sie lauschten den Unterhaltungen und sahen ihnen dabei zu, wie sie sich aus Langeweile am Berg betranken. Die Moral der Männer war hoch. Am nächsten Morgen gingen sie wieder voller Tatkraft an ihr Werk, wo sie täglich in gefahrvolle Situationen gerieten, die des Abends Gegenstand ihrer prahlerischen Geschichten werden sollten. Gamslechner lobte ihre Arbeit Tag für Tag. Er vermochte, was Ferdl kaum für möglich gehalten hätte, die Arbeiter in seinen Bann zu ziehen, bis sie schließlich genauso inspiriert an ihr Werk gingen wie der Herr Direkter selbst.

Die Arbeiten gingen voran. Das Wetter meinte es gut mit der Unternehmung, und die Männer waren bei bester Stimmung. So kam auch keiner auf die Idee, gegenüber der Köchin unflätig zu werden. Nachdem sie ein für alle Mal den Zorn der Lindnerin auf sich gezogen hatte, weil sie diese ungebührlicherweise als »Fräulein Lindner« und nicht »Frau Gamslechner« oder noch besser »Frau Direkter« angesprochen hatte, war das Schicksal von Kreszenz Kliebenschädel im Kammhotel besiegelt gewesen. Leonore hatte unmittelbar auf ihre sofortige Entlassung gepocht und wollte ihr sogar die Abfahrt mit der Seilbahn verwehren. Wenn es nach Leonore gegangen wäre, hätte das einfältige Weib auf bloßen Füßen ins Tal gehen können. Daraufhin ließ sie Albert Gamslechner zur Mannschaftsköchin machen. So konnte sie sich mit einem großzügigen Zahltag weiterhin am Berg verdingen.

Ferdl war froh, an der Seite von Gamslechner dienen zu dürfen. Und vor allem wieder am Berg zu sein. Lange Jahre hatte er ihn nach dem Unglück von August gemieden. An diesem Tag hatte auch er den Krieg mit eigenen Augen gesehen. Er war dabei gewesen, wie gute Männer von anderen guten Männern getötet worden waren. Dieser Tag hatte sogar den Zugspitzgeist das Fürchten gelehrt. Beinahe vierzig Jahre war das her. Aber noch immer stand das aus zwei großen Nieten zusammengeschweißte kleine Kreuz an der Stelle, wo August gestorben war.

Dass Ferdls Kraft mit den Jahren dahingeschwunden war, bereitete ihm schlaflose Nächte. Er vermochte es nicht mehr, bis zur Erschöpfung zu schuften, um dann im Stehen einzuschlafen. In diesen Nächten schlich er über den Gipfel, als wäre er der Zugspitzgeist selbst. Manchmal besuchte er auch das kleine Kreuz und gedachte August. Einem Mann, der nicht wusste, was er mit dem einen leiblichen Jungen anstellen sollte und trotzdem noch einen Deppen zu sich holte. Ehrbare Taten, an die sich niemand mehr erinnern sollte und von denen Ferdl nicht berichten konnte. Er wusste genau, was er erzählen würde, könnte er noch einen anständigen Satz rausbringen, nämlich was August für ihn getan hatte. Und wie traurig es war, dass Gamslechner noch viel mehr hatte für ihn tun müssen.

Ferdl dachte auch an den kleinen August. Und wie er hatte Ingenieur werden wollen. Seilbahningenieur, nachdem er das erste Mal mit der Kabine gefahren war. Er hatte sich die Nase platt gedrückt, mit den Händen aus dem Kabinenfenster gewunken. Ferdl war dabei gewesen, als ihm der alte Gamslechner hatte sagen müssen, dass sein Vater am Berg gestorben war. Eine Lawine. Das hatten sie gesagt. Eine Lawine voller Geröll. Der junge Gustl hatte dem alten Gamslechner tief in die Augen geschaut und gesagt, dass der Vater das immer schon kommen gesehen habe. Vater Augusts Geist war längst unter dem Geröll seiner Erinnerungen an die Dolomiten begraben gewesen. Um die Leiche hatten sich die Steine des Wettersteins gekümmert.

In diesen sternenklaren Nächten, wenn sich Ferdl auf dem Grat herumtrieb und nur den Wind rauschen hörte, fragte er sich manchmal, was mit der Zeit geworden war und was noch werden sollte. Und nur in diesen Nächten war er unbesorgt, die Antwort darauf nicht kennen zu müssen. Er liebte den Wind auf dem Gipfel. Diesen Wind, der sich von nichts einschüchtern ließ. Von keinem noch so schroffen Karst. Wie er sich über den Kamm schmiegte, gleich dem Arm eines Geliebten. Unbeeindruckt von den scharfen Kanten des Wettersteins. Er umwehte alles, nachsichtig und verzeihend. Egal, wie spitz, zerbrochen und geborsten etwas war. Er brachte blumige Gerüche nach Almrosen und die Kühle der Schneefelder, die im September auch an den gletscherabgewandten Stellen schon lagen. Auf diese Weise strich er ebenfalls um Ferdls spitze Ohren, die wenigen stacheligen Haarbüschel, die noch zwischen den vernarbten Stellen an seinem Schädel wuchsen.

Wegen seines fortschreitenden Alters sah ihn Albert Gamslechner aber nicht mehr als Arbeiter an der Baustelle. Er war Gamslechners stumme rechte Hand geworden, die zudem sein verlängerter Arm ins Tal war. Gamslechner wollte um jeden Preis in der Nähe der Baustelle bleiben. Das erforderte, dass Ferdl in regelmäßigen Abständen Gamslechners Korrespondenz ins Tal brachte und die Antwortschreiben wieder hinauf.

Auch an diesem Tag war er mit einer Tasche voller Briefe unterwegs gewesen. Nachdem er mit der Seilbahn hinuntergefahren war, hatte er viel Zeit einsparen können, indem ihn ein Baustofflieferant mit dem Lastwagen ins Dorf mitgenommen hatte und dieser ihm anbot, Ferdl nach seinem Botendienst wieder mit zur Talstation zu nehmen. Ferdl hatte das Angebot dankend angenommen und den Besuch bei der Lindnerin so kurz wie möglich gehalten. Sie hatte ihn gebeten, den Herrn Gemahl schön grüßen zu lassen. Dabei hatte sie gegrinst. Die Aussicht auf eine freie Tageshälfte auf dem Gipfel aber beflügelte Ferdl. Er würde im Münchner Haus ein Bier trinken oder im Schneefernerhaus. Vielleicht aß er auch eine Brotzeit und fütterte mit dem Rest die Bergdohlen, bis eine auf seiner Hand anlanden würde und irgendwo ein Kind rufen würde: »Schau mal, Mama!«

Als er wieder am Kammhotel eintraf, fand er es erwartungsgemäß verlassen vor. Die dort untergebrachten Arbeiter waren tagsüber auf der Baustelle am Gipfel. Man hatte an diesem Tag alle Mann gebraucht, weil es eine große Betondecke zu schütten galt. Der reguläre Hotelbetrieb war für die Dauer der Bauarbeiten eingestellt worden. Ferdl durfte sich darauf freuen, im gesamten Hotel ungestört zu sein.

Gerade als er die Ruhe genießen wollte, gab es einen lauten Knall. Sämtliche Fenster splitterten, und Teile der Außenterrasse des Hotels wurden mit einem großen roten Aufleuchten ins Innere des Hotelanbaus geschleudert. Ferdl war durch eine Wand nahe der Treppe von der Explosion verschont geblieben. Aber in Sicherheit war er nicht. Er hörte es. Das Knistern. Und mit dem nächsten Windzug schnürte es ihm die Luft ab. Rauch. Gas. Ferdl wagte einen Blick aus den Fenster. Wie aus dem Nichts loderten plötzlich meterhohe Flammen auf. Ferdl stürmte zu Gamslechners Zimmer. Er musste sich vergewissern, dass sein Herr oben bei den Arbeitern war. Ohne zu klopfen, warf er sich gegen die Zimmertür. Gleich beim ersten Versuch sprang sie auf.

Kreszenz sah er zuerst. Sie war dabei, ihre Bluse zuzuknöpfen. Ihr Gesicht war kreidebleich. Ferdl starrte sie länger an, als Zeit war. Erst als Gamslechner erstaunt »Ferdl!« rief, wandte sich Ferdl ihm zu. Er musste nichts sagen. Der Rauch war bereits in alle Ecken des Hotels vorgedrungen.

Ferdl ruderte mit den Armen. Er griff wahllos nach Kleidungsstücken, darunter Kreszenz' linker Schuh, die im Zimmer lagen, und drängte nach draußen. Kreszenz riss ihn wieder an sich. Ferdl wollte nicht warten, bis sie sie angezogen hatte.

Gamslechner schien noch weniger Eile an den Tag zu legen. Er begann damit, irgendwelche Pläne und Zeichnungen in seine Aktentasche zu stecken. Ferdl wurde fahrig.

»... Bimmel ... Bimmel ...!«, rief Ferdl, und seine Worte klangen verwaschen, als wäre seine Zunge eingeschlafen. Es waren seine ersten Worte seit Jahrzehnten. Da musste Gamslechner verstehen, wie ernst es ihm war. Er ließ die Zeichnungen an seinem Schreibtisch liegen und drehte sich zur Tür. Kreszenz, Gamslechner und Ferdl rannten aus dem Zimmer. Der Ruß brannte in ihren Augen, während sie sich den Weg über die Treppe ins Freie kämpften.

Sie liefen die paar Meter hinüber zur Station, wo auch bereits der Stationsleiter auf die Flammen im Kammhotel aufmerksam geworden war. Er hatte den Betrieb der Seilbahn einstellen lassen. Die Kabine verharrte reglos an der Antriebsscheibe, die Türen offen, wie ein verlassener Nistkasten.

»Die Kabine war gerade mit einer Materiallieferung eingefahren, als die Detonation kam. Die Außenfreiterrasse ist sofort in Flammen aufgegangen«, berichtete der Stationsleiter aufgeregt.

»Das Dieselaggregat!«, murmelte Gamslechner.

Ferdl nickte wild, während Kreszenz zu Boden starrte.

»Haben Sie keine Angst, Fräulein! Ich habe bereits die Feuerwehren in Ehrwald und in Grainau alarmiert. Die Bayern kommen uns zu Hilfe«, versuchte der Stationsleiter, Kreszenz zu beruhigen, die er wegen des Feuers für verängstigt hielt. Immer wieder sah sie Ferdl flehend an. Das wäre nicht nötig gewesen. Ihr Blick beschämte ihn. Sie musste um nichts bitten. Er hatte noch niemals jemanden in Schwierigkeiten gebracht.

»Ist noch jemand im Hotel?«, wollte Gamslechner wissen.

Ferdl schauderte. Er hatte nur nach ihm gesehen. An jemand anderen hatte er gar nicht gedacht.

»Ich erwarte jeden Moment Rückmeldung vom Polier auf der Baustelle. Die Arbeiter müssen durchgezählt werden«, antwortete der Stationsleiter.

Die schwarzen Schwaden brachten Asche und Glut mit sich. Ferdl beobachtete, wie Gamslechner seinen Blick sorgenvoll auf die brennenden Stockwerke des Kammhotels richtete. Aus den Fenstern züngelten die Flammen. Sie zischten unheilvoll in Richtung Seilbahn. Das übrige Personal der Seilbahn und drei Arbeiter, die wegen der Materiallieferung zugegen waren, starrten hilflos auf den aufsteigenden Rauch. Ferdl wusste, dass sie das Feuer nicht löschen konnten. Sie befanden sich auf 2.805 Metern. Hier gab es kein Wasser. Es gab nichts, das sie den Flammen hätten entgegensetzen können.

»Herr Direkter! Herr Direkter!«, rief einer der Stationsbediensteten aus dem Schaltraum. »Der Polier möchte sie von der Baustelle aus sprechen!«

Gamslechner eilte ihnen voran in den Stationsraum. Ferdl und Kreszenz sowie der Betriebsleiter folgten ihm.

»Ist noch jemand im Hotel?«, wollte Gamslechner als Erstes wissen. »Vollzählig, sagen Sie?«

»Was Sie tun können? Löschen, Herr Ingenieur! Löschen Sie das Feuer, bevor es auf die Seilbahn übergreift«, flehte Gamslechner in den Fernsprecher.

Es wurde still. Gamslechner starrte ins Nichts, während er ihm folgte. Ferdl konnte nur den Wind hören. Den immer heißer werdenden Wind mit seiner glühenden Fracht.

»Dann nehmen sie diese paar Kubik Wasser aus den Betonmischanlagen. Und den Sand. Wenn wir kein Wasser haben, ersticken wir das Feuer mit Sand und Kies!«, verlangte Gamslechner energisch.

Ferdl fragte sich, welche Aussichten das haben konnte. Sie würden gegen das Feuer nichts ausrichten. Ein Wunder müsste geschehen, damit es nicht auf die Seilbahn übergriffe.

Gamslechner legte auf. »Wann werden die Feuerwehren da sein?«, fragte er den Stationsleiter.

»Sie wurden ja gerade erst informiert ... Bis sie ankommen ...«

Ferdl wusste, was der Stationsleiter sagen wollte: »Zu spät.« Bis die Mannschaften angerückt wären, läge hier oben alles in Schutt und Asche.

»Zu spät«, resümierte Gamslechner letztlich, und der Schock breitete sich in seinem Gesicht aus.

Ferdl richtete seinen Blick auf die Trasse der Seilbahn. Dunkle Wolken hüllten sie ein. Asche legte sich auf die eisernen Stützen. Das dicke Metallseil brachte die kühle Luft um sich herum zum Schwirren. Wie heißer Asphalt. Ferdl musste Gamslechner darauf aufmerksam machen.

Wie immer, wenn er seine Aufmerksamkeit erregen wollte, suchte er seinen Blick und nickte. Als Gamslechner reagierte, riss Ferdl seinen Strickjanker auf und zog einen Faden heraus. Dann spannte er ihn zwischen Daumen und Zeigefinger und hielt sein Feuerzeug darunter. Der Faden riss, und der Geruch versengten Textils ergänzte jenen nach verbranntem Holz und glühendem Stahl.

»Ferdl, das sehen wir selbst!«, fuhr Gamslechner ihn an, aber Ferdl blieb ruhig.

Er zog einen weiteren Faden aus dem Janker, spannte ihn wie den anderen zwischen Daumen und Zeigefinger. Diesmal aber hielt er ihn nicht bewegungslos über die Flamme des Feuerzeuges, sondern glitt mit der Hand auf und ab. Die abstehenden Fasern verglommen zwar, doch der Faden riss nicht durch.

Gamslechner legte eine Hand auf Ferdls Schulter. »Die Seilbahn muss in Betrieb bleiben!«, befahl er dem Stationsleiter.

»Aber Herr Direkter, das ist viel zu gefährlich!«, erwiderte er.

»Nicht der Fahrgastbetrieb. Das Tragseil muss in Bewegung bleiben! Wir lassen leere Gondeln fahren, bis das Feuer gelöscht ist«, ordnete Gamslechner an.

Der Stationsleiter nickte und hob den Hörer eines Telefons ab. Er musste der Talstation erklären, warum man von den Vorschriften abwich. Schließlich setzte sich die Seilbahn wieder in Bewegung. Bei ihrer Ausfahrt spiegelte sich der Feuerschein in den Scheiben der Kabine. Das Feuer wurde größer und größer. Immer weitere Teile des Hotels gingen in Rauch auf, und alles, was sich einmal darin befunden hatte, wurde ein Raub der Flammen. An diesem Tag verbrannte das einzige Bild von August. Ferdl hatte es bei den Reserveschnallen seiner Hosenträger aufbewahrt. Er hatte es immer bei sich haben wollen. Das Bild zeigte ihn auf der Baustelle der Zugspitzbahn, wenige Wochen vor seinem Tod. Er stand mit einem Bein angewinkelt auf einem großen Balken. Es war Sommer, die Hemdsärmel waren aufgerollt. Seine Kappe warf leichten Schatten in sein Gesicht. Er grinste schelmisch. Ferdl versuchte das Grinsen nachzuahmen, um es nicht zu vergessen. Er hörte die drei Arbeiter tuscheln. »Schau dir den Depp an, jetzt grinst der auch noch blöd!«

»Herr Direkter, das Schneefernerhaus schickt Bedienstete mit allen vorhandenen Feuerlöschern zu uns«, meldete der Stationsleiter. »Aber sie werden Zeit brauchen, der Stollen ist unpassierbar!«

Gamslechner hörte seine Worte. Die Hilfsbereitschaft des deutschen Hotels am Zugspitzplatt vermochte in diesem Moment keine Rührung bei ihm hervorzurufen. Viel zu groß war die Gefahr noch für die Seilbahn.

Wieder rief der Polier an. Gamslechner ging an den Hörer, der ihm gereicht wurde. Er hörte schweigend zu. Ferdl wusste, dass der Polier sagen würde, dass sie trotz aller Bemühungen in diesem Terrain nicht erfolgreich sein würden.

Und da erkannte Ferdl es. Er sah es in Gamslechners Gesicht, während er den Hörer an sein Ohr hielt. Die gleiche Resignation, wie sie Ferdl vor beinahe vierzig Jahren im Gesicht von dessen Vater gesehen hatte. Gamslechners Augen starrten ins Nichts. Ferdl hatte keinen Zweifel daran. Gamslechner würde jedes Opfer für die Seilbahn bringen.

»Durchführen«, sagte er mit unheimlicher Ruhe. Dann gab er den Hörer dem Stationsbediensteten zurück, der ihn ihm hingehalten hatte.

Fast vier Jahrzehnte hatte Augusts selbst geschmiedetes Kreuz Wind und Wetter getrotzt. Beinahe vierzig Winter war es zugeschneit gewesen und in beinahe vierzig Frühlingen ausgeapert. Einmal hatte sich ein weltbekannter Boxer daran versucht, es aus dem Stein zu ziehen wie Excalibur. Ein anderes Mal war ein verirrter Lämmergeier darauf gelandet. Nie hatte in all der Zeit ein Blitz dort eingeschlagen. Und dann wurde es mit einem Knall aus dem Fels gerissen.

Als Gamslechner den Befehl gegeben hatte, die intakten Teile des Kammhotels zu sprengen und in die Tiefe stürzen zu lassen, damit dem Feuer die Nahrung entzogen werden und die Seilbahn gerettet werden konnte, verschwand auch noch die letzte Erinnerung an das Leben von August. Begraben unter dem Fundament, das er in seinen letzten Tagen betoniert hatte. Und wenn man wusste, wie er gestorben war, so wie nur Ferdl und Gamslechner die Wahrheit kannten, dann war es vielleicht besser so.

22

Heute

Als Hugo wieder zu sich kam, war ihm kalt, und er hatte den Brummschädel seines Lebens. Seine Rückseite war beinahe taub, so sehr war sie ausgekühlt, als er auf dem vereisten Boden gelegen hatte. Hugo verfügte über keinerlei Zeitgefühl mehr. Er hätte Sekunden, Minuten oder Stunden hier in der Finsternis gelegen haben können, genau konnte er es nicht sagen. Er wusste nur, dass er von dem Greis aus dem Wald, diesem Gespenst von einem Gamslechner, mit dessen Taschenlampe niedergeschlagen worden war. Er erinnerte sich auch daran, dass sein Handy hier irgendwo auf dem Boden liegen musste, und tastete eine Weile danach. Alles sehr gemächlich, da sein Kopf sich so wacklig anfühlte, als wäre er nur angeleimt. Sprungfeder, Batterien, kleine Plastikscheiben fand er. Teile einer zersprungenen Taschenlampe. Dann war da noch etwas Klimperndes. Vermutlich eine Schlüsselkette. Er überlegte nicht lange und steckte sie ein, ohne sie genauer zu untersuchen, denn seine Finger waren beinahe gefühllos, und das Metall verschlimmerte es nur. Als seine Fingerspitzen weiter über den Boden wanderten und schließlich das Handy berührten, aktivierte sich sofort das Display, aber nur, um sich gleich wieder zu verabschieden. Akku leer. Die Litiumionentechnologie hatte es schwer bei der Kälte.

Es war stockfinster. Hugo musste hier raus. Schnellstmöglich. Wenn der Alte noch immer hier drin war, dann war es Hugo jetzt egal. Es reichte ihm. Allerdings stellte sich sein Vorhaben als schwieriger heraus, als er gedacht hatte. Denn er konnte nicht mehr mit Sicherheit sagen, aus welcher Richtung er gekommen war. Nachdem er zuvor das Gefühl gehabt hatte, immer leicht abwärtszugehen, hielt er die Richtung mit der kontinuierlichen Steigung für den richtigen Weg. Hugo schleppte sich durch den finsteren Gang. Eine Hand an der Tunnelwand. Pochender Schmerz in seinem Kopf. Die Kälte in seinem Rücken. Es kam ihm vor wie eine Ewigkeit, dass er durch den Stollen irrte. Die Zeit verschwamm mit dem Schwarz. Die Schwärze enthielt ihm alle Anhaltspunkte vor, die sein Weiterkommen messbar gemacht hätten. Er hielt einen Moment inne und beruhigte seine Atmung. Sein Herz schlug laut. Abgeschottet von jedem Geräusch der äußeren Welt, war sein Pochen das Einzige, das Hugo vernehmen konnte. Schnell ging er weiter. Mit jedem Herzschlag wurde er nervöser. Dieses Geräusch, das so selbstverständlich im Alltag unterging, war es jetzt, das am bedrohlichsten wirkte. Erst als Hugo das Heulen des Windes hören konnte, hatte er die Gewissheit, dem Ausgang immer näher zu kommen. Eine Welle der Erleichterung durchfuhr ihn. Nach wenigen Metern erkannte Hugo eine Tür vor sich. Ein Luftzug ging von ihr aus, und der Wind pfiff durch den Spalt. Winzige Kristalle stoben in den wenigen Lichtstrahlen auf, die durch kleine Ritzen eintraten. Hugo drückte gegen die Tür, dann zog er daran. Er wiederholte beides mit gesteigerter Kraft. Dann noch einmal. Schließlich riss er am eisernen Griff und warf sich mit voller Wucht dagegen, nur um zu der Erkenntnis zu gelangen, dass die Tür versperrt war. Der Alte hatte ihn eingeschlossen.

Er wurde wütend. In erster Linie auf sich selbst. Clemens Hugo, gestorben an seiner riesigen Dummheit. Erfroren in einem Stollen auf einem Dreitausender, als er den Helden spielen wollte. Hugo fragte sich, wann man ihn überhaupt finden würde. Im Sommer? In zehn Jahren? Als Gletschermumie? Letztes schloss er aus, da Gletschermumien gemeinsam mit Gletschern ausstarben. Niemand würde ihn suchen. Niemand würde ihn vermissen. Und noch weniger würde man ihn hier vermuten. Wenn er nicht von selbst herauskommen würde, wäre er spätestens in ein paar Tagen tot, wenn er nicht in der folgenden Nacht schon erfrieren sollte.

Er dachte an Sarah. Eine endgültige Trennung hatte sie vielleicht gar nicht gewollt. Vielleicht bedeutete ihre Funkstille nur, dass sie erwartete, dass Hugo mit der größten romantischen Geste aller Zeiten um ihre Vergebung warb. Aber wenn Hugo hier und heute in diesem Tunnel draufging, dann war das Einzige, das sie erwarten konnte, die Ex-Lebensgefährtin eines am Berg erfrorenen Idioten zu sein.

Viel Handlungsspielraum hatte er nicht. Es machte keinen Sinn, hier um Hilfe zu rufen. Niemand würde ihn hören, und bei diesem Wetter schon gar nicht. Die Hoffnung auf ein paar Lost-Place-Entdecker konnte er sich abschminken. Es blieb ihm nur eines. Dem Tunnel bis an das andere Ende zu folgen. Wo immer er herauskommen sollte. Beflügelt von der Hoffnung, kämpfte er sich wieder tiefer in den Berg. Die Skischuhe fühlten sich an wie Betonklötze. Schwer und sperrig behinderten sie ihn bei jedem Schritt.

Manch einer hätte vielleicht die Enge des Stollens gefürchtet. Aber in der völligen Finsternis gab es für Hugo keine Grenzen. Vielmehr erschien ihm der Raum unendlich. Kein Laut drang von der Außenwelt zu ihm durch. Er hatte keine Ahnung, wo er sich befand und wie weit er von seiner Rettung entfernt war. Bei jedem Schritt ins tiefere Innere des Berges wurde ihm kälter. Die Temperatur sank merklich. Auch der Untergrund veränderte sich immer mehr. Von einem holprigen Weg wurde es eine spiegelglatte Eisbahn. Das Schlimmste aber war, dass sein Eindruck, die Wände kämen näher, ihn nicht getäuscht hatte. Der Schacht wurde immer niedriger. Er musste sich ducken, da der Stollen nur mehr halb so hoch war. Nicht mehr lange und er würde auf allen vieren weiterkriechen müssen. Alle seine Sinne kämpften gegen die Dunkelheit an, aber das Einzige, das er wahrnehmen konnte, war die Kälte der Wände und des Bodens. Wenn es keinen Ausweg gab, dann wäre es das gewesen. Sein Puls ging immer schneller. Hugo konnte es hören. Das Rauschen des Blutes in seinem Kopf. Er hatte das Gefühl, davon wahnsinnig zu werden. Nur um die Geräusche seines Herzens nicht hören zu müssen, begann er zu husten. Schon nach kurzem Keuchen hatte er seine Atemwege künstlich so gereizt, dass sein Husten echt wurde. Hugo hoffte so sehr auf einen Lichtstrahl oder ein Geräusch, das seine Isolation brechen würde. Doch da war nur das Klappern der Skischuhe, das Rascheln des Anoraks und das Schleifen seiner eigenen Schritte.

Wie weit konnte es noch sein? Wohin führte der Tunnel? Was, wenn er mitten in einer Felswand endete? Immer wieder beschlichen ihn Zweifel, ob es nicht besser gewesen wäre, nach Hilfe zu rufen und beim anderen Tunneleingang zu verweilen? Plötzlich blinkte vor ihm ein oranges kleines Lichtchen. Nicht größer als das Ladelämpchen eines elektronischen Gerätes. Anfänglich tat er das Blinken als eine Halluzination ab. Aber bereits beim zweiten Blinken war er sicher, dass es keine Einbildung war. Dem einen Blinklicht folgten andere. Sie kleideten die niedrigen Tunnelwände beinah gänzlich aus. Mittlerweile kroch er auf den Knien über den Boden. Die Blinklichter schienen stärker zu werden. Sie vermochten einen Großteil des Tunnels auszuleuchten. Ihr Schein brachte die vereisten Tunnelwände zum Glänzen. Hugo hatte die Eiskristalle an den Wänden bislang nur ertasten können, aber keine Ahnung gehabt, dass er umgeben von einer kristallinen Wunderwelt gewesen war. Der Tunnel sah aus, als wäre er mit Abermillionen Diamanten ausgekleidet. Er erkannte zahlreiche Kabel an den Tunnelwänden und im Boden. Je weiter er kroch, umso mehr Kabel schlängelten sich über die Tunnelwände.

Wo zum Teufel war er gelandet? Was war das hier? Hugo wusste nicht, was dies bedeuten sollte, aber er schöpfte Hoffnung. Das waren Anzeichen von Zivilisation! Er kroch schneller und stellte bald fest, dass die Decke wieder höher wurde. Aber nicht nur das. Es wurde auch heller. Schnell ließ sich erahnen, dass der Tunnel weiter hinten beleuchtet sein musste. Und dann hörte er gedämpfte Geräusche mit einer Melodie. Die erstickte Musik aus Kopfhörern. Seine Augen waren so an die Dunkelheit gewöhnt, dass er hatte zweimal hinsehen müssen. Doch es bestand kein Zweifel daran: Da vorne stand ein junger Mann mit Kopfhörern und rauchte einen Joint, während er auf sein Handy starrte.

»Hallo!«, rief Hugo freudig. »Hallooo!«

Der junge Mann reagierte nicht und wippte weiter zum Bass, der aus den Kopfhörern drang. Hugo rief lauter. Geblendet vom Display, kniff er die Augen zusammen und versuchte in Hugos Richtung etwas zu erkennen.

»Hilmar?«, fragte er überrascht. »Hilmar, bist du das?« Er nahm die Kopfhörer ab und hängte sie um den Hals. Den Joint ließ er hinter seinem Rücken verschwinden.

»Nein, mein Name ist Hugo«, antwortete Hugo und trat in den beleuchteten Abschnitt des Tunnels.

»Wo kommen Sie denn her?«, fragte er verblüfft und starrte auf Hugos Skischuhe.

»Von der anderen Seite«, antwortete er und betrachtete erstaunt die Stahltür. Eine elektrische Tür, die so aussah, als würde sie zu einem Kaufhauslift gehören. »Wo bin ich hier?«

23

»Wie lugsch du denn aus?«, fragte Kerstin erschrocken, als sie Hugo beim Abendessen im Hotel begegnete. Er konnte es ihr nicht übel nehmen. Sein Gesicht war rot und aufgequollen. Er war erschöpft, ausgefroren und hungrig. Letzteres hatte ihn überhaupt dazu gebracht, das Hotelzimmer zu verlassen. Ansonsten wäre er viel lieber eingemummelt in seinem Bett liegen geblieben. Er hatte gar nicht daran gedacht, dass er auf Kerstin treffen könnte, und sich noch gar keine Gedanken darüber gemacht, welchen Spin er der Geschichte des vergangenen Tages geben wollte.

»Das glaubst du mir eh nie«, sagte Hugo und kratzte sich. Hugos Verlegenheitsgeste.

»Ich esse heute hier«, sagte sie dem Kellner im Vorbeigehen. Dann heftete sie ihren Blick auf Hugo. »Erzähl! Was hat der Grasser gesagt?«

Das hatte Hugo beinahe vergessen. Wegen Simon Grasser war er ja auf die Zugspitze gefahren. Er berichtete – seiner Ermüdung entsprechend oberflächlich – von dem Gespräch mit Grasser und der Vermutung von Atzwanger, Felix Gamslechner könnte sein Bruder sein.

Kerstin wollte es nicht glauben. »Jetzt schau dir die roten Haare an.« Von ihrem Platz aus konnte man auf das Familienporträt in der Lobby sehen. Auch Meinhard schien rotes Haar gehabt zu haben. »Das ist deren Erkennungsmerkmal. Wie soll der Felix nicht der Sohn vom Meinhard gewesen sein?«, fragte sie leise über den Tisch gebeugt.

»Mir wurde nur gesagt, dass der Atzwanger und der Gamslechner ständig verwechselt worden wären als Kinder«, ergänzte Hugo.

»Dieselbe Mutter geht nicht«, stellte Kerstin fest, nachdem sie kurz gegoogelt hatte. »Der Atzwanger war nur zwei Monate jünger als der Gamslechner. Das Geburtsdatum steht am Partenzettel und auf der Homepage vom Hotel das von Gamslechner. Oh, und wenn man da über diese Schaltfläche dem Juniorchef am 6. November gratuliert, nimmt man an der Verlosung eines Gratiswochenendes im Hotel Gamslechner teil.«

Hugo sah, wie sie die dafür erforderliche Newsletter-Anmeldung des Hotels ausfüllte.

»Trotzdem komisch«, schaute Kerstin wieder von ihrem Handy auf. »Und hast den Grasser gefragt, ob er auch der Vater vom Gamslechner sein könnt?«

Hugo schüttelte den Kopf. »Das hab ich nicht müssen. Grasser hat selbst offenbar nicht mal einen Gedanken dran verschwendet.«

»Er wird ja wohl wissen, ob er was mit der Gamslechnerin gehabt hat oder nicht. Außerdem, diese roten Haare lügen nicht. Ich versteh nur nicht, wie der Atzwanger auf so was kommt, weil offenbar war ihm das so wichtig, dass er Kontakt mit seinem Vater aufnimmt, mit dem er dreißig Jahre nichts zu tun hatte. Und kaum dass er das getan hat, ist er tot und der Gamslechner der Letzte, der ihn lebend gesehen hat. Da stimmt was nicht, mein Lieber.«

Da fiel Hugo ein, dass er mit Kerstin eigentlich ein Hühnchen zu rupfen hatte. Immerhin hätte er es ihretwegen beinahe wieder mit der Ehrwalder Polizei zu tun bekommen. »Wegen deinen Sonderpreisliftkarten, gell? Da hast mich ziemlich reingeritten«, meinte er vorwurfsvoll. »Die haben mich da am Einstieg zur Gondel aus dem Verkehr gezogen wie einen Drogenkurier.«

Kerstin sah nicht verwundert aus. »Das waren die letzten. Ich wusste nicht, dass die das bei der Zugspitzbahn mittlerweile auch schon herausgefunden haben«, gestand sie kleinlaut.

Da Hugo bereits geahnt hatte, dass die gut informierte Kerstin über die Herkunft der Karten Bescheid wusste, sie aber ehrlich reumütig wirkte, beschloss er, es dabei zu belassen, immerhin hatte er auch keine Hemmungen gehabt, gegenüber der Liftbelegschaft die Schuld sofort auf sie zu schieben.

»Man hat mir angeboten, ein Einheimischenticket zu bezahlen, und die Sache war erledigt«, ergänzte Hugo.

»Mit dem vollen Tarif wäre es aber eine echte Strafe gewesen«, wich Kerstin aus.

Hugo warf ihr einen ernsten Blick zu.

»Nein, ehrlich, Clemens. Tut mir leid. Ich bin mit diesen Karten wochenlang gut gefahren. Wie hätte ich ahnen können, dass sie dich … *erwischen*. Immerhin hab ich die Karten von einem Liftangestellten direkt bekommen.«

»An der Kasse?«, fragte Hugo ungläubig.

»Nein, bei einer Abendveranstaltung. Ich hab doch diese Reportage über die Anrainervereinigung ›Scheiteln vereiteln‹ gemacht. Im Anschluss an die Vorträge hat sich eine Traube Leute um diesen einen Typen versammelt, und ich bin neugierig geworden. Da hab ich gesehen, dass die Liftkarten verkaufen. Ich wollt dem sein Vertrauen gewinnen, drum hab ich ihm auch ein paar Karten abgekauft«, versuchte Kerstin ihre Schuldgefühle kleinzureden.

Hugo staunte. »Klingt ganz nach einem lukrativen Nebenerwerb.«

»Ja, ich war erst vor ein paar Tagen wieder bei ihm wegen neuen Karten. Da hat er mir gesagt, dass ihm alle aus den Händen gerissen wurden und er gerade keine habe, weil er nicht mehr am Lift sei. Dann hat er mich vertröstet, dass er schon bald wieder welche bekommen würde.«

Da dämmerte es Hugo, um wen es sich bei Kerstins klandestinem Handelspartner hätte handeln können. »Wir reden hier aber nicht von einem gewissen Lamprecht?«

Kerstin schürzte die Lippen. Sie überlegte sichtlich, wie viel sie auf ihr Redaktionsgeheimnis gab.

»Was weißt du über den?«, stellte sie die Gegenfrage.

Über den Lamprecht, der dem Atzwanger einen toten Raben an die Haustür genagelt haben sollte? »Anscheinend hat er den Streik zu Weihnachten angezettelt, und daraufhin hat der Atzwanger beschlossen, sich von ihm zu trennen.«

»Das darf er doch gar nicht. Gewerkschaft und so.«

»Dürfte den Atzwanger nicht interessiert haben.«

»Aber wenn der nicht mehr am Lift war, woher hat er dann die Karten bekommen? Er hat gesagt, es würde nicht mehr lange dauern, bis er wieder welche kriegt.«

»Na, dann hat die wohl wer anderer für ihn besorgt. Wenn wir jetzt mal nicht davon ausgehen, dass der im Kassenhäuschen einbricht.«

»Uh, einer ist ein Verbrecher, zwei sind ein Komplott.«

»Untreue Mitarbeiter sind nichts Seltenes bei arbeitnehmerfeindlichen Unternehmen.«

»Vielleicht wollten sie ihm ja noch mehr heimzahlen? Genug, um ihn diese Böschung hinunterzustoßen. Und wie Schneekanonen funktionieren, wissen die beim Lift ja auch.«

»Was schätzt du, wie lukrativ war das Geschäft mit diesen Karten?«

»Regulär für Erwachsene liegt die Tageskarte bei sechzig Euro. Ich habe sie für zwanzig bekommen. Und für zehn Tage habe ich zweihundert gezahlt«, rechnete sie aus.

»Damit hast du die Atzwanger-Lifte um sechshundert Euro gebracht.«

»Was soll das heißen, ich hätte ›die Atzwanger-Lifte um sechshundert Euro gebracht‹. Wie hätte ich wissen können, dass der keine Freundschaftspreise machen darf.«

»Hast du eine Quittung erhalten?«

»Du bist ein ganz schöner Pedant.«

»Ich meine ja nur. Du allein bist schon ein mehrfach dreistelliger Schaden für die Atzwanger-Lifte. Jetzt stell dir mal vor, die verkaufen am Tag mehrere ihrer eigenen Karten. Zehn Karten am Tag. Das halte ich jetzt in der Skihauptsaison für realistisch, ohne dass es auffällt. Dann sind das im Monat steuerfrei veruntreute sechstausend.«

Kerstin nickte beinahe anerkennend. »Aber wie machen sie es? Jede gedruckte Karte muss doch mit der Kasse übereinstimmen.«

»Ginge es nur um ein paar wenige Karten, dann gibt es sicher ein gewisses Kalkül für Fehldrucke. Will man es im großen Stil machen, muss man weiterdenken.«

»Ob das ein Motiv sein könnte?«

Hugo wollte nicht vorschnell urteilen. »Möglicherweise«, sagte er.

Der Kellner stellte ihnen die zwei Hauptgerichte auf den Tisch. Beide griffen nach dem Besteck.

»Glaubst du, du könntest von Lamprecht Näheres erfahren? Zum Beispiel, wie viele da mit drinhängen? Wir müssen einen Eindruck davon bekommen, wie groß sie diese Sache aufgezogen haben«, fragte Hugo.

»Schwer zu sagen. Dieser Guido ist mal ein Schmeichler, mal eine Kreatur. Ein eigenartiger Kauz. Wie ein Mörder sieht er jedenfalls nicht aus.«

»Der Gamslechner sieht auch nicht aus wie der Sohn vom Grasser, und trotzdem hat's der Atzwanger vermutet.«

»Jetzt fang nicht wieder damit an. Es bietet sich morgen auch eine ideale Gelegenheit, ›Scheiteln vereiteln‹ versammeln sich im Dorfwirt. Der Lamprecht wird sicher dort sein.« Kerstin kaute an einem Stück zähen Rindfleisches herum.

Hugo lehnte sich hinter seinem geleerten Teller zurück in die Lehne des Stuhles. »Wir sind gar nicht schlecht. Als Team, mein ich.«

Im Grunde seines Herzens war Hugo sich bewusst, dass er dies nur sagte, um Sarah zu verletzen. Auch wenn sie gar nicht anwesend war und keinen Anstoß an seiner Wortwahl nehmen konnte. »Wir sind kein Team!«, hatte sie ihm immer wieder vorgeworfen, wenn es Streit gegeben hatte, was Hugo unfair vorgekommen war.

»Jetzt haben wir doch einiges herausfinden können. Wir kennen Atzwangers Vater und womit er sich in den letzten Monaten seines Lebens beschäftigt hat und dass er den Gamslechner für seinen Bruder hält. Und als Nächstes sind wir im Begriff, ein Fälschernetzwerk aufzudecken. Vielleicht finden wir da etwas, das die Polizei überzeugt, ernsthafte Ermittlungen anzustrengen.«

»Du möchtest zur Polizei gehen?«

»Hast du geglaubt, wir lösen den Fall gänzlich auf eigene Faust?«

In Hugos Ohren klang das lächerlich. Aber Kerstin hatte sich das offenbar anders vorgestellt. Für ihn war immer klar, dass, sobald sie etwas vorweisen konnten, die Polizei würde ermitteln müssen. Das war sein Ziel. Die Polizei zu Ermittlungen bewegen. Mehr wollte er mit der Sache nicht zu schaffen haben.

»Aber Clemens, die Polizei wird nicht ermitteln«, sagte sie überzeugt, und Hugo ahnte, dass sie ihm etwas noch nicht erzählt hatte. »Meine Kontakte bei der Polizei haben gesagt, dass alle Verdachtsmomente gegen den Gamslechner fallen gelassen wurden. Ein Anruf hat gereicht, und der Gamslechner war aus dem Schneider.«

»Wer bitte …?«

»Das weiß ich nicht. Nicht einmal mein Kontakt konnte das näher beantworten. In der Polizeiakte stand nur, dass jemand im Auftrag der Landesregierung angerufen und angegeben hat, dass Felix Gamslechner mit Sicherheit nichts mit dem Ableben von Gregor Atzwanger zu tun hätte.«

24

Am nächsten Morgen erwachte Hugo ungewöhnlich erholt. Ein Blick auf die Uhr verriet ihm, dass er zehn Stunden durchgeschlafen hatte. So gesehen hatte sich die Tortur durch den Tunnel ausgezahlt. Er hatte es offensichtlich endlich geschafft, so viele Probleme anzuhäufen, dass er erschöpft genug für tiefen Schlaf werden konnte. Er genoss es, nach Langem wieder klare Gedanken fassen zu können. Warum versuchte die Landesregierung, Felix Gamslechner aus den Ermittlungen zu einem möglichen Tötungsdelikt herauszuhalten? Warum hatte Gregor Atzwanger geglaubt, dass Gamslechner sein Bruder wäre, und waren vielleicht die krummen Geschäfte mit Liftkarten von diesem Lamprecht ein Motiv, Atzwanger um die Ecke zu bringen?

Hugo konnte keinen plausiblen Grund finden, warum die dem Steinbockgipfel nahestehende Landesregierung die Aufklärung am Tod eines ihrer Mitglieder verhindern hätte wollen. Noch dazu, da Gregor Atzwanger im Gegensatz zu den Gamslechners immer auf Parteilinie war. Wozu sollten sie Gamslechner decken? Vorausgesetzt, dieser hatte etwas mit dem Tod vom Atzwanger zu schaffen. Davon schien jedenfalls die Mutter von Gregor Atzwanger überzeugt zu sein. Hugo hätte zu gerne gewusst, was sie dazu brachte. Dass Gamslechner Atzwanger vermutlich als Letzter lebend gesehen hatte? Dass Atzwanger ihn für seinen Bruder gehalten hatte? Hugo wurde klar, dass er um ein Gespräch mit Martina Atzwanger nicht herumkommen würde, wenn er der Sache weiter auf den Grund gehen wollte. Und nachdem ihm Kerstin die politische Dimension dargelegt hatte, strotzte er vor Motivation.

Der Morgen war ruhig. Hugo vermisste das Geräusch der Räumfahrzeuge. Offenbar hatte es in der Nacht aufgehört zu schneien. Hugo amüsierte sich bei dem Gedanken, dass ein kleines deutsches Regionalblatt sich mit der österreichischen Landesregierung anlegen wollte. Er malte sich die Schlagzeilen aus: »Attentat an der Zugspitze!«, »Verschwörung um Tod eines Seilbahnkaisers!« oder »Fernpassmafia ermordet Unternehmer!«. Damit würde sie gewiss bei einem dieser deutschen Feschaks ohne Krawatte ins Fernsehstudio eingeladen werden.

Hugo lächelte und ließ sich noch mal in das warme Bett fallen. Die Heizung hatte er mittlerweile zurückgedreht. Die Temperatur war nun niedriger als in seinen ersten Nächten. Wohl auch ein Grund, warum er besser schlafen konnte. Der Roomservice hatte während seines Ausfluges am Vortag die Folder und Broschüren auf dem kleinen Tischchen gegenüber des Bettes wieder ordentlich aufgelegt. Auf einem der Flyer prangte das Strahlelächeln von Felix Gamslechner. Hugo fiel ein, dass er noch das Sterbebildchen von Gregor Atzwanger in der Brusttasche seiner Jacke hatte. Er nahm es heraus und verglich die beiden Mittdreißiger. Atzwanger hatte dunkles Haar. Dazu passten seine dunklen Augen. Ohne Zweifel hatte er den Teint von Grasser geerbt. Im Alter hätte er die gleichen Falten entwickelt wie Grasser. Die roten Haare von Felix Gamslechner waren das Erste, was auffiel, wenn man ihn ansah. Hugo dachte daran, dass Gamslechner ihm erzählt hatte, dass man sie beim Neujahrsschreien als Kinder öfter verwechselt hätte. Wieder tauchte das Grüppchen Kinder vor ihm auf, das ihm mit kleinen Geldsäckchen um den Hals begegnet war. Stolz hatten sie sich vor ihm aufgebaut, tief Luft geholt und inbrünstig wie Vogelküken aus ihren rosa Mündern Neujahrswünsche geschrien.

Hugo kam auf die Idee, die Stirnpartien auf den Fotografien der beiden Männer mit den Daumen zu bedecken, als hätten sie Mützen auf. Er staunte nicht schlecht, als er tatsächlich Ähnlichkeit zwischen ihnen erkannte. Die Augenpartie. Auch Gamslechner hatte diese dunklen Augen. Nur war seine Haut viel heller und tendierte zu Sommersprossen. Hugo verstand, warum man sie als Burschen hatte verwechseln können. Mit

Mützen und im fahlen Licht der Wintersonne. Ob Atzwanger allein auf diese äußerliche Übereinstimmung seinen Verdacht gestützt hatte, dass Gamslechner sein Bruder sein könnte? Aber wie er bereits mit Kerstin besprochen hatte: Das Gamslechner-Rot musste ja von irgendwoher kommen. Und dass der eine vielleicht doch der Sohn der anderen Mutter hätte gewesen sein sollen, ging sich einfach rechnerisch nicht aus.

Vielleicht war sogar tatsächlich eine Verwandtschaft vorhanden, aber eben keine so enge? Der Cousin war man ja schnell von irgendwem. Daraus müsste man kein Geheimnis machen. Dass der Grasser vielleicht der Bruder vom Meinhard Gamslechner war? Oder von Philomena Gamslechner? Auch Martina Atzwanger könnte weitere Geschwister gehabt haben. Das wäre aber nichts Neues. Dazu brauchte es keine Mutmaßungen. Der Gregor Atzwanger hatte aber nicht nach Cousins gefragt, sondern nach einem Bruder. Es beschäftigte ihn, weil es tatsächlich eine bestechende Ähnlichkeit zwischen den beiden gab.

Bei der äußeren Übereinstimmung zwischen Atzwanger und Gamslechner wollte Hugo nicht an Zufall glauben.

Hugo fiel ein, dass er die geliehenen Skier vor den Toiletten zurückgelassen hatte. So ein Paar kostete mehrere hundert Euro, und die wollte er sich nicht auch noch auf die Hotelrechnung aufschlagen lassen. Er musste sie zurückbekommen. Hugo nahm sich vor, als Erstes bei der Seilbahn anzurufen. Damit müsste er aber noch bis Betriebsöffnung warten. In der Zwischenzeit beschloss er, frühstücken zu gehen.

Wie üblich war er einer der Ersten im Frühstückssaal. Er schenkte sich einen Kaffee ein und nahm sich ein Exemplar der eigens vom Hotel herausgegebenen Zeitung, die täglich erschien und auf deren Titelseite die aktuellen Wetterverhältnisse beschrieben waren. Der heutige Tag versprach Besserung, zwar keine Sonne, aber auch keinen Schneesturm. Auf Seite zwei war ein Interview mit den Juniorchefs anlässlich ihres Hochzeitstages abgedruckt. Dahinter folgte eine komplette Reportage über die opulente Winterhochzeit des Ehepaares aus dem Vorjahr.

Die Fotos zeigten eine Braut, die noch heller strahlte als die tief verschneite Landschaft im Hintergrund. Auf einem anderen Bild sah man ein kutschefahrendes frisch vermähltes Paar hinter dicken Pferden mit dampfenden Nüstern, eingemummelt in weiße Felle.

Hugo war so in seine Lektüre vertieft, dass er gar nicht bemerkte, dass Kerstin auch schon gekommen war. Und es dauerte noch einen Moment länger, bis er bemerkte, dass sie auch nicht allein da war, sondern in Begleitung eines künstlich gebräunten Sportlertypen mit roter Skijacke am Arm. Es war ihm sichtlich unangenehm, dass Kerstin sie einander vorstellen wollte. Daraufhin murmelte der Typ etwas von »Babylift aufbauen« und »Skischule« und verschwand ohne weitere Worte.

»Dann kann ich mich ja zu dir setzen«, meinte Kerstin ungerührt und schenkte sich von Hugos Kännchen einen Kaffee ein. Dabei verschüttete sie etwas auf die Untertasse, das sie mit einer Serviette auftupfte. »Der Kaffee hier ist so gut«, sagte sie.

Hugo wusste, was sie meinte, und erinnerte sich an den Wald im Obermoos, nachdem er zwei Kännchen davon getrunken hatte.

»Guten Morgen«, sagte er.

»Dir auch einen guten Morgen. Ich werde heute bei ›Scheiteln vereiteln‹ meine Augen und Ohren offen halten. Ich bin gespannt, wie die Stimmung dort sein wird, nachdem ihr Feindbild Nummer eins weg ist.«

Hugo nickte. Er legte die Hotelzeitung beiseite.

»Und du? Gehst du Ski fahren?«

»So ähnlich«, antwortete Hugo. Und bereute es. Er hätte lieber Ja sagen sollen. Jetzt musste er erklären, dass er auf der Suche nach seinen Skiern war.

»Was soll das heißen, ›so ähnlich‹? Es soll hier auch tolle Rodelstrecken geben. Der Charlie von gerade eben … Er kennt richtig tolle Rodelstrecken.«

»Kann ich mir vorstellen. Der sieht schon aus wie einer, der sich im Zweierbob gut auskennt. Ich hab gestern tatsächlich meine Ski an der Bergstation an der Toilette stehen gelassen.« Hugo lenkte mit einer Peinlichkeit von einer anderen ab.

»Du hast was? Das fällt einem doch auf, wenn man ohne Ski unterwegs ist?«

»Tja, da siehst du, wie ich mich verausgabt haben muss«, lachte Hugo und amüsierte sich darüber, dass sie keine Vorstellung hatte, wie sehr das stimmte.

»Ich würde an der Rezeption nachfragen wegen den Ski. Die haben ja alle einen Verleihaufkleber, und es würde mich nicht wundern, wenn die jemand von der Zugspitzbahn hierher zurückgebracht hätte.«

»Und wenn nicht, dann auch nicht weiter tragisch, denn ich möchte noch einmal in dieses Seilbahnmuseum gehen. Und mit dem Seilbahnticket habe ich ja noch einmal einen Eintritt gut. Also mit einem echten«, sagte Hugo.

»Die Ausstellung ist wirklich interessant. Man kann den Originalantrieb der Seilbahn aus 1926 besichtigen und auch selbst über einen Knopf starten.« Sie holte ihr Handy hervor und spielte für Hugo ein Video ab. Große rote Drehscheiben begannen sich auf dem Display zu drehen und setzten mit einem Pfeifsignal ein dickes Metallseil in Bewegung.

»Darf ich?«, fragte Hugo. Er nahm ihr Handy und versuchte, es an einer Stelle zu stoppen. Hugo brauchte mehrere Anläufe, um den richtigen Ausschnitt zu finden. Dann zeigte er Kerstin ein Porträt einer Ahnin der Gamslechners.

»Das bewahren sie derzeit in der Talstation auf. Ich habe es gesehen, als sie mich in das hintere Zimmer zum Verhör wegen deiner Skikarten geführt haben. Jemand hat es schwer beschädigt. Vermutlich aufgeschnitten in der Mitte.«

»Arg. Wieso sollte jemand so etwas machen? Das Bild von einer längst verstorbenen alten Frau zerschneiden?«

»Frag mich nicht. Aber das muss ja erst passiert sein, wenn du es noch in unbeschädigtem Zustand zu Gesicht bekommen hast.«

»Ja, ich war zu Beginn der Saison bereits im Museum. Das

ist schon einige Wochen her. Weil die Lifte ja nicht gegangen sind wegen des Regens. Dann war das Museum eben ein Ausweichprogramm.«

Hugo wurde mulmig zumute. Mit dieser Familie hatte es etwas Eigenartiges auf sich. Er dachte wieder an den umnachteten alten Gamslechner im Schneesturm. Es wäre ihm viel zu peinlich gewesen, Kerstin davon zu erzählen, dass er tags zuvor bei einer halsbrecherischen Wahnsinnsaktion fast draufgegangen wäre.

»Was weißt du eigentlich über den alten Gamslechner? Der muss so an die neunzig sein und außerhalb des Ortes wohnen.«

»Wie kommst du jetzt auf den? Das ist ein alter Mann. Seit ein paar Jahren schwer krank. Früher war das mal wer – der Albert Gamslechner. In den neunziger Jahren hat das Land Tirol die Zugspitzbahn unter der Auflage privatisieren lassen, dass die Bahn völlig neu gebaut wird. Er war maßgeblich am Bau der neuen Zugspitzbahn beteiligt, die ja seit dem Neubau direkt von der Talstation auf den Gipfel führt. Er ist eine der wenigen Einzelpersonen, die Anteile an der Zugspitzbahn halten. Hin und wieder hört man auch, dass der Atzwanger vermehrt Interesse daran bekundet haben soll, sich in die Zugspitzbahn einzukaufen. Dem haben ja nur die anderen Skilifte gehört.«

»Und die Gamslechners haben das verhindert?«

»Ja, wie man so hört. Heutzutage bist aber auch blöd, wenn du irgendwas verkaufst. Außer man braucht Geld, und davon haben die Gamslechners genug. Die haben erst wieder Grundstücke zur Hotelerweiterung dazugekauft.«

»Der Atzwanger will also ständig was von den Gamslechners, einen Tunnel, Seilbahnanteile. Und die tun einfach nicht mit. Klingt frustrierend.« Hugo ergänzte nach einer kurzen Denkpause: »An der Stelle vom Atzwanger wäre ich lieber ein Gamslechner geworden.«

»Und was, wenn doch nicht der Grasser, sondern der Meinhard Gamslechner der Vater vom Atzwanger war?«

»Martina Atzwanger ist verschwiegen. Sie hätte auch Meinhard Gamslechner decken können. Aber warum hätte sie dann

Grasser glauben lassen, der Gregor wäre sein Kind, und dann einen Vorhang des Schweigens darum hüllen sollen?«

»Das passt auch nicht richtig zusammen, aber wenn das tatsächlich der Fall ist, dann hätte der Gregor Anspruch auf das Gamslechner-Erbe. Ich glaube, das wollte der Atzwanger herausfinden. Und keine sechs Monate später ist er tot.«

25

Hugo hatte über die Rezeptionistin des Hotels herausfinden lassen können, dass seine Skier an die Talstation der Zugspitzbahn gebracht worden waren. Man hatte sie genau dort gefunden, wo Hugo sie zurückgelassen hatte. Offenbar geschah es nicht selten, dass Skifahrer ihre Brettln irgendwo vergaßen. Sogar Skischuhe finde man von Zeit zu Zeit, wurde ihm mitgeteilt. Er war froh, beim Abholen an der Talstation nicht auf dieselben Mitarbeiter gestoßen zu sein, die ihn noch wegen Kerstins gefälschten Karten verdächtigt hatten. Die Fragen, die er gemeinsam mit Kerstin beim Frühstück aufgeworfen hatte, beschäftigten ihn mehr als ein Besuch des Museums. Er war sich sicher, dass Martina Atzwanger Antworten darauf geben konnte. Unter Umständen wäre sie heute am Friedhof anzutreffen. In ihm keimte die Scham, dass er diese Gelegenheit nutzen würde, um die trauernde Frau anzusprechen. Aber er redete sich ein, dass doch gerade Martina Atzwanger ein ernstliches Interesse an der Aufklärung des Falles hätte.

Nachdem er aus dem Bus gestiegen war, schulterte er die Ski und war erleichtert, normales Schuhwerk anzuhaben. Auf diese Weise trugen sie sich viel einfacher. Je näher er der Kirche kam, umso aufmerksamer betrachtete er die Menschen. Und siehe da. Tatsächlich. Er sah eine kleine schwarz gekleidete Gestalt zu einem frisch angelegten Grab gehen. Die Figur zierlich und die Haltung unsicher. So hatte er Martina Atzwanger in Erinnerung. Vor dem Musikpavillon steckte er seine Ski in den Schnee und ging ihr auf den Friedhof nach. Er ließ alle Vorsicht fahren. Auch wenn ihm in diesem Moment genauestens bewusst war, dass Martina Atzwanger mit einem Anruf bei der Polizei noch tiefere Schwierigkeiten hätte bringen können.

»Entschuldigen Sie bitte, Frau Atzwanger. Ich darf Ihnen mein tiefes Mitgefühl bekunden. Mein Name ist Clemens Hugo.

Ich war es, der als Erster an der Unglücksstelle angekommen ist.« Hugo hatte aus der Unterhaltung mit Grasser gelernt, wie er das Gespräch beginnen konnte.

»Ja, verstehe, ich hatte schon nach Ihnen gefragt, aber es war so viel zu tun.«

»Das wurde mir zugetragen, darum habe ich mir erlaubt, auf Sie zuzugehen, bevor ich abreise«, log Hugo.

»Ach ja, stimmt. Sie sind auf Urlaub im Hotel Gamslechner Hof, richtig?«

Hugo staunte. Auch sie war gut informiert.

»Ich mache hier Winterurlaub. Es war auf einem meiner Morgenspaziergänge, dass ich auf der Loipe bei diesem Schneehaufen vorbeigekommen bin. Es beschäftigt mich seitdem sehr, wie es zu diesem Unfall kommen konnte.«

»Das fragen wir uns alle. Um ehrlich zu sein, ich kann nicht glauben, dass das ein Unfall gewesen sein soll«, gestand sie.

»Wie meinen Sie das?« Seine Stimme bebte vor Aufregung. Für Atzwanger durfte es wohl wie aufrichtige Anteilnahme klingen.

»Mein Sohn hatte das, was man in jedem schlechten Krimi ›Feinde‹ nennt. Der Gregor war zielstrebig. Und er hat unpopuläre Entscheidungen treffen müssen, wenn es unternehmerisch geboten war. Damit waren einige nicht einverstanden. Wie soll ich da glauben können, er wäre einfach nur verunglückt? Nein, ich bin ganz sicher, dass da jemand nachgeholfen hat.«

Hugo hatte nach allem, was er bisher in Erfahrung gebracht hatte, eine Vorstellung davon, was sie meinte.

»Man hat uns einen toten Raben an die Tür genagelt. Da sollte man doch meinen, dass die Polizei kommt und Fragen stellt, wenn jemand unter fragwürdigen Umständen ums Leben kommt. Wieder und wieder hätte man mir diese Frage stellen müssen. Und dann hätte ich auch eine Antwort darauf gegeben. Aber niemand will sie hören. Gamslechner wird einfach damit davonkommen.«

Hugo hatte gewusst, dass Atzwanger Gamslechner die

Schuld am Tod ihres Sohnes gab. Aber dass sie damit keine Sekunde hinter dem Berg hielt, wenn sie auf die Situation angesprochen wurde, kam unerwartet.

»In den letzten Monaten ist es dem Gregor immer wieder um den Gamslechner gegangen. Dass dieser den Ort aufhetzen würde und keine Zustimmung im Gemeinderat zustande kommt, damit der Gregor den Tunnel nicht bauen kann. Ein paar Monate später kommt der Gregor um. Der Felix Gamslechner ist der Letzte, der ihn gesehen hat. Und niemand denkt daran, dass da etwas faul sein könnte.«

Immer heftiger brannte Hugo die Frage unter den Fingernägeln, auf deren passende Gelegenheit er wartete: War Gregor Atzwanger der Sohn von Meinhard Gamslechner? Und hatte er es herausgefunden, um sich in das Gamslechner-Vermögen hineinzuerben?

»Diese Feinde, von denen Sie sprechen, Frau Atzwanger. Gab es die auch beim Steinbockgipfel? Oder jemanden mit politischen Ambitionen?«

»Abgesehen vom Gamslechner? Davon würde ich ausgehen. Der hat sie doch alle um den Finger gewickelt. Und die Obergantschler, die am allermeisten«, ätzte Atzwanger.

»Obergantschler?«

»Die Landesrätin«, fügte sie hinzu. »Sie hätte den Bau des Scheiteltunnels noch verhindern können. Als Verkehrslandesrätin muss sie das absegnen. Von ihr hängt alles ab. Und der Gamslechner schien alles darauf angelegt zu haben, sie auf seine Seite zu ziehen. Bei dem Silvesterdinner hatte der Gregor das alles noch mal in Ruhe besprechen wollen, um das zu verhindern. Keine paar Stunden danach ist er tot. Da stimmt doch etwas nicht.«

»Das kann einem freilich komisch vorkommen«, pflichtete ihr Hugo bei.

»Na, wenn Sie das schon eigenartig finden, dann passen Sie mal auf. Weil alle dem Gamslechner in diesem Ort hörig sind, reicht ein Anruf aus dem Innsbrucker Landhaus, und der gute Herr Gamslechner ist fein raus.«

Das machte keinen Sinn. Der Atzwanger war viel mehr auf Linie mit der Landesregierung und dem Steinbockgipfel gewesen als die Gamslechners. Sie strapazierten immer wieder die Geduld der Vereinigung, weil sie diese medial auch offen herausforderten. Warum hätte von dieser Seite Hilfe bei der Verschleierung eines Tötungsdeliktes kommen sollen? Es passte nicht zusammen.

»Sie glauben, dass der Fernpassscheiteltunnel der Grund für den Gamslechner gewesen wäre, Ihren Sohn zu töten?«

»Die Gamslechners haben ihre Interessen schon immer mit allen Mitteln durchgesetzt. Der Urgroßvater vom Felix, der hat einen umgebracht, um seine Seilbahn zu bauen. Hat man ihm nie beweisen können. Der alte Gamslechner tut den ganzen Tag ohnehin nichts anderes, als Leuten den Tod zu wünschen. Wer weiß schon, ob der Meinhard wirklich Selbstmord begangen hat? Wahrscheinlich war's die Philomena. Diese Maultasch von einem Weib. Die eitle Kuh lässt sich sogar graue Strähnen einfärben, damit man das restliche Kastanienbraun für echt hält.«

»Können Sie sich noch etwas denken, was den Gregor und den Felix verbunden haben könnte?«, erkundigte sich Hugo. Für die Stutenbissigkeiten von Martina Atzwanger und Philomena Gamslechner hatte er keinen Nerv.

»Wie meinen Sie das?« Sie wirkte misstrauisch.

Hugo ärgerte sich, er war zu direkt geworden. Jetzt blieb ihm nur noch, die Karten auf den Tisch zu legen und zu hoffen, dass sie ebenso redselig war wie Grasser. »Um ehrlich zu sein, das Gerücht macht die Runde, dass der Felix und der Gregor Brüder gewesen wären. Also Halbbrüder.«

Martina Atzwanger lachte schrill. »Immer diese Fragerei nach dem Vater von Gregor.«

»Bei allem Respekt, ich wollte nicht indiskret sein. Aber wenn da etwas dran ist, dann ergäbe das ein handfestes Motiv.«

Kurz schien es, als ob Atzwanger über Hugos Idee nachdächte. Aber ehe sie etwas darauf antworten konnte, setzte das Dröhnen der Kirchenglocken ein.

Martina Atzwanger stemmte die Fäuste in die Hüften und holte Luft. »Ihnen ist ja wohl klar, dass diese Schlussfolgerung bedeutete, ich wüsste nicht, wer der Vater meines Kindes ist. Nicht einmal nach dessen Tod lässt man mich damit in Ruhe. Ich habe Ihnen nichts zu sagen. Jetzt verschwinden Sie gefälligst von hier. Und wagen Sie nicht noch einmal, mich zu belästigen.«

»Ist denn nicht vielleicht der Meinhard Gamslechner der Vater von Ihrem Sohn gewesen?«, stieß Hugo hervor.

»Der Meinhard? Grundgütiger!«, rief sie.

»Haben Sie denn nicht gehört!«, überraschte ihn plötzlich eine knurrende Männerstimme von der Seite. »Sie sind ein Störenfried in unserer Gemeinde. Es wird Zeit, dass Sie verschwinden. Fahren Sie zurück, wo Sie herkommen, und lassen Sie uns in Frieden. Stellen hier verrückte Mutmaßungen an und reden unsere Leute schlecht.«

Hugo wusste genau, wer es war, der ihn ansprach. Der Messner. Wie üblich schwarz gekleidet mit einem abgetragenen schwarzen Wollmantel. Seine Ohren blühten feuerrot an ihren Spitzen vor Kälte, und seine Augen sprühten grünes Gift. Mit einem Gehstock in der Hand drohte er Hugo. »Wird's bald! Und lassen Sie sich nie mehr hier blicken.«

Der Messner war so schnell aufgetaucht, dass er sich die ganze Zeit in der Nähe hatte befinden müssen. Wie beim Telefonat mit Moursavi-Sprenger hatte er alles mitangehört.

26

Hugo hätte beinah wieder seine Ski vor dem Pavillon vergessen. Er schulterte das Paar und stöhnte. Wenn es auch keine angenehme Art gab, Skier zu tragen, dann gab es jedenfalls eine richtige, und die bestand darin, die Latte vor dem ersten Bindungsklotz, die Spitze nach vorne, auf die Schulter zu legen und den Arm möglichst weit vorzustrecken, um die Skier im Gleichgewicht zu halten. Als Kinder hatten sie Tragen überhaupt vermieden, indem sie einfach von der Piste aus über die Gehwege nach Hause gefahren waren. Das hatten sie ein paarmal gemacht, bis einer von ihnen in ein parkendes Auto gedonnert war und die Schelte der Eltern bis in die Gegenwart nachhallte. Hugo hatte das Modell, das er im Hotel ausgeliehen hatte, an sich gut gefallen. Da fiel ihm zum ersten Mal auf, dass es sich dabei um ein Paar der Marke Graskiii handelte.

Grassers Geschichte hatte ihn nicht kaltgelassen. Konnte es wirklich sein, dass er womöglich doch nicht der Vater von Gregor gewesen war? Hatte Martina Atzwanger wirklich einen Grund für eine derartige Vaterschaftsscharade? Wenn Meinhard Gamslechner der Vater ihres Sohnes wäre, dann wäre das doch für keinen der Beteiligten eine große Sache. Nur einer hätte davon einen konkreten Nachteil zu befürchten: Felix Gamslechner. Hier ging es um sein Erbe. Uneheliches Kind hin oder her. Das scherte heute doch keinen mehr. Aber Martina Atzwangers Aufschrei ließ für Hugo keinen Zweifel übrig. Meinhard war nicht der Missing Link zu den möglichen Geschwistern Felix und Gregor. Da musste etwas anderes sein. Wie konnte Gregor Atzwanger so überzeugt davon sein, dass Grasser auch Felix' Vater war? Warum war Atzwanger nicht davon abzubringen gewesen, dass Felix Gamslechner doch sein Bruder war?

Was immer die Ursache für das Misstrauen von Gregor Atzwanger gegen Felix Gamslechner war, seine Mutter schien es zu teilen. Für sie war Felix Gamslechner zweifelsohne schuld am Tod ihres Sohnes.

Hugo fragte sich, warum sie nicht mehr Wirbel machte. Sie hätte zu den Medien gehen können. Doch so ein Mensch war Martina Atzwanger vermutlich nicht. So wie sie dazumal den berühmten Vater ihres Sohnes hatte geheim halten wollen, so hielt sie es auch jetzt. Vielleicht wollte sie nur ihre Ruhe. Hugo musste grinsen, als er an das Gespräch mit ihr dachte. Sie hatte Philomena Gamslechner »die Maultasch« genannt. Dabei handelte es sich um Margarethe von Tirol, mit dem despektierlichen, aber erfundenen Beinamen »Maultasch«, der auf eine anscheinend missgestaltete Mundpartie hindeuten sollte. Als Tiroler kannte man die Maultasch so wie Andreas Hofer oder Simon Grasser.

Aber da war noch etwas, das sich für Hugo in den Vordergrund drängte. Es war etwas, das Martina Atzwanger noch über Philomena Gamslechner gesagt hatte.

Er beeilte sich, den Weg in den Skiraum des Hotels zu finden. Dabei passierte er die offene Tür zum Restaurant und musste verwundert innehalten. Das Hotel spendierte den Heiligen Drei Königen offenbar ein Mittagessen auf ihrer Tour durch den Ort. Sie saßen an einem der Tische, und ihre langen bunten Gewänder reichten über die Stiefel bis auf den Boden, der Saum war vollgesogen mit Wasser. Es waren Kinder, die von der Kälte rot angelaufenen Gesichter öffneten den Mund, um eine warme Mahlzeit hineinzuschaufeln. An den Knaufen der Sessellehnen hatten sie dick ausstaffierte Kronen aufgehängt, und am Boden lag, an ein Tischbein gelehnt, ein großer Holzstern am Stiel.

Noch im Skiabstellraum des Hotels rief er Simon Grasser an. Dieser hatte ihm im Anschluss an das Gespräch seine Handynummer gegeben. Grasser hob schnell ab. Seine Stimme hallte durch den Hörer. Er war wohl im Badezimmer.

»Herr Grasser, Clemens Hugo hier! Sie erinnern sich?«

»Ja, ja, natürlich«, antwortete Grasser. »Gibt es denn noch etwas?«

Hugo war es leid, sich jeden Satz dreimal überlegen zu müssen, um dann im Gespräch erst recht für Irritationen zu sorgen. »Diese Frau, von der Sie mir erzählt haben, nach der Martina Atzwanger, die, die keine Brünette war.«

»Ich habe doch schon gesagt, dass ich mich kaum an die erinnere.«

»Das heißt, Gregor hat Ihnen Fotos von Philomena Gamslechner gezeigt, und Sie sagen, sie war es nicht?«

»Dann hätte ich sie nicht erkannt. Damals jedenfalls nicht. Natürlich weiß ich heute, wer die Gamslechners sind, aber vor fünfunddreißig Jahren war noch der alte Gamslechner in Charge. Es wurde damals über eine Werbeaktion mit mir auf der neuen Zugspitzbahn geredet, irgendwelche Reklamefilme. Das ist dann aber im Sand verlaufen. Die damaligen Juniorchefs haben da wenig Rolle gespielt. Offen gesagt hatte der Meinhard damals schon den Ruf als Sonderling. Philomena – das war zu der Zeit ein richtiges Thema – stammt aus einer mittellosen Bauernfamilie und war wohl eine äußerst schüchterne Person. Hat gedauert, bis sie vorzeigbar war. Das Hotel und die Seilbahn sind zu dieser Zeit ausschließlich vom Patriarchen Gamslechner repräsentiert worden.«

Hugos Herz schlug schneller. »Wenn Sie sie gar nicht gekannt haben, dann können Sie auch nicht ausschließen, mit der Gamslechnerin geschlafen zu haben? Wissen Sie noch, wo das war?«

»Meine Güte«, stöhnte Grasser. »Ja, vielleicht, kann sein. Immerhin war das bei denen im Hotel.«

»Im Gamslechner Hof?«, freute sich Hugo. Das war die Bestätigung, nach der er gesucht hatte.

»Ich weiß nicht, worauf Sie hinauswollen. Es war eine ganz unverfängliche Geschichte. Gregor hab ich es gesagt, und Ihnen sag ich es noch einmal. Keine Brünette. Sie sind ja noch schlimmer als er. Es geht doch wohl nicht schon wieder darum, ob ich mit der Gamslechnerin noch ein Kind gezeugt habe.«

»Genau darum geht es«, stellte Hugo klar. »Gregor hat mit

seinen Geschäften beim Gamslechner auf Granit gebissen. Und nachdem ihm schon sein ganzes Leben lang nachgesagt wird, dass er dem Gamslechner junior so ähnlich sieht, beginnt er nachzuforschen und glaubt herausgefunden zu haben, dass der Felix tatsächlich sein Halbbruder ist. Entweder Meinhard war auch der Vater von Gregor, dann hätte der Gregor Anspruch auf ein Teil des Gamslechner-Erbes gehabt. Oder Sie wären der Vater von beiden gewesen.«

Es folgte eine längere Pause. Grasser antwortete so lange nicht auf Hugos Frage, dass dieser schon glaubte, er hätte aufgelegt.

»Finden Sie nicht, dass Sie damit zu weit gehen?«, erwiderte Grasser. »Sie wollen mir hier gerade weismachen, der Juniorchef wäre ebenfalls mein Kind.«

Hugo hatte Verständnis für Grasser. Die Geschichte nahm eine schwer verdauliche Wendung. »Aber das erklärt einiges. Damit hätte Gregor ein pikantes Familiengeheimnis aufdecken können, und wer weiß, vielleicht wäre er mit dem Gamslechner auch übereingekommen, im Austausch gegen die Zustimmung zu dem einen oder anderen Geschäft Stillschweigen darüber zu bewahren.«

»Sie meinen Erpressung.«

»Ja, das meine ich. Und ich meine, dass das ein Motiv ist. Und genau das brauchen wir, wenn wir wissen wollen, was dem Gregor wirklich zugestoßen ist.«

Hugo wusste nicht, wann genau der Wendepunkt gekommen war, an dem sich diese Gedanken nicht mehr verrückt angehört hatten. Mittlerweile war er überzeugt davon, dass Felix Gamslechner tatsächlich in den Tod von Atzwanger involviert war. Zu vieles deutete darauf hin.

»Ich kann Ihnen zwar nicht mit Gewissheit sagen, ob das damals die Philomena war oder nicht. Daran erinnere ich mich einfach nicht. Aber woran ich mich gut erinnere, ist die Eifersuchtsszene, die mir die Martina am Tag danach gemacht hat. Sie muss das an dem Abend mitbekommen haben. Womöglich waren wir nicht sehr diskret. Sie hat mir zwar nie vorgehalten, mit wem genau ich an dem Abend zusammen gewesen sein soll. Sie hat immer nur von ›diesem Weib‹ gesprochen. Aber es klang schon so, als ob sie die Frau gekannt hätte. Also, wenn Sie unbedingt wissen wollen, wer da mit mir am Zimmer im Gamslechner Hof war, dann fragen Sie die Martina.«

Das brauchte Hugo nicht. Für ihn stand fest, dass es sich bei Grassers Schäferstündchen um Philomena gehandelt haben musste. Allein dass es sich im Hotel Gamslechner Hof abgespielt hatte, war ein starkes Indiz dafür. Gregor Atzwanger war ebenfalls davon ausgegangen. Und gerade hatte Grasser den fehlenden Hinweis darauf geliefert, warum Atzwanger das geglaubt hatte: Seine Mutter hatte davon gewusst und Grasser damit konfrontiert. Sie musste es Gregor gegenüber erwähnt haben. Und daher rührte auch der ganze Hass von Martina auf Philomena Gamslechner. Sie war eifersüchtig. Seit fünfunddreißig Jahren. Kein Wunder, dass sie Hugo gegenüber nicht hatte zugeben wollen, dass die beiden Burschen denselben Vater hätten.

Hugo war überzeugt, dass er dem Täter auf der Spur war. Bisher hatte er nur herausfinden wollen, was Atzwanger geschehen war. Jetzt ging es um Beweise.

Welche Verbindungen dieser auch immer hatte: Es durfte nicht sein, dass er mit einem Mord durchkam, nur weil er von seiner Partei in Schutz genommen wurde.

27

Hugo konnte es kaum erwarten, Kerstin von seinen neuesten Erkenntnissen zu berichten. Er warf einen Blick auf die Uhr. Drei viertel fünf. Die Sitzung der Anrainervereinigung von Guido Lamprecht »Scheiteln vereiteln!« würde jeden Moment im Keller des Dorfwirtes beginnen. Hugo hastete aus dem Hotel. Die Straße war glatt. Der Rollsplitt war längst im Schnee versunken und bot keinen Halt mehr. Er musste jeden Schritt mit Bedacht setzen. Mit der Dämmerung begann auch die Weihnachtsbeleuchtung der Häuser ringsum wieder zu funkeln. Große Sterne hingen an den Straßenlaternen und spiegelten ihr Licht in den großen Eiskristallen, die sich auf den unberührten Schneeflächen aufbäumten wie das gesträubte Fell einer Katze.

Als Hugo beim Dorfwirt anlangte, schob er sich mit einem Pulk anderer Veranstaltungsbesucher durch die Tür, zweifellos Einheimische. Sie sprachen unverständlichen Dialekt, aber er bekam mit, dass jeder jeden kannte und mit einer anderen Spitze begrüßte. Am besten gefiel ihm »Wie geht's deiner Frau und meinen Kindern?«.

Es dauerte nicht lange, bis Hugo Kerstin entdeckt hatte. Sie war im Gespräch mit einem Mann im schweren Trachtenjanker. Er hatte sich die Haare zu einem kurzen Schwanz zusammengebunden. Das fettige braune Haar glänzte und erinnerte Hugo an einen Blutegel. Hugo winkte. Kerstin warf ihm ein überraschtes Lächeln zu.

Da die meisten Stühle belegt waren, stellte Hugo sich an die Rückseite des Raumes. Neben ihm türmten sich Bierkisten. Ein Mann holte sich drei Bierflaschen heraus. Hugo nahm sich auch eine Flasche und schlug den Kronkorken an der Kiste auf. Auch wenn das Bier nicht eingekühlt gewesen war, hatte es eine angenehme Temperatur.

Blutegelzopf entließ Kerstin schließlich, und sie bahnte sich den Weg durch den Raum zu Hugo.

»Servus!«, sagte sie. »Mit dir hab ich nicht gerechnet.«

»Ich wollte einfach nicht warten, dir zu erzählen, was ich heute herausgefunden habe.«

»Okay? Das muss ja wirklich etwas Wichtiges sein.«

»Ich hab noch einmal mit Grasser gesprochen, und stell dir vor, er …«

Hugo wurde von Blutegelzopf unterbrochen, der sich der Menge zuwandte und erwartungsvoll räusperte. Auch das übrige Gemurmel des Raumes verebbte, bis nur mehr zwei Männer in den mittleren Reihen miteinander redeten. Ungeduldig angesehen, beendeten sie schließlich ihr Gespräch.

»Das ist der Guido Lamprecht«, flüsterte Kerstin. Hugo hatte schon viel von ihm gehört. Streikanführer. Liftkartenhehler. Kadaverstuckateur. Der Blutegel begann sich in seinem Nacken zu winden.

Lamprecht begrüßte einige Anwesende. Darunter auch Kerstin und eine Vertreterin der Schwesterinitiative gegen Motorradlärm aus dem Lechtal mit dem klingenden Namen »Runter mit der DeziBELASTUNG«.

»Nachdem einige von euch neu dazugekommen sind, erlaube ich mir, etwas ausführlicher zu werden, um alle gleichermaßen abzuholen«, kündigte er an.

Lamprecht war ein Typ jenseits des Idealgewichtes und saugte viel Luft in seinen Körper, um seine Ansprache zu beginnen: »Meine lieben Landsleute, auf uns wird vergessen. Ich sag's, wie es ist. Die Bundes- und Landespolitik verschwendet ihre ganzen Ressourcen darauf, heiße Luft zu erzeugen. Doch wir haben die heiße Luft längst aus den Tausenden von ausländischen Fahrzeugen, die durch unsere wunderbare Heimat fahren, die Luft verpesten, die Straßen verstopfen und die Bevölkerung lähmen. Wien lässt uns im Stich. Innsbruck ist ohnmächtig.«

Applaus. Zwischenrufe aus dem Publikum: »Tausche Wien gegen Südtirol!«, »Flieg mir ab mit Wien!«, »Alm statt Qualm!«.

Noch mehr Applaus.

»Und was will uns die Landesregierung jetzt überstülpen? Einen Mordstunnel. Unsere Naturlandschaft wollen sie aufreißen. Eine Operation am offenen Herzen unseres schönen Ehrwalder Beckens. Und wofür? Damit dann auch noch das 2010 eingeführte Fahrverbot für Lkw über siebeneinhalb Tonnen fällt und noch viel mehr Verkehr anlockt? Ein Millionen-Euro-Projekt. Finanziert durch die Maut, die jetzt jeder Urlauber zahlen soll, der die Fernpassstraße befährt. Ja, glaubt denn wer, dass irgendein Deutscher dann nicht nach Italien fährt, weil er sich die vierzehn Euro über den Fernpass nicht leisten will? So ein Bleeedsinn! Sie werden genauso fahren wie immer. Dann fängt der Stau halt schon bei den Mautstationen und nicht erst bei der Blockabfertigung an. Und die ganz Geizigen? Die fahren dann einfach übers Tannheimer Tal. Dann sehen wir bald gemeinsam mit den Lechtlern in Grän oder Tannheim, wie sich die Gestankkarawane am Haldensee über das Hahntennjoch weiter entlangschlängelt.« Lamprecht machte eine kurze Pause. Er ließ das Murmeln in den Reihen lauter werden, ehe er wieder einstieg: »Niemand hat uns gefragt. Niemand daran gedacht, wie man 95 die Grenzen eingerissen hat, dass wir Tiroler dann überrollt werden wie die Türmatte von Italien. Freier Waren- und Personenverkehr! Aber was haben wir noch von den Leuten und den Waren, die tagtäglich durchfahren bei uns? Ich sage es euch: nichts außer Dreck und Lärm. Dann soll die EU den Tunnel zahlen, sagen manche. Ja, stellts euch vor, die Antidemokraten in Brüssel machen das noch! Damit sie noch mehr über unsere Straßen liefern können. Dann simma bald bei dreißig-, ja, was sag ich, bei vierzigtausend Fahrzeugen am Tag!«

»Die EU geht mir am Orsch vorbei!«, posaunte es eine heraus.

Das Publikum brach wieder in tosenden Applaus aus. Die Leute standen auf und klopften sich gegenseitig auf die Schultern.

»Da gehört eine Lösung gleich an der Wurzel her. Die Blechlawine muss dort verbaut werden, wo sie abgeht. Daher verlangen wir von ›Scheiteln vereiteln‹ ein absolutes Fahrverbot und eine Beschränkung auf den reinen Ziel- und Quellverkehr. Besser, der Patient wird mit dem Hammer betäubt als mit Homöopathie.« Mit einem siegessicheren Grinsen ließ Lamprecht sich von der Menge bejubeln. »Ja, die Politik und ihre Steinböcke! Einen Bock nach dem anderen schießen die. Was da an Lösungsvorschlägen daherkommt – da muss man sich ans Hirn greifen: Die Fremdenzimmervermieter sollen den Urlauberwechsel auf verschiedene Wochentage aufteilen, damit der große Stau von Samstag auf Freitag und Sonntag verteilt werden soll. Dann ist der Fernpass ja an noch mehr Tagen dicht!«

Ein paar Leute rechts von Hugo und Kerstin klatschten auf: »Eine Frechheit ist das! Man kann ja nicht jeden Tag Gästewechsel haben. Die meisten von uns haben einen Nebenerwerb mit den Vermietungen. Dann müssen wir das ganze Wochenende putzen und haben keine freien Sonntage mehr!«

»So ist es!«, bestätigte Lamprecht. »Wien brockt es uns ein, und wir sollen es auslöffeln. Von Wien hört man immer nur Balkanroute, Balkanroute. Es ist die Fernpassroute, die geschlossen gehört!«

»Bravo! Bravo!«, vernahm man von allen Seiten.

Hugo sah, wie Kerstin mitklatschte. Er schenkte ihr einen abschätzigen Blick. Sie verteidigte sich. »Was ist? Ich bin auch gegen die Maut.«

»Aber was können wir tun, liebe Landsleute?«, rief Lamprecht. »Wir beginnen mit einer Unterschriftenaktion! Vor allem dem Steinbockgipfel muss der Kampf angesagt werden, diesen Mafiosi! Die wollen nur kassieren, mit ihren Tunnelbauunternehmen, Tankstellen und Raststationen! Die EU soll ihre Finger von unseren Wiesen lassen und diesen Betonmelanomen, mit denen sie unseren wertvollen Boden versiegeln. Aber sie überlegen schon, wie sie uns noch mehr Zement in die Landschaft gießen können, um Windräder zu errichten, die uns unsere herrschaftlichen Adler vom Himmel fotzen. Mehr Ladestationen für ihre Elektrokarossen. Und für die sollen wir auch noch unsere

Wälder schlägern, damit sie auch ja genug billigen Strom zum Aufladen bei uns bekommen. Unsere Wälder, den Lebensraum unserer Hirsche und Gämse, wollen sie planieren! Ich sage: Schluss damit! Auch wenn gewisse Personen jetzt keine Rolle mehr spielen. Es werden andere nachkommen.« Ein Raunen ging durch die Reihen der Versammelten. Lamprecht sprach von Atzwanger. Ohne jede Rührung in seiner Stimme. »Deswegen ist es so wichtig, dass wir mit unserem Anliegen in die Verfassung kommen! Das muss unser Ziel sein!«

Jetzt musste Hugo lachen. Zu laut. Einige drehten sich um und warfen ihm böse Blicke zu.

»Lasst uns hören, wie euer Leben beeinträchtigt wird!«, schloss Lamprecht ab und übergab das Wort an die Anwesenden.

Eine Frau stand eifrig auf. »Meine Tochter geht in Reutte ins Gym. Sie hätte ein Buch für den Deutschunterricht lesen sollen. Das hatte sie natürlich in der Schule vergessen. Das heißt, wir haben am Samstag nach Reutte reinfahren müssen. Am Rückweg haben wir über eine Stunde allein über den Katzenberg gebraucht. Dann hat s' mir reclamgelb die Pommes, die wir vorher noch beim McDonald's in Reutte holen haben müssen, auf die Rückbank gespien.«

Der Nächste sprang auf. »Meine Mutter ist dreiundachtzig. Sie hat ihre Gichtmedikamente unseren Hendln gefüttert. Das kommt schon mal vor in ihrem Alter. Wenn dir das an einem Samstag passiert, dann verbringst den halben Samstag im Auto nach Reutte. Von Innsbruck rede ich gar nicht erst.«

Gleich darauf wusste eine weitere Frau etwas zu sagen. »Uns gehören ein paar Felder neben der Straße, die heuen wir auch. Und wir überlegen schon länger, damit aufzuhören, weil von der Straße nur Müll reingeworfen wird. Von vollgepieselten Motorenölflaschen bis Sexpuppen. Es reicht einfach.«

Ein Gewirr aus Lauten der Empörung und Kampfansagen entflocht sich im Raum. Hugo nutzte die Gelegenheit. »Der Gamslechner dürft der Sohn vom Grasser sein«, murmelte er Kerstin ins Ohr.

»Das ist deine ach so tolle Neuigkeit? Ich hab dir schon gesagt, das mit den Haaren geht nicht. Die einfachste Erklärung ist die richtigste«, flüsterte Kerstin zurück.

»Was, wenn das nur Zufall ist?«, deutete Hugo an. »Lass uns das zu Ende denken: Der Grasser liefert sich mit der Gamslechnerin in den Neunzigern eine b'soffene Gschicht, und er erkennt sie nicht, weil sie damals keine große Rolle in der Familie gespielt hat. Daraus ist der Felix Gamslechner hervorgegangen.«

»Und weiter? Dann hat die Philomena dem Meinhard ein Kind untergeschoben?«

»Wär ja nicht das erste.«

»Der Meinhard hat sich Anfang der Neunziger das Leben genommen. Wenn das stimmt, hing das vielleicht zusammen. Ich mein, das macht ja was mit dir, wenn du herausfindest, dass das Kind nicht von dir ist.«

»Weißt du, dass die Martina Atzwanger behauptet, die Philomena hätte ihn umgebracht?«, erzählte Hugo.

Kerstin schnaubte. »Die mögen sich nicht und haben wohl noch nie ein gutes Haar aneinander gelassen. Die Martina Atzwanger wurde immer ein bisschen wie die Kronprinzessin des Ortes gehandelt. Und in den Augen von der Atzwangerin ist die Philomena eine ›Dahergelaufene‹. Der Vater von der Martina Atzwanger, der das Unternehmen Atzbau gegründet hat, war anscheinend das ledige Kind irgend so eines Bauernbarons. Lindner oder so. Und wie der Baron gestorben ist, hat alles der alte Gamslechner geerbt, weil der mit dessen Tochter verheiratet war.«

»Na, da schau her«, staunte Hugo. »Unser Seilbahnkaiser war tatsächlich blauen Blutes. Das war aber wohl nicht der einzige Grund für eine Fehde zwischen der Atzwangerin und der Gamslechnerin.« Er erzählte ihr von Grassers Einschätzung, dass Martina Atzwanger über ihn und die andere Frau Bescheid gewusst haben müsse, bei der es sich nach seinem Dafürhalten nur um Philomena Gamslechner hätte handeln können.

»Wenn das wirklich die Philomena war. Dann ist der Gregor

also wegen seiner Mutter drauf gekommen, dass der Felix sein Bruder sein könnte«, erkannte auch Kerstin. »Aber dass die Philomena was mit dem Tod vom Meinhard zu tun gehabt hätte, kann die Atzwangerin nur so dahergesagt haben. Der Meinhard hat sich am höchsten Balken im damaligen Wirtschaftsgebäude aufgehängt, nachdem alle über Jahrzehnte gewusst haben, wie labil er ist. Man erzählt sich, dass …«

»Bitte komm mir jetzt nicht mit irgendeinem Zugspitzgeist-Fluch«, wehrte Hugo ab.

Kerstin zuckte mit den Schultern. »Muss ja kein Fluch sein, vielleicht einfach eine erbliche Veranlagung zu einer Psychose oder so was. Wenn die Philomena davon gewusst hat, dann hätte ich an ihrer Stelle auch anderes Erbmaterial für meine Nachkommen gewählt.«

»Jetzt red nicht so schiach.«

»Stimmt doch.«

Hugo bemerkte, dass Kerstin fror. Sie musste ihre Jacke irgendwo abgelegt haben. Er zog seine Arme durch die warmen Anorakärmel und reichte ihn ihr. Er trug nach wie vor den zum Skifahren ausgeliehenen Anorak aus dem Hotel. Der war praktisch, und er würde ihn wohl erst zum Ende seines Aufenthaltes zurückgeben, solange niemand danach fragte.

»Oldschool«, sagte sie, »aber danke. Meine hängt oben an der Garderobe.«

»Die Frage ist jetzt aber, was der Atzwanger mit der Information, dass der Felix auch ein Sohn vom Grasser ist, angestellt haben könnte. Jetzt überleg mal, Kerstin, wenn er den Gamslechner damit erpresst hatte, dass er kein ›echter‹ Gamslechner ist, damit er ihm den Weg für den Tunnel frei macht?«

»Das klingt schon sehr nach Atzwanger«, räumte Kerstin ein. »Aber ich glaub, dass es für einen Gamslechner schon mehr braucht als eine zweifelhafte Herkunft, damit er einen umbringt. Wer hätte ihm denn was anhaben können? Der alte Albert? Glaubst, der Felix wäre deswegen enterbt worden? Quatsch.« Kerstins Logik war bestechend.

»Und wenn's nur um den Ruf der Familie gegangen wäre?«

»Geh, bitte, wen kümmert denn heute noch ein uneheliches Kind? Da muss was anderes gewesen sein. Wenn's der Gamslechner überhaupt war.«

Kerstin nickte in Richtung Lamprecht, der inzwischen ein Bad in der Menge nahm und Schulterklopfer und Loblieder einheimste.

»Super, Guido! Jetzt, wo wir den Atzwanger los sind!«, hörte man.

»Sic semper tyrannis!«

»Dem Atzwanger hamma's gezeigt«, stieß Lamprecht hervor. »Und das kann sich jeder anschauen, der sich an unserem Tiroler Land und unserem heiligen Seelenfrieden vergreifen will!«

28

Auf dem Weg zum Hotel trug Kerstin noch immer Hugos Jacke. Ihre eigene hatte sie mittlerweile darunter angezogen. Die Zeit, die sie in diesem Keller verbracht hatten, hatte sie zu sehr auskühlen lassen. Oder hatte es an der frostigen Atmosphäre gelegen? Guido Lamprecht und einige seiner Anhänger waren in keiner Weise um den Grundsatz »De mortuis nihil nisi bene«, also nichts Schlechtes über die Toten, bemüht gewesen.

Es hatte einige Zeit gedauert, bis Hugo und Kerstin die Eindrücke aus dem Keller des Dorfwirtes verarbeitet hatten.

»Sie lassen es über Freikarten laufen«, fing Kerstin dann überraschend an. »Das habe ich heute erfahren. Der Lamprecht redet viel zu gern, als dass es ihm guttäte. Er hält sich offenbar für einen Skikarten-Robin-Hood.«

»Asso?«, fragte Hugo und unterdrückte sein Bibbern. Der Wind fuhr um die Häuser und Straßenlaternen und blies Schneeflocken in alle Öffnungen seines Pullovers. Er hatte sich mit eigenen Augen davon überzeugen können, dass Guido Lamprecht sich für weiß Gott was hielt.

»Ist dir eh nicht zu kalt?«, vergewisserte sich Kerstin.

»I wo«, sagte er und sprengte das Eis einer Pfütze mit seinem rechten Schuh. Die Bruchlinien bildeten ein geometrisch wertvolles Rautenmuster. Sein Blick blieb einen Moment daran hängen.

»Also viele regionale Organisationen oder Vereine erhalten jährlich ein gewisses Kontingent an Freikarten. Man denke da vor allem an Freiwilligenvereine wie die Bergrettung. Wie viele, das wird jeweils im Vorhinein festgelegt. Gibt man diese Karten jetzt aber nicht an die gemeinnützigen Vereine ab, sondern verkauft sie unter der Hand weiter, scheint das nirgends auf. So kommt der Lamprecht an Hunderte Karten, die er weiterverkaufen kann.«

»Aber was ist mit den Vereinen? Fällt denen dann gar nicht auf, dass sie nichts bekommen haben?«, fragte Hugo.

»Die kriegen in der Tat nur so Papierschnipsel ausgehändigt, wo ›Freifahrt‹ draufsteht. Hast du schon mal gesehen, dass die mit ihren roten Jacken eine Karte stecken müssen? Die werden einfach durchgelassen mit diesem Liftler-Slow-Motion-Nicken. Da fragt keiner nach.«

»Das ist doch ein Witz. Das muss doch nur *einem* Mitarbeiter komisch vorkommen, und die Sache fliegt auf«, konnte Hugo es kaum fassen.

»Tut es aber nicht. Weil niemand wunderlich findet, wovon er weiß.«

»Soll heißen?«

»Die machen alle da mit. Alle Bediensteten, von der Betriebsleiterin bis zu den Kassahäuschenbediensteten.«

»Dass ich nicht lache.«

»Ja, der Atzwanger hat's echt geschafft, von der gesamten Belegschaft dermaßen gehasst zu werden, dass sie ihn im Kollektiv hintergehen«, stellte Kerstin fest. »Und der Guido Lamprecht, der hat das alles auf sich genommen, als das aufgekommen ist, darum hat der Atzwanger nur ihn entlassen. Der hat's vielleicht auch ein bisserl übertrieben, als er angefangen hat, auch die Zugspitzbahnkarten zu verticken.«

»Da frag ich mich aber auch, warum der noch auf freiem Fuß ist«, wunderte sich Hugo.

»Der Atzwanger ist wohl nicht mehr dazu gekommen, den Lamprecht anzuzeigen. Oder er hat es auf sich beruhen lassen, weil sich die gesamte Belegschaft an der Sache beteiligt hat. Dann hätte er auch alle entlassen müssen. Und das hätte zum einen nicht gut ausgesehen, und zum anderen wäre das schwer unwirtschaftlich für die Atzwanger-Lifte gewesen. Der hätte womöglich in der Hauptsaison nicht mal aufsperren können.«

»Was, wenn's der Lamprecht war? Der kennt sich doch mit Schneekanonen sicherlich aus.« Hugo schlug mit der Faust in die offene Hand.

»So einfach ist es doch wieder nicht«, entgegnete sie. »Dem Lamprecht ist bei der Schirmbar in der Silvesternacht von einer Rakete in den Fuß geschossen worden, und er hat die restliche Nacht dort im Büro mit einem Eisbeutel über dem Knöchel mit den Securitys gesoffen. Um fünf Uhr morgens haben sie ihn dann nach Hause gebracht.«

»Und das stimmt?«

»Ja, leider. Die Geschichte, wie die Rakete am Fuß vom Lamprecht hochgegangen ist, hat heute mehrfach die Runde gemacht. Das dürfte eine üble Brandverletzung gewesen sein. Zur Zugspitzbahn ist der mit Gewissheit nicht mehr hinüber.«

»Da geh ich doch zum Arzt mit so was. Besser noch ins Krankenhaus.«

»Der geht fix nicht ins Krankenhaus«, zwinkerte Kerstin ihm zu.

»Du kennst ihn aber gut.«

»Der Lamprecht hat noch eine weitere Anrainerinitiative laufen, wo es darum geht, dass der Rettungshubschrauber weniger oft fliegen soll, weil die Anwohner der Rotorenlärm so sehr belästigt.«

»Dass der überhaupt Zeit hatte, Liftkarten am Schwarzmarkt zu verkaufen.«

»Mei.« Kerstin grinste.

Sie waren fast beim Hoteleingang angekommen, als Hugo einen Mann vor dem Eingang aussah. Er schien auf jemanden zu warten. Der Mann trug eine Polizeiuniform. Hugo spürte Unbehagen in sich aufsteigen. Es war der Ältere des Ehrwalder Polizistenduos. Linsinger. Was konnte der jetzt noch von ihm wollen?

»Können wir ungestört miteinander sprechen?«, erkundigte sich der Uniformierte direkt bei Hugo. Er sah Kerstin nur zum Gruß an.

Hugo fiel nichts Besseres ein, als sein Hotelzimmer vorzuschlagen. Der Beamte hatte nichts dagegen einzuwenden und folgte ihm, während Kerstin verblüfft in der Lobby zurückblieb. Er sah noch einmal zu ihr, wie sie in der viel zu großen Jacke dastand. Verloren in Zeit und Daunen, dachte er.

Beim Betreten des Hotelzimmers wirkte der Beamte surreal. Keiner der beiden setzte sich. Hugo lehnte sich ans Fenster und ließ den Polizisten nicht aus den Augen.

»Herr Bezirksanwalt«, sprach der Polizist ihn an. »Herr Bezirksanwalt« hieß es jetzt also. Bei ihren vorangegangenen Begegnungen hatte die Anrede eher nach »Idiot« oder »Verbrecher« geklungen. »Ich bin persönlich hergekommen, um mit Ihnen noch einmal über die Morgenstunden des 28. Dezember zu sprechen.«

»Sie meinen, als Sie mir den Führerschein abgenommen haben«, bekräftigte Hugo. Er war verwirrt. Für ihn wäre es naheliegender gewesen, über Gregor Atzwanger zu sprechen.

Der Beamte räusperte sich verlegen. »Im Zuge einer Supervision mit meinem noch unerfahrenen Kollegen sind wir zu dem Schluss gelangt, dass das damalige Vorgehen unter den gegebenen Umständen vermutlich etwas überschießend war.«

Hugo glaubte, nicht richtig zu hören. »Überschießend?«, erkundigte er sich ungläubig. Was geschah hier? Hatte Kerstin ihre Finger da im Spiel? Oder war es Moursavi-Sprenger gewesen?

»Womöglich war das Radargerät von meinem jungen Kollegen nicht richtig angewendet worden, was eine viel höhere Geschwindigkeit ergeben hat als die von Ihnen tatsächlich gefahrene.«

Aber Hugo war tatsächlich mit mindestens hundertzwanzig Kilometern pro Stunde an der McDonald's-Werbung vorbeigekratzt.

»Aus diesem Grund möchte ich mich persönlich für Ihre Unannehmlichkeiten entschuldigen. Selbstverständlich werden Sie umgehend Ihre Lenkerberechtigung zurückerhalten.«

Hugo staunte nicht schlecht. »Das heißt, ich gehe morgen zum Posten und bekomme meinen Deckel wieder?«

»Ehrlich gesagt habe ich ihn bereits dabei. Wenn Sie mir nur ein Formular unterschreiben, kann ich Ihnen diesen sofort aushändigen.« Der Polizist griff in seine Jacke und zauberte ein

Kuvert und ein gefaltetes A4-Blatt auseinander. »Was die übrigen Vorwürfe anbelangt«, begann er unterwürfig, »die damalige Tonalität wurde Ihnen gänzlich falsch ausgelegt, und alle daraus resultierenden Unterstellungen entbehren jedweder Grundlage. Dafür entschuldige ich mich im Namen der Polizei. Ich hätte eher eingreifen sollen, doch der junge Kollege hat die Eskalation der Situation bewirkt, und ehe ich reagieren konnte, war das eine schon zum anderen gekommen. Es wird Sie hoffentlich freuen, dass wir das so weit klären konnten, dass alle Verdachtsmomente gegen Sie fallen gelassen wurden. Wir bedauern zutiefst diese Situation. Es steht Ihnen natürlich frei, den weiteren Rechtsweg zu beschreiten, auch wenn ich Sie im Hinblick auf die weitere Karriere des betroffenen jungen Kollegen bitten würde, Ihre Gründe dafür sorgfältig abzuwägen. Derzeit halten wir eine Suspendierung bis zur disziplinären Klärung der Angelegenheit für das Beste.« Er hielt Hugo das Formular und einen Kugelschreiber hin. Als Hugo es entgegennahm – stumm vor Überforderung –, nahm der Polizist die rosa Karte aus dem Kuvert und legte sie auf das Nachtkästchen neben sich.

Der Polizist klopfte sich die Brusttaschen ab, als wäre er staubig geworden, nahm Hugo das unterschriebene Formular ab, steckte es in die Tasche und reichte Hugo die Hand.

»Und da bestellen Sie mich gar nicht auf den Posten, sondern erscheinen persönlich bei mir?«, zweifelte Hugo.

»Sehen Sie es als ein Zeichen des guten Willens und der Wiedergutmachung. Ich hoffe, dass Sie jetzt erleichtert abreisen können.«

Der Polizist kontrollierte die Knöpfe seiner Jacke, die er nicht abgelegt hatte, weswegen sein Gesicht vor Wärme rot angelaufen war. Hugo konnte nicht sagen, ob seine Haare immer strähnig waren oder verschwitzt.

»Bitte entschuldigen Sie dieses Missverständnis. Ich wünsche Ihnen einen angenehmen Abend und eine gute Fahrt.«

»Danke. Ebenfalls«, stotterte Hugo. Was natürlich Blödsinn war, denn wohin sollte der Polizist denn reisen?

Kaum hatte der Beamte das Zimmer verlassen, wählte Hugo Moursavi-Sprengers Nummer. Beim zweiten Läuten hob sie ab.

»Ich hatte gehofft, dass du dich meldest.«

»Es stimmt also?«

»Alle Vorwürfe gegen dich werden eingestellt. Ausbildungsfehler, mangelnde Dienstaufsicht ... Wie hast du das hinbekommen? Deine Freunde möchte ich haben«, meinte Moursavi-Sprenger. »Dir ist schon klar, dass die Karriere von diesem jungen Polizisten jetzt gelaufen ist?«

Hugo räusperte sich. Die Situation war ihm unangenehm. Sie warf ein mieses Licht auf ihn. »Ich habe nichts damit zu tun«, sagte er. Seine Kehle wurde trocken. Er wusste aber, dass Moursavi-Sprenger ihm glaubte. »Für mich kommt das genauso unerwartet. Ein Polizist war gerade bei mir im Hotel und hat mich informiert, dass das ein Versehen gewesen sein soll.«

»Dann sei doch zufrieden«, riet ihm Moursavi-Sprenger. Pragmatisch wie eh und je.

»Jetzt komm ich mir tatsächlich korrupt vor«, gab Hugo zu.

»Das war vielleicht der Zurisser, vielleicht konnte er das am kurzen Weg regeln?«, dachte sie laut.

»Den hab ich noch nicht einmal angerufen«, erwiderte Hugo.

»Du nimmst auch gar keinen Ratschlag an, oder?«, schalt ihn Moursavi-Sprenger. »Dann hast du auch nicht die Finger von der Atzwanger-Sache gelassen, oder?«

»Bita, wenn ich es dir sage, da stimmt etwas nicht. Und genau aus dem Grund wollen die mich hier loswerden. Das ist für mich die einzige Erklärung, warum die Polizei plötzlich Abstand von allen Vorwürfen gegen mich nimmt.«

»Du meinst, die stellen jetzt alles gegen dich ein, nur damit du aufhörst, dich einzumischen?«, wiederholte sie, und langsam klang es ein bisschen so, als würde sie anfangen, das Körnchen Wahrheit in der Angelegenheit zu erkennen. Sie seufzte in den Hörer. »Wenn ich ganz ehrlich sein soll – dabei verweigere ich mich irgendeiner Art von Verschwörungstheorien –, aber ich habe in meiner gesamten Laufbahn noch nie erlebt, dass ein

Polizist seine Wahrnehmung zugunsten eines Beschuldigten korrigiert.«

»Was soll ich jetzt nur tun?«

»Abhauen, Clemens«, riet sie ihm. »Ich würde mein Glück nicht weiter herausfordern. Nimm die Beine in die Hand.«

»Und so tun, als wäre nichts? Hier wurde womöglich einer umgebracht«, entgegnete Hugo.

»Du bist doch Bürokrat wie ich. Denk dir, dass du nicht zuständig bist, und halt dich raus. Was immer da gelaufen ist, es hat dir vermutlich deine Pensionsansprüche gerettet. Mit einer entsprechenden Verurteilung wärst du unter Umständen ohne dagestanden.«

Seine Pension war das Letzte, woran Hugo aktuell denken konnte, aber Moursavi-Sprenger hatte recht. Es stand viel für ihn auf dem Spiel.

Sie bemerkte, dass Hugo nicht klein beigeben wollte, und versuchte es erneut: »Clemens, in dem Akt rufen Mitarbeiter der Landesregierung an und verbürgen sich für den Gamslechner. Und auf einmal verbürgt sich auch jemand für dich. Sieh es als Geschenk des Himmels und lass andere ihre Arbeit machen.«

»Den Anruf gab es also wirklich«, stellte er fest.

»Lass mich nicht bereuen, dir helfen zu wollen«, bat sie ihn. »Aber ja, den gab es.«

»Bita, bitte! Was war der Inhalt dieses Telefonats?«, bat Hugo. Offenbar wusste sie Näheres.

»Wenn du dann Ruhe gibst.« Nach einer Pause, in der sie wohl überlegte, ob sie für Hugo ihre Karriere aufs Spiel setzen wollte, antwortete sie ihm: »Der Anruf kam aus dem Büro der Landesrätin Obergantschler. Gamslechner war zum Vorfallszeitpunkt mit ihr zusammen.«

Hugo hätte sich mehr erwartet: »Warum sagte man das dann nicht einfach?«

»Weil unsere beiden Vorzeigeschwoazen *zusammen* waren. Auf die nicht vorzeigbare Art und Weise«, ätzte Moursavi-Sprenger. »Dein Gamslechner war es nicht. Die Obergantschler und er haben den Atzwanger pumpfidel dort am Parkplatz verlassen. Und sonst war keine Menschenseele herum. Niemandem nützt es, wenn du unbedingt einen Mord draus machen willst. Morde sind kein Spaß. Ich habe hier eine tote Frau am Schreibtisch. Einen echten Mord. Mit zwei TV-geilen Anwälten und den Medien im Nacken, weil die jedes Detail ausschlachten wollen. Inklusive meiner eigenen Herkunft«, beklagte Moursavi-Sprenger.

»Sorry«, sagte Hugo.

Er wusste gut genug, dass sie an dem Fall mit der erstochenen Ehefrau arbeitete. Die Ermordete und ihr Mann stammten wie Moursavi-Sprengers Eltern aus dem Iran. Dem Mann wurde vorgeworfen, die Frau im Zuge eines Beziehungsstreits mit vierzehn Messerstichen getötet zu haben. Die Verteidiger hatten bei Prozessauftakt bei den Geschworenen um Verständnis für die Tat des Mannes geworben, indem sie plädiert hatten, dass die Anklage zu hart vorgehe, weil Moursavi-Sprenger sich so sehr von ihrer eigenen Herkunft distanzieren wolle. Jetzt stand sie kurz davor, als befangen zu gelten und den Fall entzogen zu bekommen.

»Ich muss auflegen«, sagte Hugo. Er hatte bemerkt, dass jemand vor seiner Zimmertür herumschlich. Er konnte sich gut denken, um wen es sich dabei handelte. »Danke. Halt die Ohren steif.«

»Pass auf dich auf. Sei vernünftig.«

Hugo konnte es nicht fassen. Gamslechner war es nicht gewesen. Aber welchen Grund gab es dann noch, ihn so dringend loswerden zu wollen? Wer zog hier die Strippen, damit er verschwand? Denn was alle wussten, war, dass er an diesem 28. Dezember Rainer tatsächlich im Auftrag der Staatsanwaltschaft Innsbruck angewiesen hatte, ihn weiterfahren zu lassen, und ihm sonstige Konsequenzen angedroht hatte. Aber was war in der Zwischenzeit geschehen, dass es so aussah, als wäre er unschuldig und der junge Beamte eine Schande für den Berufsstand? Wenn Gamslechners Alibi wirklich so bombensicher war, warum versuchte man ihn dennoch loszuwerden?

29

15. Mai 1965, am Gipfel der Zugspitze

Albert Gamslechner schwitzte. Er saß im hinteren Teil des Betriebsgebäudes und ließ das vergangene Jahr vor seinem inneren Auge Revue passieren. Damals hatten sie die Zugspitz-Gipfelbahn eröffnen können. Seit dreihundertfünfundsechzig Tagen konnten alle, die es wünschten, den Gipfel der Zugspitze erreichen, ob groß oder klein, gesund oder gebrechlich. Die neuen Kabinen glänzten und schimmerten bei jedem Sonnenauf- und -untergang. Als hätte Albert Gamslechner der Zugspitze Diamanten angesteckt.

Er schälte sich aus seinem Jackett und blickte in die diesige Luft jenes eigenartig schwülen Frühlingstages. Die Hänge wirkten glasig und dampften. Noch immer lag eine dicke Schneedecke über dem Wetterstein. Der Winter hatte ungewöhnlich große Schneemengen gebracht. Das meiste davon lag noch am Zugspitzplatt.

Der Herr Direkter inspizierte wie üblich den Baufortschritt am geplanten Gipfelhotel. Es war ihm nach Feiern zumute. Er hatte Kreszenz zum Schneefernerhaus geschickt, die nach wie vor für das leibliche Wohl der Arbeiter verantwortlich war, um Champagner zu besorgen. Bei der Auffahrt auf die Gipfelstation am Morgen hatte er keinen Gedanken daran verschwendet, dass es ja ein Jubiläum zu begehen galt.

Das neue Hotel sollte das auf die Grundmauern niedergebrannte Kammhotel bei Weitem übertreffen. Nur durch die Tatkraft und die guten Ideen seiner Männer hatte Gamslechner seine Seilbahn vor der Feuersbrunst retten können. Es gab nichts, dem Gamslechner nachtrauerte. Bald nachdem die letzten glühenden Trümmer des Kammhotels in die Tiefe abgebrochen waren, hatte er sich daran gemacht, Planungen für ein neues, noch weit vortrefflicheres Hotel auf dem Gipfel der Zugspitze in Angriff zu nehmen.

Gamslechner sah auf die Uhr. Es war kurz nach eins. Er ärgerte sich. Er hätte Kreszenz zusätzlich bitten sollen, etwas von der formidablen Rindssuppe des Schneefernerhauses mitzubringen. So musste er mit dem schalen Gebräu vorliebnehmen, das man auf dieser Seite des Berges darunter verstand.

Gamslechner vermisste Ferdl. Seit dem Feuer hatte dieser dem Berg den Rücken gekehrt. Er hatte für sich beschlossen, dass das Einzige, das ihm noch auf den Kopf fallen solle, keine Felsen, sondern allenfalls der Himmel sein sollte. Seither saß er im Winter auf der Ofenbank in der Gamslechner-Stube und im Sommer zwischen den Kühen auf der Weide. Er tat nichts anderes, als sich warm zu halten, und war nach Gamslechners Ansicht zufrieden damit.

Ein merkwürdiges Tosen, gefolgt von einer Erschütterung, ließ Gamslechner abrupt von seinen Unterlagen und Kalkulationen aufschauen. Es hielt mehrere Sekunden an. Dem folgte die lähmende Stille der Verwunderung. Er ging ein paar mögliche Ursachen durch, aber ein derartiges Geräusch hatte er noch niemals vernommen.

Einen Augenblick später stürzte der Stationsleiter in sein Zimmer: »Herr Direkter, Herr Direkter! Eine Katastrophe!«

Im Laufschritt folgte Gamslechner dem Stationsleiter. Er wies in Richtung Schneefernerhaus. Das Schneefernerhaus, das seit 1931 als Berghotel mit eigenem Fotografen und eigener Poststation geführt wurde, lag nur wenige hundert Meter unterhalb der Gipfelstation der Tiroler Zugspitzbahn. Das Gebäude schmiegte sich mit seinen verschiedenen Trakten in den Hang. Obwohl der Tag bisher sonnenhell gewesen war, verpuffte eine dicke weiße Wolke über dem Kessel um das Hotel. Gamslechner sah eine Kabine der Hangbahn halb vergraben im Schnee. Was er gehört hatte, ergab plötzlich Sinn. Überdimensionale Peitschenhiebe. Die Seile der Hangbahn, die zum Schneefernerhaus führte, waren gerissen. Stumm blickte er den Stationsleiter an.

Dann hörte er sie. Die Schreie. Verzweifelte Rufe nach Namen, Hilfe oder Gott.

»Die ist mindestens fünfhundert Meter breit!«, stieß der Stationsleiter hervor.

Die Lawine. Eine solche Katastrophe hatte freilich einen Namen. Sie blickten über den Kessel hinweg zu dem in weißen Staub gehüllten Schneefernerhaus. Kurz zuvor hatte dies noch inmitten glatter Schneehänge gelegen. Nunmehr sah es so aus, als hätte man einen Topf Griesbrei ausgekratzt. Körnige Schlieren ausgehärteter Fließbewegungen waren um das Hotel zum Liegen gekommen. Schwarze, halb vergrabene Schatten befanden sich verstreut in dem mittlerweile erstarrten Strom und aufgeworfenen Boden. Die Lawine hatte alles gefressen, was sich ihr in den Weg gestellt hatte, und zerkaut wieder an die Oberfläche gewürgt. Sie hatte das Dach und die Terrasse des Schneefernerhauses mit sich gerissen. Die Überreste davon lagen verteilt in ihren Ausläufern. Es war ein sonniger Frühlingstag gewesen. Gamslechner kannte die Außenterrasse des Hotels. Gerade an warmen Tagen war sie bei den Gästen über die Maßen beliebt. Jetzt gab es keine Terrasse mehr.

Gamslechner machte am Absatz kehrt. Er lief zur Gipfelbahn. Dem Stationsleiter schwante, was er vorhatte.

»Herr Direkter! Der Stollen ist nicht sicher! Herr Direkter, warten Sie!«

Das kümmerte Gamslechner nicht. Kreszenz war dort. Er hatte sie ins Schneefernerhaus geschickt. Seinetwegen war sie mitten ins Verderben gelaufen. Überhastet stürzte er am Personal und ihrem unbeholfenen »Herr Direkter, Herr Direkter« vorbei und sprang in eine Gondel, sodass sie in Schwingung geriet. An der Zwischenstation angelangt, zwängte er die Tür auf, weil er nicht warten wollte. Die Umstehenden starrten ihn an. Noch wussten die meisten nicht, was sich am Zugspitzplatt zugetragen hatte. Niemand hielt den Direkter auf, obwohl Stationspersonal damit beschäftigt war, den Stollen für Fahrgäste zu sperren. Gamslechner ließ sie unbeachtet stehen und rannte schnurstracks hinein. Die Luft schmeckte nach gesprengtem Gestein und abgestandenem Wasser. Er erinnerte sich, wie er als Kind dem Jagdbomber entgegengelaufen war. Wie er den Zugspitzgeist herausgefordert hatte. Und dass er es dieses Mal wieder tat. Im Herzen des Berges beschwor er alle Mächte, von denen er sich umgeben fühlte, damit Kreszenz verschont geblieben war.

Seit ihrem ersten Aufeinandertreffen im Kammhotel war kein Tag vergangen, an dem sie nicht sein erster und sein letzter Gedanke gewesen war. Ihr freundliches rundes Gesicht, die weiche Haut und diese liebreizenden Zöpfe begleiteten ihn seither in seine Träume. Bei Tag und bei Nacht. Sie hatten einander gefunden, obwohl sie anderes gesucht hatten. Ihrer beider Ehen war aus reinem Kalkül eingegangen worden und sollten aus reinem Kalkül weiter bestehen bleiben. Aber für die Tage zwischen Kosten und Nutzen teilten sie ihre Einsamkeit.

Albert dachte an seinen Vater und an seinen Sohn. Er konnte sehen, dass sie über die Grenzen des Diesseitigen etwas verband. Etwas, von dem er nicht wusste, wie er es benennen sollte. Viele Male hatte er den schweigsamen Jungen beobachtet und immer darauf gewartet, dass er die Vorhänge zuzöge. Doch Meinhard haftete die Unwirksamkeit an wie ein Geburtsmal. Dabei war er nicht faul. Er bewirkte einfach nichts. Räumte er einen Teller weg, dann war es, als hätte der Teller immer schon dort gestanden. Warf er mit den Nachbarsjungen die Fensterscheiben von Augusts altem Hof ein, dann wäre niemand auf die Idee gekommen zu glauben, die Scheiben wären nicht schon immer zerschossen gewesen. Durch Meinhard erfuhr die Welt keine Veränderung. Die Welt gestaltete sich einfach um ihn herum.

Dies stand im ständigen Kontrast zu Leonore, die sich die ganze Welt untertan machen wollte. Trat Leonore Lindner vor die Tür, dann hatte sich sogar das Wetter zu verändern. Und Albert Gamslechner hätte schwören können, dass es das auch tat. Und Kreszenz? Kreszenz war die Veränderung. Sie war wie der Fluss der Jahreszeiten. Schneefall und Schneeschmelze.

Niemals lächelte sie auf dieselbe Art und Weise. Immer war es neu. Ihr Haar wehte keine zweimal gleich im Wind, und jeden Tag saßen ihre Fältchen an anderen Stellen in ihrem Gesicht.

Im Stollen liefen Gamslechner Hotelgäste des Schneefernerhauses entgegen. Ihre Gesichter waren gezeichnet von Todesangst. Sie schrien nach Hilfe. Ihr Wehklagen drang stumpf durch den Tunnel. Ein Angestellter des Hotels, keine zwanzig Jahre alt, flehte ihn um eine Schaufel an. »Eine Schaufel, geben Sie mir eine Schaufel! Wer hat eine Schaufel?«

Er war im Angstdelirium. Er kam keinen Meter voran. Jeden fragte er nach einer Schaufel. Die, die bei Verstand waren, folgten Gamslechners Aufforderung, den Stollen zu verlassen. Wer konnte schon wissen, wie stabil er nach dieser Erschütterung noch war?

Im Schneefernerhaus erkannte Gamslechner, der oft Gast im Bierstüberl gewesen war, nichts wieder. Die Scheiben aller Fenster waren geborsten. Gesplitterte Balken hingen in die Räume. Er kämpfte sich an meterhohem Schnee vorbei, der wie die fetten Pratzen eines Bären in einen Bienenstock eingedrungen war. Im Hotel selbst traf Gamslechner auf keine Menschen mehr. Sie alle waren draußen im Lawinenkegel. Manche von ihnen stützten Verletzte, verbanden in den unzerstörten Teilen des Gebäudes ihre Wunden oder stolperten orientierungslos über die aufgeschütteten Gräben, unschlüssig, wo sie anfangen sollten zu graben.

Da sah er Kreszenz. Ihr dunkles Kleid mit der weißen Schürze. Sie kniete mitten im Steilhang, einen Sektkübel in der Hand. Neben ihr im Schnee eine unversehrte Flasche Champagner. Mit dem Kübel schlug sie auf den betonharten Schnee ein. Gamslechner eilte zu ihr hinunter. Mehrmals stürzte er und musste seine versunkenen Beine erst aus dem klammen Griff des Schnees befreien. Es herrschte Chaos. Überall lagen Mützen, Skier oder Handschuhe.

Als Albert bei Kreszenz ankam, schien sie ihn nicht zu erkennen. Er sah den blutigen Schnee auf dem Boden. Sie hatte mit bloßen Händen versucht, durch Eisbrocken und Schutt hindurchzugraben.

»Hier ist er untergegangen. Genau hier. Wir müssen ihn befreien. Dadrunter«, schluchzte sie.

Als Gamslechner die Stelle näher betrachtete, hielt er es nicht für möglich, dass hier noch jemand am Leben sein konnte. Dennoch begann er zu graben. Ein Silbertablett war neben ihm heruntergeschlittert. Er fing es auf und begann, den Rand des Tabletts in den Boden zu rammen.

Ein paar Meter weiter unten war es einigen anderen gelungen, einen Mann zu befreien. Er war blutverschmiert, seine Kleidung hatte die Lawine weggerissen. Halb nackt stand er mit blutigen Händen da, als hätte man ihn gerade von einem Kreuz abgenommen. Gamslechner hatte keine Hoffnung, dass sie an dieser Stelle noch jemanden finden würden, doch Kreszenz war fest entschlossen. Sie war überzeugt davon, dass sie nur kurz davor waren, eine Person lebendig zu finden.

Gamslechner hatte nicht sagen können, wie lange sie an jener Stelle gegraben hatten. Die vor Kälte tauben Finger ließen keine Schmerzen fühlen, während sie sich Zentimeter um Zentimeter tiefer in den Schnee wühlten. Inzwischen waren die ersten Hunde eingetroffen. Ein Bergwachtler der Garmischer Mannschaft kam zu ihnen. Sein Hund hechelte aufgeregt, aber er machte keinerlei Anstalten, an ihrer Stelle zu schnüffeln. Der Bergwachtler schüttelte den Kopf. Gamslechner sah Kreszenz an.

»Aber ich habe ihn gesehen, genau hier«, rief sie unter Tränen.

»Der kann unter der Oberfläche abgetrieben sein. Gehts, verbindets euch die Hände«, entgegnete der Bergwachtler.

Kreszenz protestierte. Gamslechner nahm sie bei der Schulter.

»Der Hund wittert nichts, Kreszenz. Da ist niemand«, sagte er sanft.

»Aber ich habe ihn gesehen!«

»Gewiss hast du das. Vermutlich war es der Mann, den sie

schon vor einer Stunde gerettet haben. Er wurde weiter hinuntergetragen.«

»Meinst du?«, fragte sie.

»Hier ist niemand«, antwortete er, und der Bergwachtler nickte.

Als Kreszenz bereit war, wieder zum Hotel aufzusteigen, hielt der Bergwachtler ihn zurück: »Schau, dass sie ja nicht durch das Restaurant geht«, riet er nachdrücklich. »Da liegt ein Kind.«

Gamslechner nickte. Obwohl seit Stunden gegraben wurde, hatte sich beim Anblick des Lawinenkegels kaum etwas verändert. Nur die Schreie waren weniger geworden. Gespenstische Ruhe hatte sich über das Zugspitzplatt gelegt.

Gamslechner tröstete die schluchzende Kreszenz. Er wusch ihr mit lauwarmem Wasser die Hände und teilte die stechenden Schmerzen erwärmten Fleisches. Das Pochen warmen Blutes in erfrorenen Äderchen. Sein Herz schmerzte mindestens ebenso stark, als er sie von einem weiteren Bergretter ins Tal bringen ließ. Viel lieber hätte er sich selbst um sie gekümmert.

Albert Gamslechner blieb die ganze Nacht und half bei der Suche im schwachen Schein der Lampen. Die Hoffnung schwand immer weiter, noch Überlebende zu finden. Und mit dieser Erkenntnis wurde es stiller. Irgendwann hörte auch der eifrigste Hund auf zu bellen. Das Scharren der Schaufeln in den Gräben verstummte.

Die Lawine, die dreihundert bis vierhundert Meter breit über das Schneefernerhaus hinweggefegt war, hatte alle Gäste der Hotelterrasse mitgerissen. Nur einer von ihnen war am Leben geblieben. Ein weiterer war in einer der abgestürzten Gondeln der Hangbahn gestorben. Zehn Menschen waren an diesem Tag ums Leben gekommen. Kreszenz wäre beinahe einer von ihnen gewesen.

30

Heute

»Was hast du denn da für einen Klunker um?«, fragte Hugo, nachdem er Kerstin, die wie verrückt an seine Tür geklopft hatte, aufgemacht hatte. Sie hatte ein dickes Collier um den Hals, das zweireihig mit kleinen weißen Perlen aufgezogen war. Dazwischen hingen rund ein Zentimeter große blaue Steine in massiven Goldfassungen.

»Das fragst du mich? Ist doch deiner?«, konterte sie.

»Meiner?«

»War in deiner Anoraktasche.« Hugo wusste nicht, wovon sie sprach. Erst als sie die Kette abnahm und ihm zurückgab, erinnerte er sich wieder an sie, die er nach seinem zweiten Aufeinandertreffen mit Gamslechner im Stollen aufgelesen hatte. Er hatte sie völlig vergessen.

»Aus welchem Juwelencoup hast du das?«, wollte Kerstin wissen und zwängte sich an Hugo vorbei in sein Zimmer.

»Das hab ich neulich beim Skifahren gefunden.«

»Wo auch sonst? Wenn das Ding auch nur halb so echt ist, wie es ausschaut, ist das richtig viel wert. Beim Skifahren hat das sicher niemand getragen.«

»Als ich es eingesteckt habe, war es stockfinster.«

»Stockfinster also? Beim Skifahren?« Es klang eher wie ein Vorwurf als eine Frage.

Hugo sah ein, dass er Kerstin die ganze Geschichte erzählen musste. Aus der Nummer kam er nicht mehr raus. Er schilderte ihr seinen wahnwitzigen Versuch, Albert Gamslechner aus einem Schneesturm am Grat an der Zugspitze zu retten, und wie er die Kette aufgelesen hatte, nachdem sie der Alte aller Wahrscheinlichkeit nach dort verloren haben musste.

»Du hast an dem Abend echt scheiße ausgesehen. Ich hab

mir schon gedacht, dass da etwas war, aber ich konnte ja nicht ahnen, was für ein Depp du wirklich bist. Und du meinst echt, dass der alte Gamslechner das dort verloren hat?«

»Wie sollte die Kette dann sonst in den Stollen gelangt sein?«

»Was weiß ich, vielleicht lagert da eine Bande ihren Schatz in diesem Tunnel.«

»Jetzt geht aber deine Phantasie mit dir durch. Ich sag's dir: Der alte Gamslechner ist verrückt genug, mit diesen Juwelen in seiner Hose spazieren zu gehen.«

»Okay, und wenn schon. Dann müssen wir den Schmuck zurückgeben. Oder wir geben ihn bei der Polizei ab. Blöd, dass ich nicht eher gekommen bin. Die war ja gerade hier«, witzelte Kerstin.

Hugo war überzeugt davon, dass sie gelauscht hatte. »Hast du alles mitbekommen?«

Er war gar nicht unglücklich darüber. So ersparte er sich die Details der Geschichte.

»Ich hatte keine Autopanne, als ich auf dem Weg nach Oberstdorf gewesen bin. Ich bin der Polizei mit hundertzwanzig in die Arme gefahren, und als sie mich angehalten haben, da habe ich mich – sagen wir mal so – nicht ganz einsichtig gezeigt. Also es kam zu einer Diskussion. Dass ich zu schnell dran war, wollte ich ja überhaupt nicht bestreiten. Die Strafe hätte ich schon bezahlt. Aber sie wollten mir den Führerschein abnehmen. Das wollte ich verhindern und habe mir irgendwie erwartet, dass, wenn ich sage, wo ich arbeite, sie ein Auge zudrücken. Das hat dennoch nicht den erhofften Eindruck auf die beiden gemacht, und ich habe etwas aufgedreht.«

»Du und aufgedreht?«, staunte Kerstin amüsiert. »Kann ich mir gar nicht vorstellen.«

»Ein Wort hat das andere ergeben, und zum Schluss habe ich den jungen Beamten mit Nachdruck gebeten, mich in Ruhe zu lassen, oder in Aussicht gestellt, meine dienstlichen Kontakte zur Polizei spielen zu lassen.«

»Du meinst, du hast ihn angeschrien und bedroht?«, fasste

Kerstin zusammen. Kerstin musste ihr eigenes Problem mit staatlicher Autorität haben. Denn sie wirkte begeistert.

»Eine Weile hat das die Polizei Ehrwald tatsächlich so aufgefasst.«

»Wie, eine Weile?«

»Na ja, dieser Linsinger, der gerade hier war, war damals dabei. Ebenso wie ein gewisser Rainer. Er war es auch, den ich so rau angefasst habe. Versteh mich nicht falsch, da bin ich echt nicht stolz drauf. Der Linsinger kam heute daher und sagte, dass das alles ein Missverständnis gewesen sein soll und die Schuld allein bei seinem Kollegen lag. Dann gab er mir meinen Führerschein zurück, entschuldigte sich, und das war's. Er wünschte mir eine gute Heimreise.«

»Oh Mann, Clemens. Weißt du, was ich glaube? Die wollen dich loswerden.«

»So weit bin ich auch schon. Nur wer sind *die*?«

»Ich versteh schon. Zur Polizei brauchen wir unter diesen Umständen nicht zu gehen. Ich weiß aber ganz genau, wer uns weiterhelfen kann.«

Die Person, die laut Kerstin in dieser Situation am besten weiterhelfen konnte, saß nunmehr vor ihnen in einer Höhle in einem Schneehaufen. Das hatte zumindest seine Ehefrau gesagt, als sie an der Haustür geläutet hatten.

»Hallo, ich bin's, die Kerstin. Kannst du bitte kurz rauskommen?«

»Eisbären!«, hörte Hugo ein heisere Stimme rufen.

»Und Pinguine!«, sagte eine andere.

»Geht ja gar nicht! Gell, Papa, das geht gar nicht. Eisbären und Pinguine.«

»Kerstin, es ist echt kein guter Zeitpunkt«, vernahm Hugo aus der Schneehöhle.

»Bitte, es ist wichtig. Auch für dich.«

Hugo hörte, wie sich ein Erwachsener aus dem engen Eingang des Schneehaufens wühlte.

»Ich hoffe echt, dass es das ist«, sagte der Mann und schaute auf. Als er Hugo sah, versteinerte er. »Was will *der* denn da?«

»Herr Inspektor Rainer, wirklich. Wir müssen mit Ihnen sprechen«, sagte Hugo ruhig.

»Rainer ist mein Vorname. Ich heiße Forstinger. So viel Richtigkeit darf ja wohl noch sein, nach allem, was ich Ihnen zu verdanken habe.«

»Uhhh, Papa redet mit der Polizeistimme«, hörte man aus dem Schneeloch.

»Führerschein und Fahrzeugpapiere. Haben Sie auch genug getrunken?«

»Es heißt ›Haben Sie etwas getrunken?‹, du Blödi!«

In der Schneehöhle wurde unaufhörlich gekichert.

»Kommts, wir gehen lieber etwas weg«, bat Rainer.

Die drei machten ein paar Schritte zur Seite, und Rainer klopfte sich den kacheligen Schnee aus der Mütze, indem er sie gegen sein Knie schlug und dann wieder aufsetzte.

»Ich kann mir gut vorstellen, dass ich der Letzte bin, mit dem Sie jetzt reden wollen. Tatsächlich müssen Sie mir glauben, dass alles gänzlich ohne mein Betreiben eingestellt wurde. Sie und ich wissen, was damals vorgefallen ist. Ich habe das nie bestritten und werde es auch nicht. Deswegen müssen wir uns fragen, warum Sie jetzt der Tintinger sind.«

»Da haben sich auch zwei gefunden«, sagte Rainer und schaute von Kerstin zu Hugo.

»Das hat alles mit dem Tod vom Atzwanger zu tun«, versuchte Hugo zu erklären.

»Einen Scheiß. Was auch immer hier los ist. Eines weiß ich genau. Sie sind an meiner Suspendierung schuld. Und jetzt haben Sie wirklich den Nerv, bei mir zu Hause aufzutauchen?«

»Glauben Sie im Ernst, dass es hier mit rechten Dingen zugeht? Jetzt passen Sie mal auf, Herr Inspektor *Forstinger*. Da kommt einer unter fragwürdigen Umständen ums Leben. Alle sind sich einig, dass das ein Unfall war. Aber wir gehören nicht dazu.«

»Ja, ja, ich erinnere mich. Sie wollten da die Spurensicherung bei der Schneekanone. Pfff«, belächelte ihn Rainer.

»Das wäre vielleicht nicht schlecht gewesen. Denn die Geschichte geht weiter. Wir forschen nach, stellen Fragen. Es kann schon sein, dass wir uns unbeliebt gemacht haben. Aber wir haben da in ein Wespennest gestochen, und wir haben jemanden gehörig nervös gemacht.«

»Ja, mich auch. Ich sollte nicht mit Ihnen reden«, zeigte sich Rainer noch immer abweisend.

»Rainer, ernsthaft. Mittlerweile musst sogar du einsehen, dass an der Sache was faul ist. Du bist hier das Bauernopfer. Ist dir das gar nicht klar? Das ist ganz einfach. Man hat den Clemens nur aus einem Grund bei der Polizei entlastet, nämlich damit er verschwindet und aufhört, dem Tod vom Atzwanger weiter auf den Grund zu gehen. Wir wollen einfach nur wissen, was hier gespielt wird«, mischte sich Kerstin ein.

»Das würde ich auch gern. Aber mit euch zu reden gibt mir mehr das Gefühl, mich tiefer in die Scheiße zu reiten. Wenn die jetzt auch noch rausfinden, dass ich dir manchmal was stecke, Kerstin, dann flieg ich sowieso hochkant raus.«

Der dienstbeflissene Rainer war also eine von Kerstins Quellen. Sie musste unzweifelhaft gut sein in ihrem Job. Hugo konnte Rainer nicht verdenken, dass er nicht gut auf ihn zu sprechen war. Niemand konnte besser wissen als er, dass dieser nichts falsch gemacht hatte.

Daher beschloss er, ihm etwas Vertrauen vorzuschießen, indem er gleich mit ihrem Verdacht herausrückte: »Wir glauben, der Atzwanger wurde umgebracht. Er und Felix Gamslechner waren wohl Halbbrüder. Der Vater von beiden ist vermutlich Simon Grasser. *Der* Simon Grasser. Das dürfte der Atzwanger nur wenige Monate vor seinem Tod rausgefunden haben. Und mit dem Wissen hat der Atzwanger vielleicht die Gamslechners erpresst. Wir wissen ja alle, worauf es der abgesehen hatte. Den Tunnel. Das wäre natürlich für den Felix Gamslechner ein Grund gewesen, um den Atzwanger loszuwerden.«

»Ihr spinnts doch«, sagte Rainer und begann beide zu duzen.

»Mit Verlaub. Irgendwas muss dran sein. Frag die Martina Atzwanger selbst. Die hatte den Felix Gamslechner von Anfang an in Verdacht«, griff Kerstin ein.

»Der Gamslechner hat niemanden umgebracht. Das haben wir überprüft. Und das weißt du auch, Kerstin. Das habe ich dir vor Tagen schon gesagt.«

»Dann muss man besser überprüfen! Fakt ist, dass der Atzwanger angefangen hat, Erkundigungen über die Familienverhältnisse der Gamslechners einzuholen, und bald darauf war der Atzwanger tot. Wer weiß, wer da noch aller mit drinsteckt. Das geht hinauf bis zur Landesregierung.«

»Der Felix Gamslechner bringt doch niemanden um. Und schon gar nicht, weil ihm irgendwer unterstellt, ein uneheliches Kind zu sein. Das ist doch lachhaft. Und die Landesregierung ... Fliegts mir bloß ab mit euren Verschwörungsphantasien. Der Atzwanger, das war eindeutig ein Unfall. Niemand hat den Gamslechner im Verdacht«, widersprach Rainer.

»Ja, weil nämlich intensiv daran gearbeitet wird, dass kein Verdacht aufkommt. Offenbar allen voran dein Kollege Linsinger. Wieso sonst sollte der mich plötzlich entlasten? Der war vorhin bei mir und hat sich für alles entschuldigt und für dich gehofft, dass ich keine Amtshaftungsklage anstrenge.« Hugo legte jetzt auch keinen Wert mehr auf das formelle Sie.

Beim Namen Linsinger hatten sie Rainer. »Dieser Sauhund. Linsinger«, fluchte Rainer. »Aber dazu sag ich nichts auf Anraten von meinem Personalvertreter – zumindest, bis das Diszi geklärt ist.«

»Verstehe«, lenkte Hugo ein.

Sie mussten ihm Zeit geben. Er war sicher, dass Rainer, wenn er nur etwas darüber nachdächte, bald auf ihrer Seite sein würde. Er hatte keine Wahl, wenn er seinen guten Ruf wiederherstellen wollte. Die Situation war bizarr. Vor einigen Tagen war Hugo noch derjenige mit dem drohenden Disziplinarverfahren gewesen. So schnell hatte sich das Blatt gewendet.

»Etwas anderes habe ich da aber noch«, fiel Hugo ein und holte das Collier aus einer Jackentasche. Die Steine waren angelaufen, und das Metall fühlte sich eiskalt an. »Schon mal gesehen?«

Rainer betrachtete die Kette, ohne sie an sich zu nehmen. Er traute Hugo und Kerstin nicht. Demnach wollte er wohl keine Fingerabdrücke darauf hinterlassen.

»Saphire? Wo habts die her? Letztes Jahr, als der Felix und die Johanna geheiratet haben, hätte die Johanna ein saphirbesetztes Collier zur Trauung tragen sollen. Sie war gerade dabei, es in der Sakristei anzulegen, als die Brautmutter unbedingt noch eine rauchen gehen wollte. Danach war das Collier weg. Ich habe damals die Diebstahlsanzeige von der Philomena aufgenommen. Sie hat angegeben, es von ihrer Mutter vererbt bekommen zu haben, die es wiederum von ihrem Vater als Geschenk erhalten habe. Nach ihren Angaben sei die Kette an die zehntausend wert gewesen. Wir haben damals alle befragt und durchleuchtet, die Gelegenheit gehabt hätten, es zu nehmen. Sogar den Pfarrer und die Ministranten. Es gab keine Spur. Und ihr wollt es jetzt gefunden haben?«

»Wenn das kein Zufall ist, wieder hat es etwas mit den Gamslechners zu tun.« Hugo steckte das Collier lieblos zurück in die Tasche.

»Der Clemens hat es in dem alten Fußgängerstollen auf der Zugspitze gefunden.«

»Das wird ja immer besser. Was wollte er denn da?«, wunderte sich Rainer und musterte Hugo ausgiebig.

»Lange Geschichte«, wiegelte Hugo ab.

Plötzlich wirkte Rainer nachdenklich. Und nach einigen lang gezogenen »Hm«-Lauten rang er sich durch. »Wisst ihr, was mir erst jetzt klar wird. Wir haben den Messner damals zu dem Schmuck nur oberflächlich befragt. Der hätte grundsätzlich auch die Gelegenheit gehabt, die Steine zu stehlen. Aber der Kassian war damals auch kein junger Mann mehr, und was hätte er denn damit anstellen sollen? Deswegen haben wir das auch gar nicht weiterverfolgt, als er beim Linsinger ausgesagt hat, nichts mitbekommen zu haben. Dann haben wir auch nicht weiter gebohrt, obwohl es nicht ganz sauber war, wegen dem Naheverhältnis.«

»Welches Naheverhältnis?«

»Der Linsinger? Das wissts nicht? Dieses Kollegenschwein, das mich jetzt als cholerischen Polizeischikanierer hinstellen will, ist ja in Wahrheit auch ein Gamslechner.«

Hugo blieb der Mund offen stehen. »Ein Gamslechner? Bei der Polizei?«

»Der Matthias Linsinger ist der Enkel vom Kassian, das Kind von dessen Tochter, und die war eine gebürtige Gamslechner. Der Kassian ist der Bruder vom Albert.«

Dass Hugo nicht von selbst darauf gekommen war! Dieselbe Erscheinung. Die strenge Reaktion auf das Gelächter wegen des Gamslechner-Fluchs. Das Belauschen auf dem Friedhof. Der eine Bruder redete über den Teufel, und der andere war der Teufel. Es war der Messner, der Hugo aus dem Ort haben wollte.

»Der hat also nur mit seinem Enkel reden müssen, und der entlastet mich, damit ich aufhöre, Fragen zu stellen?«

»War nur eine Frage des Preises, und diese Sache geht jetzt ganz auf meine Kosten. Aber meine Chancen im Diszi nehmen gerade eine erfreuliche Wendung.«

»Welchen Grund könnte der Kassian gehabt haben, den Atzwanger aus dem Weg zu räumen? Dass der Felix kein gebürtiger Gamslechner ist, kann ihm doch egal sein.«

»Was wissen wir schon?«, seufzte Rainer. Dann traf ihn ein Schneeball am Rücken. Das Gekicher hatte es aus der Schneehöhle geschafft und schoss scharf. »Gehts rein, Mama hat Germknödel gemacht.« Zwei juchzende Kinder schlugen die Haustür hinter sich zu.

»Ich bin zwar suspendiert. Aber ich werde mit der Martina Atzwanger reden. Ihr habt recht. Ich will auch, dass diese Angelegenheit aufgeklärt wird.

Hugo nickte zustimmend. Es hatte wieder zu schneien begonnen, und große Flocken blieben in Kerstins Wimpern hängen.

»Clemens, was passiert eigentlich, wenn du Ehrwald jetzt nicht verlässt?«, fragte Kerstin.

»Dann werden sie wohl weiter versuchen, mich loszuwerden«, antwortete Hugo ruhig und verschwieg, dass ein anderer Gamslechner bereits zwei Anläufe unternommen hatte, ihn um die Ecke zu bringen.

31

Sie saßen in Hugos Zimmer und tranken kleine Biere aus der Minibar. Hugo hatte keinerlei Anstalten gemacht, seinen Aufenthalt im Hotel Gamslechner zu beenden. Dennoch wollten sie das Zimmer nicht verlassen, um nicht doch einem Mitglied der Hoteliersfamilie über den Weg zu laufen.

»Jetzt hast du es ja schon wieder um«, stellte Hugo amüsiert fest.

»Man wird ja noch mal ein Selfie machen dürfen«, antwortete Kerstin. Sie posierte mit dem Collier vor dem Handy.

»Wenn du noch weiter so ernst in die Kamera schaust, dann kannst du dich gleich in die Ahnenreihe der Gamslechners in die Lobby hängen«, rief ihr Hugo aus dem Badezimmer zu, der sich die Hände wusch, nachdem ihm Bierschaum darübergelaufen war. Hugo war es fast ein bisschen zu früh am Tag für das Bier gewesen, aber der Zeiger hatte auf fünf nach zwölf gestanden, und damit gab es für Kerstin keinen Grund, die Bierchen im Hotelkühlschrank stehen zu lassen.

Als Hugo wieder aus dem Bad herausgehen wollte und durch einen Blick auf den Lichtschalter abgelenkt war, stieß er beinah mit Kerstin zusammen. Sie biss sich auf die Unterlippe und hielt ihm das Handy nahe vors Gesicht. Mit einem Seufzen nahm er es aus ihren Händen und betrachtete das Display am ausgestreckten Arm.

»Das gibt's nicht«, zischte sie aufgeregt.

Hugo benötigte noch einen Moment, ehe er erkannte, worauf sie hinauswollte. Es handelte sich um einen Bildausschnitt aus dem Video, das Kerstin im Seilbahnmuseum angefertigt hatte. Sie hatte an der Stelle angehalten, an der man das Porträt der Ur-Gamslechnerin sehen konnte. Es handelte sich um das Bildnis einer Frau des frühen 20. Jahrhunderts. Um den Hals trug sie ein Collier mit blauen Saphiren.

»Wie kann das sein? Das ist die Mutter von Albert Gamslechner. Ich dachte, die Kette stammt aus dem Erbe von Philomena?«

»Ich habe auch keine Erklärung dafür«, antwortete Kerstin. »Vielleicht war es ein Missverständnis, vielleicht hat Philomena von ihren Schwiegereltern als ihren Eltern gesprochen. Womöglich stammt es doch aus dem Gamslechner-Erbe?«

»Wozu dann stehlen? Und dann gibt der Messner das Collier seinem umnachteten Bruder? Es passt nicht zusammen«, warf Kerstin ein.

»Vielleicht musste die Kette einfach verschwinden. Das Bild in der Bergstation war genau an der Stelle verunstaltet, wo das Collier am Hals dieser Ur-Gamslechnerin zu erkennen gewesen wäre. Das war unter Umständen gar kein Akt von Vandalismus, sondern Vertuschung.«

»Aber was soll hier vertuscht werden?«

»Ich weiß mir auch keinen Reim darauf«, sagte Hugo. »Eine von der Philomena als gestohlen gemeldete Halskette mit fünfstelligem Wert verschwindet bei der Hochzeit ihres Sohnes. Genommen hat sie vermutlich der Bruder ihres Schwiegervaters. Aber der ist reich. Der braucht das Geld nicht. Es geht um etwas anderes. Einen sentimentalen Wert. Und der könnte darin begründet liegen, dass der Schmuck der Mutter von Albert und Kassian gehört hat. Der Kassian stiehlt ihn also und zwingt seinen Enkel, bei der Polizei falsche Angaben zu machen. So wie er ihn jetzt falsch gegen den Rainer aussagen lässt. Warum nur ist ihm diese Kette so wichtig? Und wieso behauptete Philomena, dass es ihr Erbe ist? Kann das überhaupt mit dem Tod vom Atzwanger zusammenhängen? Das könnte reiner Zufall sein, dass wir darauf gestoßen sind.«

Hugo gab Kerstin das Handy zurück. Er hatte das Bild lange genug betrachtet. Es bestand kein Zweifel, dass es sich um dasselbe Collier handeln musste.

»Womöglich ist es auch nur ein Sittenbild, wie verschroben die sind. Wenigstens wissen wir jetzt, dass die Gamslechners durchaus in der Lage sind, sogar auf die Polizei Einfluss auszuüben.«

Hugo wollte sich nicht länger auf das Collier versteifen. Es war nicht endgültig gesagt, dass es etwas mit dem Tod von Gregor Atzwanger zu tun hatte.

»Ich muss den Rainer anrufen«, beschloss Kerstin.

Hugo sperrte sich zunächst noch dagegen. Dass seine persönliche Alptraumvorstellung von Polizist jetzt tatsächlich zu ihrer kleinen Gruppe von Verschwörungsaufdeckern gehörte, war ihm noch ungewohnt.

»Besetzt«, seufzte Kerstin.

»Bedeutet vielleicht was Gutes«, vertröstete Hugo und sah auf die Uhr.

Sie hatten Rainers Grundstück erst vor zwei Stunden verlassen. Hugo wusste, wie effizient Rainer als Polizist sein konnte, aber als suspendierter Polizist musste sogar dieser charakterliche Bürstenhaarschnitt bedächtiger vorgehen.

»Da, er ruft schon zurück!«, erkannte Kerstin und wischte über das Handy. »Wenn man vom Teufel spricht! Warte, ich mach dich auf Lautsprecher.«

Es raschelte und knackte in der Leitung. Rainer räusperte sich. Es war ihm wohl unangenehm, auf laut gestellt zu sein.

»Ich würde nicht so viel vom Teufel sprechen, sonst provoziert ihr vielleicht noch den Gamslechner-Fluch«, spottete er.

Hugo schnaubte angestrengt. Kerstin zuckte mit den Schultern und kicherte künstlich. »Danke für deinen Rückruf. Ich dachte nur, ich sag dir gleich, was wir noch rausgefunden haben. Du hast vielleicht mitbekommen, dass dieses Gemälde im Seilbahnmuseum mutwillig beschädigt worden sein soll.«

»Ja, da gab's eine Anzeige vom Museum. Anscheinend hat jemand mit dem Stiel eines herumstehenden Wischmopps gleich am Tag der Ausstellungseröffnung darauf eingestochen. Sah eigentlich recht brutal aus, aber ich hatte nicht den Eindruck, dass den Gamslechners besonders viel an der Aufklärung gelegen hätte.«

»Warum das?« Kerstin klang verblüfft.

»Ich habe da nur kurz mit dem Felix Gamslechner gesprochen. Niemand in der Familie – der Großvater vielleicht noch am ehesten – würde an dem Porträt hängen. Es habe daher gerade mal einen minimalen ideellen Wert für die Familie. Es bedürfe von ihrer Seite aus keiner großen Nachforschungen«, antwortete Rainer.

»Darum mottet das wohl auch in der Liftstation vor sich hin, und niemand holt es ab«, vermutete Hugo.

»Um auf den Punkt zu kommen: Ich war bei der Eröffnung der Ausstellung und habe das Porträt noch in unbeschädigtem Zustand gesehen. Die Frau auf dem Bild muss die Mutter von Albert Gamslechner sein. Und sie trägt darauf die blauen Edelsteine.«

»Und es ist ganz sicher dasselbe?«, fragte Rainer mit Nachdruck.

»Ja, sicher. Alles andere wäre schon ein übertriebener Zufall. Ihr Einheimischen tätet mal gut daran, den kulturellen Veranstaltungen beizuwohnen, für die sich andere so viel Mühe geben.

»Ah, geh. So was wird bei uns grundsätzlich mies gemacht, damit man sich bei Schlechtwetter endlich mal langweilen kann. Aber wenn das wirklich so ist, wie ihr sagt, dann wird es jetzt so richtig merkwürdig. Gleich nachdem ihr heute Vormittag von mir weg seid, habe ich mit der Martina gesprochen. Ich habe ihr gesagt, dass ich inoffiziell noch einmal mit ihr reden müsse, weil für mich noch ein paar Fragen offen seien, und ihr habt recht. Vor seinem Tod hat der Atzwanger viele Fragen über die Gamslechners gestellt. Vor allem über die Philomena.«

»Wieso denn gerade die Philomena?«, wunderte sich Kerstin.

»Er habe von der Martina wissen wollen, wie die Eltern von der Philomena gelebt haben und wohin die dann umgezogen sind. Was der Vater beruflich gemacht hat. Wo die Philomena geboren ist und so weiter. Das hat die Martina zwar nicht gewusst, weil die die Eltern von der Philomena nicht mehr gekannt hat. Aber ich weiß, dass der Vater von der Philomena, nachdem sie von hier weggezogen sind, in Vorarlberg in einer Skiliftfabrik gearbeitet hat. Und da ist die Philomena auch geboren. Dann hat sie als Erwachsene selbst ein paar Jahre in der Firma gearbeitet, und der Meinhard muss sie dort kennengelernt haben, als er ein paar Monate in dem Betrieb verbracht hat. Vermutlich im Auftrag von Albert Gamslechner. Jedenfalls ist der Meinhard verheiratet aus Vorarlberg zurückgekommen. Zur Überraschung der gesamten Familie, erzählt man sich. Außerdem hat die Martina da noch etwas in den Sachen vom Gregor gefunden, die sie vom Schreibtisch geräumt hat. Anfänglich hat sie noch gedacht, dass es sich um ein Schulfoto vom Gregor handelt, aber auf dem Bild waren nur Schülerinnen. Da hat sie genauer hingeschaut und die Philomena darauf erkannt. Das Bild war von einer dieser ›Finde deine Klassenkameraden‹-Internetseiten und auf das Schuljahr 1981/82 Haushaltungsschule soundso datiert. Sie hat versprochen, mir das Bild aufs Handy zu schicken. Ich leite es euch weiter.«

»Konnte die Atzwanger auch sagen, woher das Interesse an den Gamslechners rührte?«, wollte Hugo wissen.

»Wirklich erklären konnte sie es nicht, aber die Atzwangerin scheint die Gamslechnerin nicht allzu sehr zu mögen und hat sich vermutlich deswegen gerne über sie ausgelassen. Was der Martina vor dem Tod vom Gregor aber wirklich komisch vorgekommen ist, war etwas ganz anderes.«

»Was denn?«, fragte Kerstin.

»Ein paar Tage vor Neujahr, kurz nach Weihnachten – wenn es nicht sogar noch an den Weihnachtsfeiertagen war –, hat ein Notar aus Vorarlberg bei ihr am Festnetz angerufen. Sie hat ihm gesagt, dass das das Privattelefon sei und wenn es mit der Firma zu tun habe, dann solle er nach Silvester wieder im Büro anrufen. Aber der Notar hat gesagt, dass es ein Rückruf auf Wunsch vom Gregor sei und es sich um eine private Sache handle. Und darüber hat sich die alte Atzwangerin natürlich gewundert, warum der Gregor in einer privaten Angelegenheit einen Notar braucht und einen Gsieberger überhaupt.«

»Gsieberger?«, fragte Kerstin.

»Ein Vorarlberger, hat mit deren Dialekt zu tun«, erklärte Hugo.

»Sie hat gesagt, dass sie es dem Gregor ausgerichtet habe und der gemeint habe, auf den Kurti wäre Verlass. Sie hat auch vergessen, wie das Notariat geheißen hatte oder wo die sitzen.«

»Was könnte der gewollt haben?«

»Ich weiß es. Notare gibt es nicht wie Sand am Meer, und ich hab mit dem ersten Kurti, seines Zeichens öffentlicher Notar in Bregenz, angefangen. Jedenfalls hab ich dort angerufen und den Kurti tatsächlich ans Telefon bekommen. Richtigerweise heißt der Kurt Vanettli. Dem hab ich natürlich nicht auf die Nase gebunden, dass ich ihn nicht auf die offizielle Weise kontaktiere. Das hat's mir leichter gemacht, ihn zum Reden zu bringen. Der Kurti hat mir verraten, dass der Atzwanger etwas aus einer Verlassenschaft aus 1987 wissen wollte. Er sollte prüfen, ob da ein Saphircollier mit fünfstelligem Wert aufscheint. Nachdem er das aus dem Aktenarchiv hatte erheben lassen, hat er dem Gregor mitteilen können, dass das tatsächlich der Fall war. Diese Frau hatte nichts besessen. Nicht mal eine Armbanduhr, die sie hätte sonst noch vererben können. Aber Hauptsache, dieses wertvolle Collier. Das kam dem abgebrühtesten Nachlassverwalter eigenartig vor. Deshalb las er auch den zugehörigen Letzten Willen der Erblasserin, und da stand schwarz auf weiß zu lesen, dass es sich um ein Geschenk des Kindsvaters aus tiefster Liebe und Zuneigung zur Geburt des gemeinsamen Kindes gehandelt hat.«

»Und um wessen Verlassenschaft soll es dabei gegangen sein?«, fragte Hugo.

»Ja, eh wie die Philomena gesagt hat. Die ihrer Mutter, Kreszenz Kliebenschädel.«

32

Ehrwald, Oktober 1965

Beim abendlichen Rosenkranz für Ferdl waren nicht viele Leute gekommen. Den meisten im Dorf war Ferdl unheimlich gewesen. So war es auch nicht weiter aufgefallen, dass Kreszenz und Albert noch in die Leichenkapelle gegangen waren, nachdem ihnen Kassian eine Stunde lang kniend in der Lektorenbank den schmerzhaften Rosenkranz vorgebetet hatte. Bei jedem Wechsel der Gesätze hatten Kreszenz und Albert einander kurz angesehen. So hatte es den Anschein gehabt, als hätten sich ihre Blicke zufällig gekreuzt, weil sie bei der Abfolge von »der für uns Blut geschwitzt hat« zu »der für uns gegeißelt worden ist« durcheinandergeraten wären.

Albert war ohne Leonore gekommen. Sie verabscheute Frömmigkeit und zeigte sich nur selten in der Messe. Ferdl war ihr erst recht keine Stunde des Gebetes wert gewesen. Gamslechner war sich sicher, dass das ganz in Ferdls Sinne gewesen wäre. Alles, was dieser in den letzten Monaten gewollt hatte, war, es warm zu haben.

Am letzten sonnigen Septembertag hatte sich Ferdl früh hingelegt. Äpfel pflücken hatte er am nächsten Tag gewollt. Und seine Müdigkeit war eine so arglose gewesen, seine Nacht so friedlich, dass er nie wieder aus ihr aufgewacht war. Er war entschlafen. Am nächsten Morgen ging die Sonne für Albert Gamslechner zum ersten Mal in einer Welt auf, in der der Herzschlag von Ferdl fehlte. Dabei konnte er über dessen Tod nicht wütend sein. Sein Sterben war weder schwer noch früh noch tragisch gewesen. Ferdl hatte den richtigen Tod erwischt. Gamslechner hatte nichts zum Wundern, Zürnen oder Bereuen. Er hatte dafür zu sorgen, dass Ferdl in zwei Tagen neben August zur Ruhe gebettet werden würde, und die alte Gamslechnerin würde Chrysanthemen pflanzen, solange sie es vermochte. Dieselben auf beiden Gräbern. Wie es bei den Gräbern von Verheirateten gemacht wurde.

Albert nahm den Kiefernzweig aus dem Zinnbehälter, besprenkelte Ferdls Sarg mit Weihwasser und stellte sich daneben, wo üblicherweise die engsten Angehörigen standen. Die alte Gamslechnerin hatte schwere Blumenkränze anfertigen lassen. Einer davon lag auf dem Sarg, die anderen lehnten am Gestell der Aufbahrung. Ihr kalter süßer Geruch erfüllte die Luft. Albert hatte schon immer gefunden, dass es auf Beerdigungen angenehm roch. Blüten. Feuchte Erde. Weihrauch.

Kreszenz trat an Albert heran. Sie legte ihre Hand mit Bedacht auf seinen Unterarm. Er wusste, dass ihre gemeinsame Zeit genauso flüchtig gewesen war wie diese Berührung. Josef Kliebenschädel hatte endlich Arbeit gefunden. Außerhalb Tirols. Kreszenz würde mit ihm gehen.

»Zur Beerdigung kann ich nicht mehr kommen«, sagte sie gefasst. »Der Josef hat schon alles gepackt.«

»Hm«, murmelte Gamslechner. Seine Lider brannten. Er gab ihr ein flaches Paket. Nicht viel größer als ein Briefumschlag, aber dicker und unförmig, als müsste noch etwas darin stecken.

Kreszenz sah ihn an und schloss ihre Finger darum. »Albert, was ist das?«

»Das wirst du sehen. Wenn irgendetwas geschieht, wird es dir helfen. Zeige es niemandem und öffne es erst, wenn du angekommen bist.«

Sie nickte und steckte es in ihren Mantel. Auf dem Baum vor der Leichenkapelle sang eine Amsel. An Tagen wie diesen sangen dieselben Vögel wie an den guten, dachte Gamslechner.

»Weißt du, wie der Ferdl August verloren hat?«, fragte er sie.

Kreszenz schüttelte den Kopf und biss sich auf die Lippe, sodass sie ebenso blass wie ihr Gesicht wurde, und Albert begann zu erzählen. Wie es ihm sein Vater berichtet hatte, bevor er in den Dachboden gegangen war und alle Vorhänge offen gelassen hatte.

Wilhelm Gamslechner hatte im Frühjahr 1925 den Baufortschritt des Stützenbaus unterhalb des Gipfels beaufsichtigt, um dem Ingenieur Druck zu machen. Sie lägen hinter dem Zeitplan zurück, man müsse schneller vorankommen. Doch die Arbeit hatte sich mehr als nur schwierig gestaltet. Der Stein war hart, die Witterung schlecht gewesen. Beißender Wind und plötzlicher Schneefall hatten die Einhaltung des Baufortschritts schier unmöglich gemacht. Weit mehr Sprengungen als gedacht waren nötig gewesen, um das Fundament der Trägerstütze zu errichten. Immer wieder der gleiche Ablauf. Bohren. In Deckung. Knall. In Deckung. In Deckung. Knall. Knall. Knall. Die Erde war zwischen den einzelnen Ladungen nicht mehr zur Ruhe gekommen. Beim vierzehnten Mal war es dann so weit gewesen. August, der mit einigen anderen hinter einem Felsvorsprung Schutz gesucht hatte, war an einen anderen Ort aus einer anderen Zeit entrückt. In die Dolomiten und ins Jahr 1916 nämlich. Dann war er schreiend in den Gesteinshagel hinausgerannt.

»Herrgottsakra, Guschtl! Was soll das! Deckung!«, hatte ihm einer von den Lermooser Arbeitern zugerufen.

Doch August mit schreckensgeweiteten Augen hatte stattdessen eine der umliegenden Schaufeln genommen und begonnen, wie mit einem Bajonett in die Luft zu stechen. Ein Arbeiter, mit dem er sich vor wenigen Minuten noch eine Zigarette geteilt hatte, hatte versucht, ihn zur Räson zu bringen. August hatte nicht gezögert, ihm den Stiel der Schaufel in den Bauch zu rammen.

»Ins Grab mit dir, Katzlmacher!«, hatte er ihn angefaucht. Der Arbeiter war die Hände am Bauch verschränkt und nach Luft ringend in die Knie gegangen.

Wilhelm Gamslechner hatte nicht glauben können, welchen Geschehens er von seiner Position aus Zeuge wurde. »Mein Gott, was macht der Guscht da? Holts den da sofort weg!«, hatte er gebrüllt. Während August weiter zahlreiche unsichtbare Feinde getötet hatte, hatte der Arbeiter versucht wegzukriechen.

Vergebens, denn seine Fluchtversuche waren dem rasenden August nicht verborgen geblieben.

»Ich hab Erbarmen mit dir!«, schrie er. »Du wirst nicht erfrieren!«

»August, bei Gott! Leg die Schaufel weg! August!«, hatte sich Wilhelm Gamslechner die Seele aus dem Leib geschrien, doch August war viel zu weit weg gewesen. Zwischen ihnen hatte eine tiefe Felsrinne gelegen. Von Gamslechners Standplatz aus, einer ausladenden Holzplattform mit Geländer, auf der eine der großen Betonmischanlagen aufgebaut gewesen war, hatte der Ingenieur für gewöhnlich die Arbeiten inspiziert, aber es hatte keine Möglichkeit gegeben, zu den Arbeitern hinüberzugelangen.

August hatte weit nach hinten mit der Schaufel ausgeholt: »Für den Husarenskaiser!«, hatte er in das angsterfüllte Gesicht des Arbeiters gesagt. Keiner der anderen hatte sich aus der Deckung gewagt. Sie alle waren vor Angst wie erstarrt gewesen und hatten mit ansehen müssen, wie August das Leben aus dem Arbeiter geprügelt hatte. Als er damit fertig gewesen war, hatte er sich umgedreht und die übrigen Arbeiter ins Visier genommen.

»So tu doch jemand was!«, hatte Gamslechner gefleht und den Ingenieur auffordernd angeblickt.

»Eine Ladung ist noch im Fels«, hatte der Ingenieur geantwortet.

»Oh, Heiland. Dann zündets diese vermaledeite Ladung!«

Und Ferdl, der die ganze Zeit bei Wilhelm und dem Ingenieur gestanden hatte, war hinübergesprungen zu den Lunten und hatte sie angezündet.

33

Heute

»Der Vater von der Philomena muss das Collier gestohlen haben«, stellte Kerstin in den Raum. Rainer hatte bereits aufgelegt. Er wollte sich um das Gemälde an der Talstation kümmern.

»Und wozu? Nur um es seiner Frau zu schenken und trotzdem in bescheidensten Verhältnissen zu leben? Mit dem Geld hätten sie in den Sechzigern weiß Gott was auf die Beine stellen können, aber die Mutter behält es lieber«, wunderte sich Hugo.

»Warum fragen wir nicht einfach?«, schlug Kerstin vor.

»Wen denn?«

»Den bisher unverdächtigsten Gamslechner.«

»Du meinst den Albert? Ja, bist du denn von allen guten Geistern verlassen? Du hast keine Ahnung, wie der drauf ist«, wehrte Hugo ab.

»Jetzt bleib mal ruhig. Manchmal wissen die noch ganz genau, was früher war. Und die Kette nehmen wir als Grund für den Besuch. Ich pass schon auf, dass er dir nicht wieder eines überzieht.«

»Du redest davon, einen gebrechlichen Mann auszunutzen.«

»Bist du nicht mal ein bisschen verärgert darüber, dass er dich in dem Tunnel erfrieren lassen wollte?«, erwiderte sie.

»Das eine hat mit dem anderen nichts zu tun.«

Aber wenn er ehrlich war, lag Kerstin gar nicht so daneben damit. Dabei hätte etwas herauskommen können. Sie suchten nach wichtigen Antworten. Und dazu mussten sie jemandem Fragen stellen. Die Gamslechners waren keine Familie. Sie waren eine Dynastie. Wer wusste also mehr über sie als ihr Patriarch? Es musste eine Erklärung geben, warum Philomena, die Arbeitertochter aus ärmlichen Verhältnissen, in den Besitz des Familienschmuckes der Gamslechners gekommen war. Welches

Geheimnis steckte hinter den Saphiren, die achtlos in einem eisigen Stollen auf knapp dreitausend Metern weggeworfen worden waren? Und gab es womöglich eine Verbindung zum Mord an Gregor Atzwanger?

»›Die Himmelssteine werden uns zermalmen‹«, murmelte Hugo vor sich hin.

Kerstin blickte ihn verwirrt an. »Die Himmelssteine werden uns zermalmen.« Das hatte der alte Gamslechner bei seiner ersten Begegnung mit Hugo von sich gegeben.

»Du hast recht, Kerstin, wir müssen mit Albert Gamslechner reden.«

Es war Hugo und Kerstin nicht schwergefallen, das große Jagdhaus im Obermoos zu finden, das seit vielen Jahrzehnten der Alterssitz der Gamslechners war. Hugo erkannte das lichte Wäldchen am Hang, in das er sich damals verzogen hatte, um sich zu erleichtern. Er hatte sich die nächstgelegenen Häuser gemerkt, ohne allerdings gesehen zu haben, in welches Gamslechner tatsächlich gelaufen war. Nachdem es unter ihnen aber nur ein traditionell gestaltetes Holzhaus mit grünen Verzierungen gab, fiel die Wahl leicht. Kerstin klingelte an der Tür, und in vorauseilendem Gehorsam begann sie gemäß der Aufforderung am Klingelschild mit »Hax'n abkratz'n«.

Die Tür wurde ihnen unerwartet zügig geöffnet. Eine Frau in grauer Jogginghose und Gummistiefeln machte auf.

»Gute Tag!«, sagte sie mit osteuropäischem Akzent.

»Servus!«, erwiderte Kerstin.

»Guten Tag!«, beschloss Hugo, es wieder zu richten. »Wir sind Bekannte von Albert Gamslechner und zufällig in der Gegend. Wir hätten ihn gerne besucht und ihm etwas zurückgegeben, das er letztens vergessen hat.«

»Ah, sehr scheen. Immer gerne Besuck, Herr Albart. Komman Sie. Herr Albart in Stuba. Ick Mull«, antwortete sie freundlich und winkte die beiden herein. Sie hatte einen großen Müllsack neben sich stehen. Hugo kombinierte, dass sie diesen hatte just in dem Moment hinausbringen wollen, in dem er und Kerstin geklingelt hatten.

»Wenn fetig, Kaffje bringen«, sagte sie und ließ die beiden allein im Vorraum stehen. »Nicht Sorge, ick muss Tire sperren. Herr Albart sehr schnell. Letzte Woche weggelaufen auf Berg.«

»Wenn die wüsste, wo der wirklich war«, flüsterte Hugo, als sich hinter ihm der Türschlüssel gedreht hatte.

»Dann wäre sie ihren Job los«, antwortete Kerstin, bevor sie die Pflegekraft nachzuäffen begann: »Stuba sicher in Nähe von Kicha. Und Kicha dort.« Kerstin stapfte in Socken los.

Hugo und Kerstin schlichen an lebensecht aussehenden, aber schielenden Auerhähnen mit stumpfem Gefieder vorbei in eine urige Stube mit großflächiger Holzvertäfelung. Die Einrichtung musste älter sein als das ganze Haus. Der eingeheizte Kachelofen war antik. Dennoch glänzten die jadegrünen Kacheln.

»Wer war das an der Tür?«, fragte eine krächzende Stimme aus dem Wohnzimmer.

Dort auf dem Bänkchen saß Albert Gamslechner. Hemd. Hosenträger. Grüne Cordhose. Doch er hatte nicht gesprochen. Albert Gamslechner blickte geradezu teilnahmslos an ihnen vorbei.

Erst als sie im Raum standen, bemerkten sie die zweite Person. Hugo wusste, wer der Zweite mit krächzender Stimme war. Kassian Gamslechner.

Er schürzte die Lippen, wirkte aber nicht überrascht. »Hö, hö«, sagte er bedächtig, und es klang wie der Trost, dem man Schlachtvieh zusprach. Ein letztes Tätscheln. Dann drückte man ab. Kassian Gamslechner trug eine schwarze Anzughose und eine graue Strickjacke.

Hugo erschrak. So hatte er sich das nicht vorgestellt. Darum konnte er auch alles über den Haufen werfen, was er sich zu sagen vorgenommen hatte, und langte nach dem Collier, das er in der Jackentasche bei sich trug.

»So ist das mit dem Alzheimer. Kann Teufel nicht von Bruder unterscheiden, aber die Kombination für den Tresor unseres

Vaters wird er immer wissen«, sagte Kassian, als er die Kette in Hugos Hand betrachtete.

»Fünf – sieben – zwei – sechs«, stieß Albert hervor. Er wiederholte es noch zweimal. Das Eröffnungsdatum der Zugspitzbahn.

»So hat er das Collier in die Finger bekommen?«, fragte Hugo. Kerstin schwieg. Mit Kassian hatte sie nicht gerechnet. Hugo hatte Verständnis für sie. Die Erscheinung des großen, krummen Mannes in Schwarz konnte einem die Sprache verschlagen. Dazu brauchte es nicht viel außer dessen bloßer Gegenwart.

»Ich dachte, es wäre sicher im Safe. Da habe ich mich wohl geirrt. Genauso, wie Ihnen bei Ihren rechtlichen Schwierigkeiten zu helfen.«

»Warum war Ihnen das so wichtig?«

»Das können Sie sich doch denken.«

»Haben Sie den Gregor Atzwanger umgebracht?«

Wieder lachte der Alte. Nur noch spöttischer.

»Der Zugspitzgeist. Der Teufel. Der Leibhaftige«, sagte Albert Gamslechner und schlug mit der Faust auf den Tisch.

»All die Fragen, Herr Hugo. Eine unverfrorener und dreister als die anderen«, schüttelte Kassian den Kopf. Rotz lief ihm gläsern aus dem linken Nasenloch. Hugo beobachtete die dürren Adern an seiner Schläfe. Wie abgestorbene Äste eines Baumes hingen sie hinunter. »Bohren in unserer Familiengeschichte. Stochern herum im lebendigen Fleisch unseres Ansehens und säen Zwietracht. Natürlich sollte man versuchen, Sie loszuwerden.«

»Scheen, Gäste, Kaffje?«, hörte man die Stimme der Pflegerin aus der Küche rufen.

»Nein, danke, Fräulein Milena. Die Herrschaften werden nicht lange bleiben«, antwortete Kassian ruhig.

»In diesem Haus wird man Ihnen keinen Platz anbieten. Aber ich gebe Ihnen die Gelegenheit, Ihre bösartigen Fragen zu stellen.«

»Wir wollen nur wissen, warum der Gregor Atzwanger hat sterben müssen«, verteidigte sich Kerstin. Ihre Stimme klang brüchig.

»Weil er übernachtig abgestürzt ist.«

»Ich denke eher daran, dass er hat verschwinden müssen, weil er vielleicht auch bösartige Fragen gestellt hat. Über den Felix und seinen Vater.«

»Der Atzwanger war ein machtbesessener Emporkömmling. Ohne jeden Genierer hat er begonnen zu behaupten, der Felix sei kein Gamslechner, sondern ein Bastard und die Philomena eine Metze. Durch den Atzwanger seine Adern ist kein Tropfen Edelmut geflossen.«

»Und dann ist er ›übernachtig abgestürzt‹?«, wiederholte Kerstin.

»Ganz genau.«

»Praktisch«, ätzte Kerstin.

»Geben Sie mir dann die Steine unserer Mutter und verlassen das Haus?«, bat Kassian.

»Die Steine *Ihrer* Mutter? Ich dachte, es handelt sich um den Schmuck von Philomenas Mutter?«, entfuhr es Hugo.

»Jetzt hören Sie mal. Dieses Geschmeide ist hundertfünfzig Jahre alt. Mein Urgroßvater hat es aus einem kaiserlichen Schatztransport erhalten, nachdem den Fuhrleuten über den Fernpass in einem Schlechtwettereinbruch drei Zugpferde verendet sind, woraufhin er drei seiner besten Rösser in des Kaisers Dienste gestellt hat. Die Saphire wurden stets von der Frau des Familienoberhauptes getragen. Nur müssen Sie wissen, meine Schwägerin war eine verachtenswerte Person. Meine Frau Mutter wollte um keinen Preis, dass die Lindnerin sie in die Finger bekommt. Daher hat der Albert sie verschenkt. An ein Dienstmädchen. Als Dank, dass sie ihn vor dem Brand im Kammhotel im 62er Jahr gewarnt hat. Der Albert war in seinem Zimmer und wäre beinahe nicht rechtzeitig hinausgekommen.«

»Der Ferdl, die Seel. Die Seel. Der Himmelsstein ist ihm auf den Kopf gefallen«, rief Albert Gamslechner und gestikulierte einen Stein über seinem Kopf. Hugo bemerkte, dass der Greis unruhig wurde. Nervös kratzte er sich an der Hand.

»Und das war zufällig Kreszenz Kliebenschädel? Die Mutter von der Philomena?«, fragte Kerstin.

Beim Namen Kreszenz zuckte Albert zusammen und schüttelte wild den Kopf. »Das Geheimnis!«

»Wenn es immer die Frau des Familienoberhauptes getragen hat, warum ist es dann jetzt hier und nicht bei der Philomena oder der Johanna Gamslechner?«, fragte Hugo.

Kassian antwortete nicht. Er blinzelte nicht.

Nur Albert reagierte. »Weil die Himmelssteine verflucht sind! Sie ziehen den Leibhaftigen an!«

»Wegen der Optik«, behauptete Kerstin, und Hugo wartete darauf, wie der Messner reagierte. »Das sieht schon komisch aus, wenn der angesehene Herr Gamslechner Dienstmädchen wertvollen Familienschmuck schenkt.«

Das Blut in Kassians Schläfenadern pochte. Schließlich wischte er sich den Rotz ab.

»Und deswegen musste das Schmuckstück verschwinden, ehe es auf Hunderten Hochzeitsfotos landet, richtig?«, vermutete Kerstin.

»Die Philomena hat sich nichts dabei gedacht, überall die vermeintliche Herkunft der Steine zum Besten zu geben. Sie mag ja tatsächlich geglaubt haben, dass es sich dabei um einen Liebesbeweis ihres Vaters an die Mutter gehandelt hat. Ein einfaches Mädchen wie die Philomena damals.«

»Der Josef war ein schlichter Mensch. Ohne jede Aufgeregtheit«, sagte Albert. Einen Moment klang es so, als ob er wirklich geistig klar wäre. »Der Ferdl, ohne jede Aufgeregtheit.«

Hugo musste sich unweigerlich fragen, wer dieser Ferdl gewesen war, von dem der Alte ständig sprach und mit dessen Schaufel er ihn eine Woche zuvor noch hatte abknallen wollen.

»Ja, ich habe die Steine dann an mich genommen. Die Johanna war kurz mit den anderen hinausgegangen. Die Stimmung war ausgelassen. Wie ich mit dem Kerzenanzünder raus bin, habe ich die Kette gepackt und im Blumenschmuck verschwinden lassen. Am nächsten Tag habe ich sie in den Safe im Jagdhaus gesteckt, von dem ich geglaubt hab, dass ich der Letzte bin, der die Chiffrierung kennt«, gestand Kassian.

»Und was, wenn wir jetzt zur Gamslechnerin gehen und ihr sagen, wo ihr Familienschmuck ist?«, drohte Kerstin.

»Gnädige Frau, ich bitte Sie, glauben Sie nicht, dass die Philomena ganz genau weiß, was aus den Steinen geworden ist? Keine ist mehr Gamslechner als sie, wenn es um die Familienehre geht. Selbstverständlich hat sie die Sache einfach auf sich beruhen lassen.«

»Die Philomena ist mit der Würde eines Gamslechners geboren!«, sagte Albert und fuhr mit dem Zeigefinger hoch.

»Und was ist dann mit dem Porträt aus dem Museum? Haben Sie das auch zerstört, damit der Schmuck nicht wiedererkannt wird?«

Kassians Blick zeigte Verwirrung, er wusste offensichtlich nicht, wovon Kerstin sprach.

Dann geschah es ganz plötzlich. Albert Gamslechner fuhr aus der Haut. Ihn überkam derselbe Wahnsinn, den Hugo bereits kannte. Mit einem Zittern in seinen Augäpfeln fing es an. Die Adern, die gleich denen seines Bruders waren, färbten sich dunkel. Er sprang von der Ofenbank und zeigte mit seinem langen, dünnen Zeigefinger auf Kerstin. Fahrig und mit erhobener Stimme begann er zu predigen, wobei er sich immer mehr in Rage redete: »Offen die Sünde. Leibhaftiger. Der Teufel wird dich holen.«

Das Geschrei rief sofort die Pflegerin auf den Plan. »Herr Albart! Herr Albart! Besuck jetzt muss gehen. Herr Albart!«

»Ich mache das, Fräulein, bringen Sie unsere Gäste hinaus«, befahl Kassian. Er drückte Albert, der nervös vor sich hin brabbelte, zurück auf die Bank, während die Pflegerin Hugo und Kerstin hinauseskortierte. Hugo legte das Collier auf einer Anrichte ab. Ein verfluchtes Schmuckstück war das Letzte, das er brauchen konnte.

»Sie wohnan in Hotel von Herr Albart?«, erkundigte sich die Pflegerin, während sie den Alten hinten toben hören konnte.

Hugo nickte.

»Ist kleine Hund von Frau Philomena wieder da? War gelaufen wegen große Lichta. Iberall gesuchta, Frau Philomena. Ganza Nacht.«

»Ja, den hab ich gesehen. Ein kleiner schwarzer Pudel?«, sagte Hugo.

»Ja, sißer Hund. Siggi heißt!«

34

Hugo und Kerstin entfernten sich langsam von dem Jagdhaus. Es hatte zu schneien begonnen. Nasse, schwere Flocken. Kaum am Boden angelangt, wurden sie von der Straße aufgesogen. Ein paar Häuser weiter versuchte jemand, aus seiner Einfahrt herauszufahren. Der schwere Schnee unter den Reifen wurde weggeschleudert, ohne dass sich das Fahrzeug in Bewegung setzte. Erst beim dritten Versuch hatte der Lenker es auf die Dorfstraße geschafft.

»Wir müssen unbedingt herausfinden, ob der Kassian ein Alibi hat«, meinte Kerstin energisch.

Hugo wusste nicht, ob das etwas helfen würde. »Frag mal den Rainer, wo dieses Schulfoto bleibt«, regte er an. Kerstin murrte, wählte aber Rainers Nummer an.

»Ich steige gerade bei der Zugspitzbahn ins Auto. Ich habe das Porträt beziehungsweise was davon übrig ist«, gab Rainer an. Kerstin hatte wieder auf laut gestellt.

»Wir kommen gerade vom Kassian Gamslechner. Er hat zugegeben, das Collier damals genommen zu haben«, berichtete Kerstin.

»Super, dann hole ich ihn mir wegen Diebstahl«, freute sich Rainer.

»Kannst du vergessen, die Philomena dürfte gewusst haben, wo der Klunker ist«, vermieste Hugo ihm seinen Enthusiasmus.

»Das hätte sie der Polizei aber mitteilen müssen«, ärgerte sich Rainer.

»Wir gehen davon aus, dass sie, nachdem sie von Kassian erfahren hat, dass der Schmuck den Gamslechners gehört hatte, lieber Stillschweigen darüber bewahren wollte.«

»Wieso das denn?«

»Na ja, zum einen war der Kassian ja Familie, und zum anderen wäre dann vielleicht aufgekommen, dass ihre Mutter und der Albert Gamslechner sich – sagen wir – näher kannten«, fasste Hugo zusammen.

Es musste so gewesen sein. Ein Hotel. Die Kliebenschädel und der Gamslechner. Er schenkt ihr den Schmuck, und die halbe Familie schämt sich deswegen. Da musste etwas gelaufen sein.

»Ja, und?«, stutzte Rainer.

»Mit ›näher kennen‹ meine ich – eine Affäre hatten. Irgendwann in den Sechzigern. Das hätte für die Gamslechners und Philomena vielleicht nicht so gut ausgesehen.«

»Eine Affäre, sagst du? Die Mutter von der Philomena mit dem alten Gamslechner? Bist verrückt!«, verhaspelte sich Rainer. Man konnte hören, wie er die Autotür hinter sich zuzog. Der Ton veränderte sich. Der Wind raschelte nicht mehr aus dem Hörer.

»Okay, pass auf. Wenn das echt so ist, dann wird's jetzt richtig schmutzig. Was ich habe, kann ich euch nur schwer am Telefon erklären. Besser, ihr seht es selbst. Ich fahre beim Lift los, wo seid ihr jetzt?«

»Ganz in der Nähe, Obermoos, am Weg zurück in den Ort.«

»Ich bin gleich da.« Rainer legte auf.

Hugo und Kerstin waren froh, dass Rainer sie in seinem warmen Jeep mitnahm. Hugo hatte sich zwischen zwei Kindersitze auf die Rückbank quetschen müssen. Kerstin saß vorne. Rainer war nicht weitergefahren, nachdem sie eingestiegen waren. Er zeigte Kerstin und Hugo das Bild, das er von Martina Atzwanger zugeschickt bekommen hatte. Und da fiel es ihnen beiden wie Schuppen von den Augen.

»Wenn der Atzwanger das herausgefunden hat, hätte er die Gamslechners bis zum Sankt-Nimmerleins-Tag erpressen können«, stellte Hugo fest.

»Aber das ist ja schrecklich«, rutschte es Kerstin heraus. »Und der Felix Gamslechner?«

»Ist Gott sei Dank der Sohn vom Grasser«, sagte Hugo erleichtert.

»Und trotzdem ein Gamslechner. Mit allem, was dazugehört«, antwortete Kerstin. »Wie hat der Albert noch gesagt, sie ist mit der Würde eines Gamslechners geboren?«

Kerstin starrte noch einmal auf das Schulfoto von Philomena Gamslechner. Sie stand in der ersten Reihe der Schulklasse vor einer mit »Schuljahr 1981/82« beschriebenen Tafel, trug einen roten Rock und eine weiße Bluse mit gelben Blümchen. Ihre Haare standen feuerrot von ihrem Kopf. Gamslechner-rot.

»Also wenn ihr mich fragt, besteht da kein Zweifel mehr. Die Philomena ist das Kind vom Albert Gamslechner«, hielt Rainer fest.

»Aber dann hat sie ja ihren Bruder geheiratet, ich meine, ihren Halbbruder«, schauderte Kerstin. »Dass das niemand verhindert hat!«

»Wie war das noch, Rainer?«, wiederholte Hugo. »Der Meinhard war geschäftlich bei dieser Skiliftfirma und lernt dort die Philomena kennen. Er rebelliert gegen die Familie und kommt verheiratet zurück? Und ehe irgendwer Verdacht schöpft, ist es schon zu spät?«

Rainer nickte und klopfte aufs Lenkrad. Die Scheiben waren außen gefroren, und die Scheibenwischer schmirgelten in langen Intervallen über das Sichtfeld.

»Rotes Haar bei Frauen galt damals nicht als besonders attraktiv. Die Philomena hat da wahrscheinlich schon gefärbt. Aber wie lange kann das gut gegangen sein? Der alte Gamslechner muss doch gewusst haben, wen er da vor sich hat«, vermutete Kerstin.

»Vielleicht nicht«, zuckte Rainer mit den Schultern.

»Aber die werden doch wohl mal geredet haben. Wer die Eltern von der Philomena waren oder dass die gebürtig aus Ehrwald stammen«, warf Kerstin ein.

»Das glaub ich auch. Die hätten die Ehe doch annullieren können«, stimmte ihr Hugo zu.

»Und damit die ganze Misere publik machen?«, entgegnete Rainer.

»Was, wenn die sich wirklich geliebt haben?« Hugo spürte für einen Moment fiese Stiche in seinem Herz, und Sarah fehlte ihm.

»Igitt«, ekelte sich Kerstin.

»Und wenn es ihnen einfach niemand gesagt hat?«, stellte Rainer in den Raum. »Angenommen, der alte Gamslechner, der Einzige, der das hätte aufklären können, hätte ihnen nichts gesagt. Dafür spricht, dass die Philomena noch bis zum letzten Jahr geglaubt hat, die Saphire stammten von ihrem Ziehvater.«

»Aber einem der beiden muss er es gesagt haben. Als Ehepaar wollen die doch Kinder«, entgegnete Hugo.

»Dafür hat die Philomena ohne den Meinhard gesorgt«, überlegte Kerstin.

»Damit wüssten wir wohl auch, warum sich der Meinhard umgebracht hat«, analysierte Rainer mit bedächtigem Tonfall.

»Und die Philomena macht dann einfach weiter als Gamslechner-Prinzessin? Und lässt sich noch dazu mit dem größten Weiberer der Gegend ein, diesem Grasser. Der hat all das nicht gefärbte Haar da unten gesehen und sprach deswegen immer nur von einer, die nicht brünett war.« Sie machte eine Schnute, als hätte es im Auto zu stinken begonnen.

»Wenn der Meinhard informiert war, dann wollte er doch sicher nicht mit seiner Schwester ins Bett«, dachte Rainer laut nach.

»Glaubts nicht, dass da ein Kind ›hermusste‹? Ein Nachfolger für das Gamslechner-Imperium?« Hugo rutschte auf der engen Rückbank hin und her. Die Kindersitze nahmen ihm viel Platz weg. »Jetzt passt einfach alles zusammen. Die Kreszenz und der Albert hatten eine Affäre. Er hat ihr den Schmuck geschenkt, wissend oder nicht wissend, dass sie schwanger ist. Dann verlassen die Kliebenschädels den Ort auf Nimmerwiedersehen. Die Philomena kommt in Bregenz auf die Welt, arbeitet danach in derselben Fabrik, in der schon ihr … Josef Kliebenschädel gearbeitet hat, und dort lernt sie den Meinhard Gamslechner kennen, der auf Geheiß des Familienoberhauptes Erfahrung in der Branche sammelt. Die beiden heiraten überstürzt, ohne es irgendjemandem zu sagen, und stellen den alten Gamslechner vor vollendete Tatsachen. Der Atzwanger findet es heraus, weil er anfangs noch glaubt, dass das Frivolste an der Familiengeschichte der Gamslechners der Seitensprung von Philomena mit dem Grasser war. Und wie dann feststeht, dass der Felix seine roten Haare nicht vom Vater haben kann, forscht er weiter, weil es schon ein komischer Zufall ist.«

»Der Atzwanger war der Trauzeuge von der Johanna Gamslechner«, fiel Rainer ein. »Das ist die Tochter seines Onkels. Die sind Cousins.«

»Dann hat er genau gewusst, wie der verschwundene Schmuck ausgesehen hat. Und bei der Ausstellungseröffnung von der Gamslechner-Sonderausstellung hab ich ihn auch gesehen. Er hat nur den Schmuck auf dem Porträt wiedererkennen müssen«, erinnerte sich Kerstin.

Wie aufs Stichwort schauten sie über die Rückbank, wo man eine Ecke des Porträtrahmens im Kofferraum hervorstehen sehen konnte.

»So hat er es herausgefunden«, stand für Hugo fest. »Dann hat er seine Kontakte nach Vorarlberg spielen lassen und den Nachlass von Kreszenz Kliebenschädel prüfen lassen. Ein bisschen böse Absicht reicht, um Albert Gamslechner und der Mutter von Philomena ein Pantscherl anzudichten. Und spätestens mit dem Klassenfoto konnte er sich sicher sein. Da war es ja sogar für uns ersichtlich.«

»Mich würde interessieren, ab wann es dem Albert hatte klar sein müssen, dass die Philomena seine Tochter ist«, wollte Kerstin wissen.

»Schwer zu sagen. Vielleicht war es ihm selbst nicht bewusst. Es kann natürlich noch immer sein, dass er es bis heute nicht weiß beziehungsweise nicht *mehr* weiß.«

»Aber der Kassian muss es wissen. Darum wollte er dich, Clemens, unbedingt loswerden«, sagte Kerstin.

Hugo nickte. Das war tatsächlich gravierend genug, um vom

eigenen Enkel zu verlangen, einen Polizeikollegen zu diskreditieren.

»Und ein Mordmotiv. Wenn das aufgekommen wäre, der Name Gamslechner wäre für immer beschmutzt gewesen«, war Rainer klar.

»Damit erpresst zu werden hätte bedeutet, sich ein Leben lang nach den Wünschen vom Atzwanger zu richten. Sie hätten ihm die ganze Zugspitzbahn verkaufen müssen. Vom Tunnel ganz zu schweigen. Er hätte eine der mächtigsten Familien Tirols in der Hand gehabt.«

»Aber wer von ihnen hat es dann getan?«, fragte Rainer. »Von Felix bis Albert Gamslechner hatten sie alle ein Motiv. Der Felix Gamslechner war es schon mal nicht.«

»Es muss Kassian gewesen sein. Wenn der schon in der Lage ist, die Polizei zu manipulieren, wer weiß, wozu noch. Und viel Kraft brauchte der nicht mehr anzuwenden beim Atzwanger«, vermutete Kerstin. »Vielleicht hat er es auch den Linsinger machen lassen.«

»Der Linsinger hatte mit mir in der Nacht Dienst. Unmöglich«, verneinte Rainer.

Hugo räusperte sich. »Ein Familienmitglied der Gamslechners war in der Silvesternacht allein unterwegs. Und ich weiß, wer das war.«

35

In der Angelegenheit reichte es Hugo nicht, dass sie ein überzeugendes Motiv für den Mord an Atzwanger gefunden hatten. Zwischen Motiv und Tat musste es als Bindeglied auch eine Gelegenheit geben. Hugo hatte bisher immer gedacht, dass der Einzige der Familie mit einer Gelegenheit der junge Gamslechner gewesen wäre. Wenn jetzt aber Philomena, wie die Pflegekraft angedeutet hatte, in der Silvesternacht auf der Suche nach ihrem Schoßhündchen gewesen war, und das vermutlich nahe des Liftparkplatzes, dann war durchaus denkbar, dass sie noch auf Atzwanger getroffen war. Für die Tat brauchte man kein groß gewachsener Kraftprotz zu sein. Einmal stoßen. Dazu wäre eine Frau von Philomenas Statur sicherlich in der Lage gewesen.

Hugo brachte Kerstin zu ihrem Zimmer. Das Hotel schien ihm nunmehr fremd und ungastlich. Ein Fluchtimpuls machte sich bei ihm bemerkbar. Nach allem, was sie jetzt wussten, konnte Hugo sich nicht vorstellen, noch eine Nacht hier zu verbringen. Aber es war bereits dunkel geworden, und eine neue Unterkunft zu finden schien ihm an diesem Tag nicht mehr so einfach. Daher entschloss sich Hugo, in den sauren Apfel zu beißen und die Nacht noch durchzuhalten.

Vor der Tür zu Kerstins »Spatzenzimmer« schien auch ihr unwohl zu werden. »Wenn das alles stimmt, wie soll ich dann noch eine Nacht unter diesem Dach verbringen können?«, fragte sie und stieß die Tür auf. Dann stutzte sie.

Hugo konnte einen Blick auf das Innere erhaschen. Ihre gesamte Kleidung lag in dem Zimmer verstreut, die Schubladen standen alle offen, und Kosmetika lagen im Waschbecken und am Badezimmerboden.

»Mein Gott«, sagte Kerstin und wurde blass im Gesicht. Sie setzte keinen Fuß über die Schwelle.

»Da ist noch jemand«, sagte sie stockend.

»Hallo? Wer ist da? Wir sind zu zweit«, rief Hugo hinein.

Kerstin tippte bereits in ihr Handy. »Komm ins Hotel, sofort.« Das Handy antwortete »Nachricht gesendet an RAINER«.

Die Gestalt in Kerstins Zimmer bewegte sich nicht. Da die Vorhänge zugezogen waren, war das Licht schlecht.

Hugo, der sich selbst nicht für besonders mutig hielt, rückte langsam in das Zimmer vor. Er ahnte bereits, wen er vor sich hatte, und konnte sich nicht vorstellen, dass von Philomena Gamslechner eine akute Gefahr für ihn oder Kerstin ausginge. Sie saß auf dem Bett, umgeben von Kerstins verstreuten Habseligkeiten.

»Das Collier wirst du hier nicht finden«, sagte Hugo, als er weit genug in das Zimmer vorgedrungen war, um Philomena ins Gesicht zu sehen. Ihre Haltung war pure Resignation. So saß jemand da, der aufgegeben hatte. Ihre Erscheinung war makellos. Hugo hatte sich oft schon gefragt, wie Menschen es schafften, den ganzen Tag die Lage ihrer Strähnen, Lidstriche oder Kleidung zu kontrollieren.

»Nun, zu dieser Erkenntnis bin ich selbst gelangt«, antwortete Philomena nüchtern.

»Wieso hast du auch hier danach gesucht?«, fragte Hugo, der Kerstin einen entwarnenden Blick zuwarf.

»Ich bin ihr auf dem Gang begegnet, als sie es gestern getragen hat«, sagte Philomena und zeigte auf Kerstin. »Dieses Collier würde ich immer wiedererkennen.«

Kerstin schlug sich die Hand an den Mund. »Wie konnte ich das vergessen? Ja, nachdem ich es in deinem Anorak gefunden habe, Clemens, habe ich es mir umgelegt, und jetzt fällt es mir ein, sie ist mir da bei den Kunstblumen vor den Toiletten entgegengekommen. Es war ein so kurzer Moment, dass ich nicht mehr daran gedacht habe.«

»Woher hattet ihr es?«, wollte Philomena wissen.

»Hatten? Du weißt, dass es nicht mehr in unserem Besitz ist?«, erwiderte Hugo.

Philomena seufzte und wedelte mit ihrem Handy. »Kassian hat es mir gesagt, aber der Anruf kam zu spät, da hatte ich das hier schon begonnen«, sagte sie und deutete auf die Unordnung im Zimmer. »Da war mir klar, dass ihr es jetzt wissen müsst.«

»Das mit deinem leiblichen Vater?«

Philomena schluchzte kurz auf. »Ich wusste es nicht«, beteuerte sie. »Als ich den Meinhard geheiratet habe, wusste ich es nicht. Aber das war nicht das Einzige, das ich nicht wusste. Ich hatte auch gar keine Vorstellung von dem, wie sehr ihm das Leben zu schaffen machte. Ich kann mich noch gut erinnern. Ein paar Tage nach unserer Hochzeit hat der Albert ihn einbestellt. Ich habe geglaubt, er wollte ihm einfach die Leviten lesen, weil er mit der überstürzten Heirat unglücklich gewesen war. Damals war meine größte Sorge, mein Schwiegervater hätte etwas gegen die Form der Eheschließung. Mehr hat der Meinhard damals aber auch nicht über das Gespräch verloren. Danach war auf einen Schlag alles anders. Er wurde völlig lethargisch. Nicht einmal, als ich das Kind von einem anderen ausgetragen habe, hat der Meinhard irgendwie reagiert. Bis er mit allem Schluss gemacht hat.«

Philomena Gamslechner sprach wieder ganz ruhig. Es schien ihr an diesem Punkt besonders wichtig, richtig verstanden zu werden.

»Wie lange weißt du das von deinem … von deinen Eltern?«, wollte Hugo wissen.

»Seit das Collier verschwunden ist. Auf der Suche nach Fotos von dem Collier für die Polizei bin ich fündig geworden. Aber nicht in meinen Bildern, sondern in jenen vom Meinhard. Ich habe Bilder seiner Mutter und Urgroßmutter gefunden, wie sie die Kette tragen. Dann hat mir der Kassian gesagt, woher das Collier ursprünglich stammte, dass er es weggeschlossen hatte und dass wir besser nicht mehr davon sprechen sollten. Der Albert war zu der Zeit schon in seine Welt entrückt. Aber der Kassian wusste Bescheid. Er hatte dazu gar nicht viel sagen müssen. Als ich gehört habe, dass der Albert und meine Mutter sich gekannt haben und dass ihr Fortgang aus dem Ort nur wenige Monate vor meiner Geburt gelegen hatte, habe ich es erkannt. Und dann wurde mir immer mehr bewusst, was die roten Haare zu bedeuten hatten. Die anfängliche Ablehnung von Albert, die lieblose Ehe mit Meinhard. Plötzlich haben so viele Dinge Sinn gemacht, dass ich Bauchschmerzen davon bekommen habe.«

Hugo war trotz der Anspannung im Raum müde geworden. Er lehnte sich an das kleine Tischchen, das zur Zimmerausstattung gehörte.

»Und dann kam der Atzwanger dahinter«, deutete Kerstin an.

»Ja«, seufzte Philomena.

Ihr blauer breiter Lidstrich war auf ihren gesenkten Lidern gut erkennbar. Wie viel Mühe sie sich tagtäglich geben musste, so perfekt auszusehen. Die Haare immer aufwendig geföhnt. Hugo selbst schaffte es kaum, seine nach dem Aufstehen abstehenden Haare glatt zu streichen.

»Der Gregor Atzwanger war natürlich einer der Ehrengäste auf der Eröffnung der Ausstellung über die ›Seilbahnerfamilie Gamslechner‹ gewesen. Ich habe bemerkt, wie er das Porträt von der Mutter vom Albert angestarrt hat. Mit so viel Häme. Er musste es gewusst haben. Damals in der Sakristei hat er noch so eifrig bei der Suche nach dem Collier geholfen. Er wollte ja immer einen Stein im Brett beim Felix haben. – Mein Gott, was soll jetzt nur der Felix denken.« Tränen fielen in ihren Schoß. »Jedenfalls wurde mir klar, dass, wenn der Atzwanger darauf hatte kommen können, es jemand anderem auch gelingen könnte. Darum hab ich noch am selben Abend, als alle gegangen waren, mit einem Besenstiel das Porträt zerstört.«

Hugo fragte sich, ob sie von selbst weiterreden würde oder ob er sie darauf stoßen musste, von der Silvesternacht zu sprechen.

Aber sie setzte die Erzählung von sich aus fort. »In der Nacht auf Neujahr war ich mit dem Hund draußen. Ich habe vergessen, dass die Jungen ja schon vor Mitternacht ihre Böller zünden, und am Weg ins Obermoos ist mir der Hund weggelaufen. Er hatte sich an einem der Kracher erschreckt, die ein paar Kinder vor einem Haus geworfen hatten. Anfangs dachte ich, der Siggi wäre zum Haus vom Albert gelaufen. Da wollten wir ja auch hin. Silvester ist für ihn immer eine Herausforderung. Es erinnert ihn immer an den Krieg und den Beschuss der Talstation 1945. Aber beim Jagdhaus war der Siggi nie angekommen. Vermutlich hat er sich irgendwo verkrochen. Die Milena, die Pflegerin vom Albert, und ich haben dann erst einmal abgewartet, ob er denn nicht von selber wieder auftaucht, aber er ist und ist nicht zurückgekommen. Als er nach den letzten Raketen noch immer nicht wieder da war, bin ich ihn suchen gegangen, hinauf zum Liftparkplatz. Da war der Siggi auch immer gern, und außerdem wusste ich ja, dass der Felix dort auf einer Veranstaltung gewesen war. Aber bis auf den Atzwanger waren schon alle weg. Der hat noch seine Schneekanonen inspiziert. Der Gregor war mehr als nur angeheitert. Er hat vor sich hin gelallt und gestänkert. Immer wieder hat er angedeutet, dass er es wohl wisse, wer der Vater vom Felix sei und woher er die roten Haare wirklich habe. Und dass er verlange, ernst genommen zu werden – als Geschäftspartner, weil *das* sonst die Runde machen würde. Dabei ist er richtig ekelhaft geworden, dass wir so seien wie die Habsburger, wo sich nur reines Blut zusammentue. Und dass daher vielleicht der ganze Wahnsinn herrühre. Die längste Zeit habe ich so getan, als wüsste ich nicht, wovon er spricht, aber dann habe ich ihm zugesagt, dass er ins Hotel kommen solle und wir noch einmal über den Tunnel und die Seilbahnanteile reden könnten. Damit war er zufrieden. Er wollte mir noch helfen, den Hund zu suchen. Während er erst auf der Loipe und dann entlang der Böschung herumgetorkelt ist und nach dem Siggi gerufen hat, konnte ich nur daran denken, was das für die Familie bedeuten würde. Für den Felix und die Johanna. Für das Erbe vom Albert. Dann hatte ich den Mut beisammen und wollte dem Atzwanger sagen, dass er von uns gar nichts bekommen wird und er an seinen Lügen ersticken soll. In der Zwischenzeit war wie aus dem Nichts der Siggi aufgetaucht. Er muss tatsächlich irgendwo in der Talstation Unterschlupf gesucht haben. Ich wusste, was zu tun war. Unbemerkt habe ich den Siggi an die Schneekanone gebunden, die da auf der Loipe gestanden hat. Der Siggi hat laut gewinselt, weil er es ja nicht kennt, irgendwo auf dem Feld angebunden zu werden, und der Atzwanger hat natürlich geglaubt, er hätte jetzt den vermissten Hund gefunden. Und wie er da runtergeschaut hat, die Jacke offen, weil er irgendwas darin gesucht hat, hab ich ihn gestoßen. Ich hab nur kurz ausholen müssen, und er ist im hohen Bogen da runtergefallen. Für den Rest habe ich nicht viel Phantasie gebraucht. Mir war klar, dass die Schneekanone alles weitere erledigen würde. Ich bin nur noch einmal hinunter und habe ihm die Hose aufgemacht.«

»Damit es wie ein Unfall aussieht«, ergänzte Kerstin.

»Ganz genau«, gestand Philomena. »Und weißt, was das Schlimmste ist? Dass es mir kein bisschen leidtut«, meinte sie mit fester Stimme. »Ich habe den Gregor Atzwanger umgebracht, und das tut mir kein bisschen leid, weil er Schande über uns alle bringen wollte. Er wollte aus einer boshaften Laune des Schicksals heraus unser aller Leben zerstören. Und das musste ich einfach verhindern.«

Unvermittelt donnerte jemand gegen die Zimmertür.

»Kerstin? Ich bin's!« Rainer fiel mit der Tür herein. Er sah sich um und kniff verächtlich die Augen zusammen. »Wurde hier jemand umgebracht?«

36

Hugo wusste nicht, was Rainer an der Situation so schwergefallen war. Der Fakt, dass er den Showdown der Nachforschungen letztlich verpasst hatte, oder die Verhaftung einer Frau einzuleiten, die er sein Leben lang gekannt hatte. Auf die Frage, was er denn jetzt machen solle, gab ihm Philomena die Antwort: »Du wirst mich verhaften müssen.«

Erst das gab ihm den Anlass, sein Handy zu zücken und seine Kollegen auf dem Posten zu verständigen. Am Telefon hielt sich Rainer mit Erklärungen zurück. Nachdem beinahe jeder im Ort tagelang davon ausgegangen war, dass Atzwanger einen Unfalltod gestorben war, hätte wohl kein Telefonat der Welt ausgereicht, um jemandem klarzumachen, was tatsächlich dahintersteckte. Aus diesem Grund deutete Rainer nur an, dass es im Hotel Gamslechner Hof eine Person gebe, die gerade einen Mord gestanden habe.

Hugo konnte hören, wie Rainers Gesprächspartner diesem androhte, dass das ja besser kein Scherz sein sollte. Er selbst kannte diese Situation nur zu gut. Es war noch nicht lange her gewesen, da wollte ihm keiner glauben, dass der Tod von Gregor Atzwanger ein Mord gewesen war. In Hugos Augen reagierte Rainer daher völlig richtig, indem er sich mit den Details zurückhielt, bis sich die Gelegenheit bieten sollte, die ganze Geschichte in Ruhe zu erzählen.

Philomena Gamslechner indessen saß gefasst auf dem Bett. Sie rührte sich keinen Millimeter, als hätte man ihr bereits Fesseln angelegt. Sie beachtete auch Kerstin nicht weiter, die begonnen hatte, mehr oder weniger private Dinge, die Philomena bei ihrer Nachschau aus den Kästen geworfen hatte, wieder einzusammeln.

Hugo glaubte, darunter ein Stirnband wiederzuerkennen, das den Aufdruck einer hiesigen Skischule trug. Dieses verschwand gemeinsam mit der einen oder anderen Unterhose oder Hornhautfeile in Kerstins Koffer.

Als Rainers Kollegen eintrafen, Linsinger war nicht dabei, führte er zunächst ein längeres Gespräch mit dem Postenkommandanten vor der Zimmertür. Erst dann wurde Philomena abgeführt. Aber nicht, wie man es von einer Mörderin erwartet hätte. Vielmehr sah es danach aus, als wären die Polizisten ihr Geleitschutz gewesen.

»Ihr werdet aber auch einiges erklären müssen«, stellte Rainer Hugo und Kerstin in Aussicht. Das hatte Hugo befürchtet, Er sah Kerstin an, die sich keiner Schuld bewusst war. Für die Geschichte mit den Schwarzkarten hätte man sie zumindest peinlich befragen können.

Einen Tag später hatte sich Hugo auf dem Polizeiposten einzufinden. Dort wurde er durch einen schlecht beheizten Gang in ein Zimmer geführt, wo ein unrasierter Vertreter des Landeskriminalamtes bereits auf ihn gewartet hatte. Für Hugo stellte es beinahe eine Ehre dar, den bekannten Ermittler Oberst Richard Hayek persönlich kennenzulernen. Auch wenn er wusste, dass mit Hayek nicht gut Kirschen essen war. Hugo kannte Hayeks Ruf, sich selten Freunde zu machen. Umso überraschter war er, als dieser ihn mit ausgestreckter Hand und freundlicher Miene begrüßte.

»Gute Arbeit, Herr Bezirksanwalt.«

Ein guter Einstieg in das Gespräch, das Hugo und Hayek die nächsten zwei Stunden führen sollten. Hayek war beinahe über den ganzen Verlauf von Hugos Nachforschungen informiert. Als Auffinder der Leiche von Atzwanger war Hugo jedenfalls aktenkundig, und auch Rainer war über große Teile in Hugos Bemühungen eingebunden gewesen. Es waren lückenfüllende Kleinigkeiten, die Hayek interessierten.

»Warum waren Sie so überzeugt davon, dass es sich bei dem Vorfall um einen Mord gehandelt haben sollte?«, wollte Hayek gleich zu Beginn wissen.

»Es hat einfach nicht natürlich ausgeschaut. Verstehen Sie?

Der ganze Schneehaufen. Am Anfang war es auch nur ein komisches Gefühl, aber dann kam mir immer mehr eigenartig vor, vor allem Atzwangers Streitigkeiten im Ort. Und dann dessen Verdacht, dass Felix Gamslechner sein Halbbruder sein musste. Schließlich hat er mir gegenüber auch selbst gestanden, dass er Atzwanger als Letzter lebend gesehen hatte. Es hatte einfach einiges darauf hingedeutet, dass Felix Gamslechner Motiv und Gelegenheit gehabt haben musste, Atzwanger zu töten.«

»Hätten Sie weitergeforscht, wenn Sie gewusst hätten, dass Felix Gamslechner ein mehr oder weniger pikantes Alibi hatte?«

»Dann stimmt es also, dass er in der Nacht mit der Landesrätin zusammen war?«, wollte Hugo wissen.

»Sie wissen davon? Sieh an. Felix Gamslechner wurde am nächsten Tag eindringlich von den Kollegen der Ehrwalder Polizei befragt und zeigte sich von Anfang an ausnehmend kooperativ. Wenig später wurden diese Angaben auch vonseiten des Büros Obergantschler bestätigt. Gamslechner hatte sich von seinem Fahrer nur ein paar hundert Meter weit fahren lassen, bis er in das Auto der Frau Landesrätin umgestiegen war. Diese konnte glaubhaft versichern, dass Gamslechner zu keinem Zeitpunkt an diesem Abend in die Nähe der Böschung gekommen war. Aus Gründen der Diskretion nahm man jedoch Abstand davon, alles im Detail zu verakten«, erklärte Hayek.

»Wir wussten die längste Zeit nur, dass es einen Anruf der Landesregierung gegeben haben sollte, um Gamslechner aus der Sache herauszuhalten. Sie können sich vorstellen, wie das für mich geklungen hat? Jetzt im Nachhinein wird mir natürlich einiges klar.«

»So ist das immer, nachher ist man immer klüger.«

»Aber so langsam verstehe ich, warum man keine Anhaltspunkte für ein Verbrechen fand«, gestand Hugo.

»So viel zur Ehrenrettung der Polizei. Gnädig von Ihnen.«

»Ganz so herablassend war das nicht gemeint.«

»Nein, ich weiß schon. Ich habe Statistiken gelesen, die davon ausgehen, dass jedes dritte Tötungsdelikt unerkannt bleibt. Persönlich hoffe ich nur, dass das nicht stimmt. Aber manchmal sieht einfach alles so sehr nach Zufall aus, dass es Intuition braucht, um überhaupt an eine Gewalttat zu denken. Mit Bauchgefühl lässt sich aber auch kein Anfangsverdacht belegen, wenn es keine Hinweise oder Spuren gibt. Das verhindern unsere hehren Gesetze. Am Ende des Tages sind wir beide Bürokraten und können uns kein Bauchgefühl leisten, sofern wir nicht – wie Sie – in unserer Freizeit versuchen, Verbrechen aufzuklären.« Hayek lächelte müde. Hugo fing an, ihn zu mögen.

»Was wird jetzt mit den übrigen Gamslechners?«, fragte er.

»Also, ich glaube, das kannst du dir denken. Ich bin jetzt einfach beim Du«, antwortete Hayek.

»Soll mir ganz recht sein.«

»Also, um auf deine Frage zurückzukommen: Nachdem sich Felix Gamslechner nachweislich nichts hat zuschulden kommen lassen, wird er wohl unbehelligt bleiben. Wie viel an Kassian Gamslechner picken bleibt, hängt ganz von Matthias Linsiger und dessen Verteidigungsstrategie ab. Wenn der auspackt, dann kriegen wir den auch dran. Daran zweifle ich aber. Mit deiner Aussage und der vom Kollegen Forstinger können wir zumindest Linsinger nachweisen, dass er Angaben verfälscht und Ermittlungen manipuliert hat.«

»Und der alte Gamslechner?«, erkundigte sich Hugo.

»Der Albert? Der kann da aufgrund seiner mentalen Konstitution unmöglich mit drinhängen. Da sind wir uns doch einig?«

»Ich mach mir nur meine Gedanken. Aber in der Tat, der hatte mit der ganzen Sache nichts zu schaffen. Sein einziger Beitrag war der, dieses Saphircollier auf der Zugspitze spazieren zu führen.«

»Ich hab mich schon gefragt, wie du in dessen Besitz gekommen bist.«

»Für diese Geschichte müsste ich aber ausholen«, seufzte Hugo.

»Ich bitte darum. Aber vielleicht kann ich dir vorher sagen, was wir schon wissen, nämlich dass Albert Gamslechner am 5. Januar mitten in einem Schneesturm von der Bergstation der Zugspitzbahn verschwunden ist. Das hat uns seine Pflegerin berichtet. Während sie kurz die Toilette aufgesucht habe, sei der alte Mann davongelaufen. Man fand ihn nach einiger Zeit wohlauf wieder vor dem Eingang zur Bergstation. Er war über und über mit Eis bedeckt und seine Stiefel voller Schnee. Man ging davon aus, dass er einfach ein paar Inspektionsrunden um das Gebäude hatte machen wollen, wie er dies früher stets zu tun pflegte. Verwundert war man über seine Fußspuren, die den Grat hinunterzuführen schienen. Da soll es auch ein zweites Paar Spuren gegeben haben. Von Skischuhen. Bei dem Sauwetter wurden diese Spuren jedoch nicht weiter verfolgt. Ich nehme aber an, dass der Erzeuger dieser Spuren hier in diesem Raum sitzt.«

»Na, wenn du es eh schon weißt.«

Hayek lächelte freundlich: »Was hast du dir denn dabei gedacht?«

»Es war alles so schnell gegangen. Niemand hatte gesehen, wie der Alte aus dem Gebäude hinaus ist. Ich konnte nicht ahnen, dass ich ihn nicht so schnell aufhalten könnte, und kaum war ich aus der Station hinaus, hatte ich keine Zeit, um noch jemanden zu verständigen.«

»Was ist dann passiert?«, fragte Hayek, und das wunderte Hugo nicht, denn das konnten nur er und der alte Gamslechner wissen.

»Der Alte ist vor mir flink wie ein Wiesel bis zur Kammstation abgestiegen. Dort ist er dann durch das alte Gemäuer geschlichen und muss von irgendwoher eine Taschenlampe und den Schlüssel für die Kette am Tor für den Tunnel geholt haben.«

»Und du bist ihm einfach hinterher?«

»Was hätte ich denn tun sollen? Ich dachte, der bringt sich jeden Moment in Lebensgefahr. Kein Empfang. Der Wind. Niemand hätte mich rufen gehört.«

Hayek nickte, aber Hugo konnte das Gefühl nicht loswerden, dass er sich lustig über ihn machte.

»Und dann? Hast du nach ihm gerufen?«

»Nein. Ich hatte Angst, dass er dann versuchen würde, vor mir davonzulaufen, und sich erst recht verletzt. Oder mich.«

»Wieso denn dich?«

»Ich hatte Tage zuvor bereits das Vergnügen mit Herrn Gamslechner. Damals bin ich bei einem Spaziergang auf ihn getroffen, und er hat mich mit einer Schaufel bedroht.«

»Aha. Und auf dem Berg hatte er auch eine Schaufel?«

Hugo hatte recht. Hayek verspottete ihn.

»Nein, aber eine Taschenlampe. Die hat er mir dann im Tunnel übergezogen. Ich muss kurze Zeit bewusstlos gewesen sein. Wie ich wieder zu mir gekommen bin, habe ich das Collier gefunden und eingesteckt, ohne genau zu wissen, was es ist. Es war stockfinster dadrin. Ich konnte mir nur erklären, dass Gamslechner das bei unserem Zusammentreffen dort verloren hatte. Jedenfalls war die Tür dann von außen versperrt, als ich den Tunnel wieder verlassen wollte.«

»Wie hast du es dann da rausgeschafft?«

»Das frag ich mich selbst immer noch. Es hätte mir aber sicherlich in der Situation eine gewisse Panik erspart, wenn ich da schon gewusst hätte, dass es sich bei dem Tunnel um einen in den dreißiger Jahren gegrabenen Fußgängerstollen handelt, der die alte Kammstation mit dem Schneefernerhaus beziehungsweise dem Zugspitzgletscher, dem Platt, verbunden hat. Ich bin dem Stollen ans andere Ende gefolgt und einem Praktikanten der Forschungsstation, die mittlerweile im Schneefernerhaus betrieben wird, in die Arme gelaufen. Der Ärmste war völlig verstört, als ich da unerwartet aufgetaucht bin. Immerhin ist der Zugang zum Tunnel für die Öffentlichkeit gesperrt. Die erforschen dort den Permafrost der Zugspitze, und zu diesem Zweck haben sie den halben Tunnel verkabelt. Ich hab den Jungen immerhin noch gefragt, ob er von einer Suchaktion auf der Bergstation gehört habe, und als er das verneinte und auch sonst niemand auf dem Schneefernerhaus etwas davon wusste, bin ich davon ausgegangen, dass es der Alte von selbst wieder zur Bergstation zurückgeschafft hat. Die Forscher ließen mich ihre Seilbahn benutzen, aber nicht, ohne mich darauf hinzuweisen, dass das Betreten des Stollens verboten sei.«

»Du bist mir ein wahrer Abenteurer!«, bescheinigte ihm Hayek mit einem Schenkelklopfer.

»Aber sicher nicht freiwillig«, entgegnete Hugo ihm.

Hayeks Lachen steckte ihn an. Vermutlich war jetzt der Zeitpunkt gekommen, über die Geschichte zu schmunzeln. Sie war ja für alle Beteiligten gut ausgegangen.

Nachdem Hugos Ausflug in den Stollen auf der Zugspitze für Hayek allem Anschein nach der Höhepunkt seiner Ausführungen war, ging ihr Gespräch langsam zum Ende. Hayek steckte ihm seine Visitenkarte zu und klopfte ihm zum Abschied auf die Schulter. »Und das alles mit Skischuhen!«

Zurück im Hotel, traf Hugo auf Kerstin. Auch sie hatte einen Großteil des Tages bei der Polizei verbracht. Sie wunderten sich über den ungestörten Hotelbetrieb. Aber was hätte man machen sollen? Zusperren? Es war ja nicht einmal ein Tatort, und die, die noch nichts davon wussten, dass ihre Gastgeberin eine Mörderin war, genossen die letzten Tage ihres Weihnachtsurlaubes in vollen Zügen.

»Also für mich war das kein Mord«, sagte Kerstin.

»Das überrascht mich. Wir waren überhaupt die Einzigen, die es für Mord gehalten haben«, entgegnete Hugo.

»Noi, so war das nicht gemeint. Was ich damit sagen will, ist, dass das viel mehr Selbstverteidigung war. Der Atzwanger war doch ein Scheusal.«

Hugo ging in sich. Er selbst tat sich schwer, von Philomena als Täterin zu sprechen. In erster Linie kam sie ihm wie ein Opfer vor. Ein Leben lang belogen und um die Liebe ihres Lebens gebracht, auf eine Weise, die womöglich schlimmer als der Tod war. Und mit alldem hatte Gregor Atzwanger versucht, sie in die Enge zu treiben. Unter Umständen hatte Kerstin recht, und es war kein Mord. Auch wenn sie ihn vorsätzlich getötet hatte.

»Wann reist du ab?«, wollte Hugo wissen.

»Eigentlich wollte ich so schnell wie möglich weg, aber die Redaktion will, dass ich noch ein paar Interviews hier mache. Aber ich werde mir ein anderes Zimmer nehmen. Und du?«

»Ich denke, morgen. Die Polizei kann mich auch in Innsbruck weiter vernehmen, wenn sie noch Fragen haben. Es wird Zeit, nach Hause zu fahren«, sagte Hugo wehmütig.

»Frisch getrennt, ha?«, sagte sie plötzlich.

Pause.

»Sehr frisch.«

»Dachte ich mir schon, dass du dich für irgendetwas selbst bestrafst.«

Hugo setzte an zu widersprechen, schluckte es aber hinunter. Was hatte er in den letzten Tagen nicht alles in selbstzerstörerischer Manier getan?

»Eigentlich wollte ich mich noch mit Rainer treffen, komm doch mit«, schlug Kerstin vor.

Dieser sagte einfach »Ja, gern«, weil er sich keine Ausrede einfallen lassen wollte.

Sie fuhren zu Rainer nach Hause, wo der Eingang der emsig gegrabenen Schneehöhle bereits wieder zugeschneit war. Rainer begrüßte die beiden mit strahlendem Gesicht und lud sie in die vom Kachelofen beheizte Küche ein. Er war wie ausgewechselt. Es gab zwar noch ein paar offene Fragen, aber es stand außer Zweifel, dass er bei der Polizei vollständig rehabilitiert werden würde.

Während sie gemeinsam den Nachmittag bei Glühwein ohne Nelken, dafür mit Schnaps von Neujahr verbrachten, fühlte es sich an wie das Wiedersehen dreier Freunde, die einander seit Jahren nicht mehr gesehen hatten. Dabei hatten sie sich vor ein paar Tagen noch nicht einmal gekannt.

»Der Linsinger wird wohl so schnell nicht wieder seinen Dienst antreten«, schätzte Rainer, »da wird jetzt ganz genau nachgeschaut, wo der zuletzt seine Finger drinhatte und ob er das sauber abgehandelt hat.«

Hugo schauderte. »Was heißt das jetzt für meinen Führerschein?« Diesen hatte ihm immerhin Linsinger zurückgegeben.

»Jetzt simma mal ehrlich, Hugo: Du und ich wissen, dass der Führerscheinentzug für dich das kleinste Problem gewesen wäre.«

»Na ja …« Hugo räusperte sich verlegen.

»Kann mir jetzt endlich mal einer erzählen, was damals wirklich passiert ist?«, fragte Kerstin.

Hugo und Rainer wechselten einen Blick, und Rainer begann zu erzählen: »Der Linsinger und ich hatten Dienst. Geschwindigkeitskontrolle beim Sechziger in Lähn. Es war ein ruhiger Morgen, noch bevor die ganzen Skifahrer angekommen sind, wie unser Freund Hugo hier mit sage und schreibe hundertsechsundzwanzig Kilometern pro Stunde bei der Sechzigertafel um die Ecke kommt. Mit Toleranz.«

Hugo goss sich ein Stamperl Schnaps ein. So ging es weiter mit der Selbstzerstörung, dachte er.

»Wir haben ihn also angehalten. Und unser gemächlich wirkender Herr Bezirksanwalt hier beginnt mich zu beflegeln. Ich solle mich wegen dieser Kleinigkeit nicht so aufspielen, er, der große Vertreter der Staatsanwaltschaft Innsbruck, sei im Dienste des Staates unterwegs, und ich solle ihn gefälligst weiterfahren lassen.«

»Also unser Rainer hier ist schon auch etwas frech geworden«, warf Hugo nun ein, der das Ganze nicht so auf sich sitzen lassen wollte.

»›Jawohl, werter Herr Bezirksanwalt!‹, habe ich gesagt. Aber vorher wolle er uns doch die Freude machen und mal einen Alkoholtest abgeben. Und als wir dann auch noch Warnweste und Verbandskoffer sehen wollten und er so eine komische Plastikwanne im Kofferraum nicht aufbekommen hat, hat er uns damit gedroht, uns ›die Wadln viare‹ zu richten und uns suspendieren zu lassen. Tja, was soll ich sagen. Ich habe dem Herrn Bezirksanwalt hier dann seinen Führerschein abgenommen und meinen Bericht an die Staatsanwaltschaft geschrieben.

Und der hätte dann auch richtige Probleme bekommen, wenn der Linsinger im Nachhinein nicht alles so verdreht hätte, als hätte ich einen Raser zu hart angefasst.«

»Wenn der Linsinger jetzt unglaubwürdig geworden ist, weil er im Auftrag vom Kassian Gamslechner das Verfahren gegen Hugo zerschlagen hat, lebt der Vorwurf dann jetzt nicht wieder auf?«, fragte Kerstin.

Hugo sah Rainer an. Damit lag sie richtig.

»Hör zu, Hugo, ohne dich wäre der Atzwanger-Mord nie aufgeklärt worden und ein korrupter Polizist noch im Dienst. Deswegen werde ich bei meinen nächsten Berichten ein paar Ungenauigkeiten einräumen. Dass ich statt ›Warnlamperl vorne richten‹ womöglich irrtümlich ›Wadln viare richten‹ gehört hätte. Damit ist das Strafverfahren vom Tisch. Aber die Geschwindigkeitsübertretung. Für die musst gradestehen. Weil, dass ich nicht gscheit mit der Radarpistole umgehen könnte, das lass ich mir nicht nachsagen. Außerdem, Hugo, musst du ein bisschen was zugeben, weil wir ja die Vernaderung durch den Linsinger beweisen müssen. Der verweigert jetzt erst mal die Aussage, und der Kassian wird auch nicht rausposaunen, dass er über seinen Neffen Einfluss in die Polizeiarbeit genommen hat. Es muss klar sein, dass er meine Angaben gezielt verfälscht hat, damit sich alle Vorwürfe gegen dich in Luft auflösen und du abziehst.«

Hugo nickte. Es hörte sich fair an.

»Jetzt kann ich zumindest mit dem eigenen Auto nach Hause fahren.« Früher oder später würden sie ihm für die hundertsechsundzwanzig Kilometer pro Stunde bei einem Sechziger den Führerschein abnehmen. Aber vorerst hatte er ihn ja dank Linsingers Finte wieder zurück.

»Na ja, heute mal nicht mehr«, sagte Rainer und deutete auf Hugos Glas.

37

Hugo setzte den Blinker. Auto fahren gehörte für ihn noch nicht wieder zum Alltag. Daher kamen ihm viele Erinnerungen, als er den Wagen zur Ortsausfahrt lenkte. Er nahm die Auffahrt auf die B 179 mit gemischten Gefühlen. Hugo konnte sich nicht vorstellen, in ein Zuhause ohne Sarah zurückzukehren.

Der Urlauberrückreiseverkehr staute sich bereits an der Auffahrt. Keines der Fahrzeuge ließ ihn herein. Sein Auto hatte nur mehr wenig im Tank, aber nachdem ihm durch die kalten Nächte die Autobatterie leer geworden war, hatte er als Erstes den Automobilclub verständigen müssen. Dann war einer mit dem gelben Abschleppauto aus Reutte gekommen, dem Hugo nicht hatte erklären können, warum sein Fahrzeug fast zwei Wochen lang an der Bundesstraße geparkt gewesen war. Der Lack des Škoda war dreckig vom Salz und Schneematsch. Aber so gern Hugo auch angehalten hätte, um das nagende Salz abzuwaschen und den knurrend hungrigen Tank zu füllen, er durfte nicht riskieren, dass ihm die Batterie neuerlich versagte. Ihm war klar, dass er den Motor eine Weile laufen lassen musste. Das Geräusch seines Dieselmotors stimmte in den surrenden Gesang der anderen ein und ging bei den Anfahr- und Bremsmanövern im stockenden Verkehr in seiner Tonart auf. Hugo blieb genug Zeit, um zu beobachten, wie Zigarette um Zigarette aus den Autofenstern vor ihm geworfen wurden. Sexpuppen konnte er keine entdecken.

Sein Handy läutete. Die Bluetooth-Verbindung stellte sich nicht automatisch her. Er hob ab und hielt das Handy ans Ohr.

»Bita!«, sagte er. »Welche Freude!«

»Meine Verehrung, Herr Bezirksanwalt«, lachte sie. »Du bist am Weg zurück nach Innsbruck, ja?«

»Ja, aber es zieht sich.«

»Hm«, meinte sie. »Hab ich schon im Radio gehört. Da haben ein paar von uns ganz schöne Augen gemacht, als es geheißen hat, der Hugo hat einen Mord aufgeklärt.«

Hugo wusste, was sie meinte. Er, das kleine Lichtchen in der Gerichtshierarchie, gab den Anstoß, einen der medial aufsehenerregendsten Mordfälle der letzten Jahre gelöst zu haben. »Mit dem Hayek bin ich jetzt per Du.«

»Der vom LKA? Bist du dir sicher, dass das was Gutes ist? Das ist so ein Ungustl.«

»Vor ein paar Tagen meintest du noch, ich hätte zu wenig Freunde, und jetzt machst du mir einen neuen madig, oder was?«

»Nein, nein, Hugo, passt schon. Aber fragts mich bloß nie, ob ich mit euch auf ein Bier gehen will.«

»Auf ein Bier war ich gestern noch mit dem Rainer Forstinger. Den darf ich jetzt wohl auch zu meinen Freunden zählen. So wie es aussieht, dürften sich einige meiner Schwierigkeiten schon bald in Wohlgefallen auflösen.«

»Das klingt nach meisterlicher Verhaberung«, lachte Moursavi-Sprenger.

»Dann weißt du ja, zu welch elitären Kreisen ich mich jetzt zählen darf.«

»Schau nur, dass es dir nicht zu schnell zu Kopf steigt. Aber nein, ich gönn dir, dass es dir besser geht«, sagte Bita. »Was ist denn jetzt mit der Sarah und dir?«

Hugo beobachtete schwarze Dieselschwaden aus einem der Fahrzeuge vor ihm aufsteigen und bezweifelte, dass das erlaubt sein konnte. Er drehte die Belüftung im Auto zu. »Als ich dir erzählt habe, dass das Moped in die Stadt kommt, und damit die Renate gemeint hab, die seit zwanzig Jahren in Kanada lebt, hab ich mich mit ihr getroffen. Und als sie dann noch länger in der Stadt war, haben wir uns wieder getroffen. Und wieder.«

»Und die Sarah ist nicht blöd.«

»Die Sarah ist weg.«

»Ja, daran wird nichts mehr zu ändern sein«, bestätigte Bita nüchtern.

»Ich hab dich nicht auf der Freisprechanlage, Bita. Ich muss dich kurz ablegen. Einen Moment bitte«, sagte Hugo und legte das leuchtende Handy auf den Beifahrersitz. Dann hob er die zwei Grußfinger vom Lenkrad und nickte Rainer zu, der in der Kurve stand und die Radarpistole auf die Gegenfahrbahn richtete.

Rainer grüßte ernst zurück.

Hugo hatte damit gerechnet, ihm hier noch ein letztes Mal zu begegnen, weil ja jeder wusste, dass sie in Lähn stehen.

38

7. Februar 2003, am Fuß der Zugspitze

Nur die Nachtbeleuchtung brannte. Sie waren allein in den weitläufigen Büroräumlichkeiten der Zugspitzbahn. Überall im Raum war der Reiz des Verbotenen zu spüren. Was am Tage in der Masse an Eindrücken verloren ging, dem galt nun alle Aufmerksamkeit: Das Deckenlicht surrte, Drucker kalibrierten in einer Art Schnarchrhythmus, und aus der Entfernung brummte ein Kühlschrank. Allgegenwärtig der mechanisch betörende Duft der Elektronik. Kleine Lichter blinkten und tanzten wie Elfen auf dem Inventar, Telefonen, Rechnern oder in ihren Spiegelungen.

Felix Gamslechner dachte daran, ein Gespenst zu sein. Müde ließ er sich in einen der Bürosessel an einem Schreibtisch fallen. Gregor lehnte sich gegen den Tisch und holte eine Packung Zigaretten aus seiner Jackentasche. Felix legte den Kopf schief und schaute skeptisch.

»Wir machen das Fenster auf, morgen riecht das niemand mehr«, beschwichtigte Gregor.

»Dann wird's schon passen. Gib mir auch eine!«

Mit Übung, die in diesem Alter viel zu ungesund erschien, zündeten sie sich ihre Zigaretten an. Keiner der beiden hustete. Es waren nicht ihre ersten. Gregors Mutter war strikt dagegen, dass ihr Sohn rauchte. Der Mutter von Felix war es egal. Ihrer Ansicht nach hatte es noch nie etwas gebracht, Halbwüchsigen irgendwas zu verbieten.

»Riecht deine Mutter noch immer an deinen Händen, ob du geraucht hast?«, fragte Felix.

»Ja. Das ist ziemlich nervig. Ich versuche ja immer, sie gründlich zu waschen, aber sie riecht es trotzdem und geht mir dann auf den Senkel.«

»Meine wird mir dafür morgen den Kopf abreißen, wenn sie den Fleck im Zeugnis sieht«, beklagte Felix, »und den Zweier in Betragen.«

»Den ich dank dir auch habe«, entgegnete Gregor vorwurfsvoll.

»Das hast du dir schön selbst zu verdanken.«

Dafür, dass sich die beiden Burschen ganz gut verstanden, prügelten sie sich ziemlich oft. Das letzte Mal war das halt leider am Schulhof während der großen Pause passiert, und die alte Specht hatte Aufsicht gehabt. Einem anderen Lehrer wäre es vielleicht egal gewesen, wenn zwei Schüler schlägern, die nicht einmal in die eigene Klasse gehörten, nicht aber der Specht, der Handarbeitslehrerin der Mädchen. Sie hatte die beiden dann in die Direktion geschleppt, wo sie den von ihr vermeintlich beobachteten Hergang dem Direx geschildert hatte. Hätte man Felix oder Gregor gefragt, hätten sie angegeben, dass sie sich aus anfänglichem Spaß heraus gegenseitig immer fester gegen die Oberarme geboxt hätten, was dann irgendwie zur Eskalation geführt hatte, weil der eine immer noch fester als der andere zuhauen hätte wollen. Die Specht aber hatte völlig übertrieben und von einer Art gegenseitigem Mordversuch gesprochen. Und es hagelte drei Klassenbucheintragungen für die beiden Burschen. Eine als Extra für Felix Gamslechner, da dieser – wie es damals recht üblich war – eine Skaterhose mit dem Bund so tief unter dem Gesäß trug, dass man mehr Stoff der darunterliegenden Boxershorts als der Jeans sehen konnte. Mit einer Klassenbucheintragung konnte man das »sehr gut« in Betragen vergessen, und Felix hatte gleich zwei davon mit einem Streich ausgefasst. Die Schule war ein Ort, an dem der Fair-trial-Grundsatz der Menschenrechtskonvention nicht zur Anwendung gelangte. Es zählte nur das Wort der Specht, und die Burschen hatten keine Möglichkeit gehabt, sich frei zu beweisen oder die Darstellung der Lehrerin zu widerlegen.

In wenigen Stunden würde der letzte Tag des Wintersemesters anbrechen und würden die Semesterzeugnisse verteilt werden. Dann hätte mindestens einer von ihnen längere Zeit Hausarrest bekommen. Es war Felix' Idee gewesen, sich in der Nacht aus dem Haus zu schleichen und sich mit Gregor Atzwanger zu treffen, weil so viel schlimmer konnte ihre Lage nicht werden. Für die schlechte Betragensnote würden sie wohl beide Stress mit ihren Müttern bekommen, Väter gab es ja in beiden Familien nicht. Felix hatte immerhin das Glück, dass seine Mutter die meiste Zeit zu beschäftigt war, um sich weitreichende Strafen zu überlegen. Ganz anders Mutter Atzwanger. Und vor allem, wenn dieser zu Ohren gekommen wäre, dass Felix Gamslechner in den Vorfall involviert gewesen war, würde sie auf strenge Konsequenzen bestehen. Gregor wusste, dass seine Mutter die Gamslechners nicht ausstehen konnte. Das war auch mit ein Grund, warum sich Felix und er mitten in der Nacht heimlich im Büro der Zugspitzbahn trafen. Felix zu sich nach Hause einzuladen wäre Gregor im Traum nicht eingefallen.

»Meine Mutter wird dich deswegen nicht lieber mögen«, ätzte Gregor.

»Deine Mutter mag niemanden«, konterte Felix.

Gregor sagte nichts darauf. Einerseits hatte Felix recht, aber andererseits durfte er so was über die Mutter eines anderen nicht sagen. »Ich frier mir ganz schön den Arsch ab. Gibt's hier keine Heizung?«

Das mit dem offenen Fenster bei minus fünfzehn Grad war wohl doch keine so gute Idee gewesen.

»Dahinten beim Canapé steht ein Heizlüfter.«

»Beim was?«

»Beim Canapé halt.«

»Ihr Gamslechners, könnte ihr auch mal normal reden?«

»Was kann ich dafür, dass du nicht weißt, was ein Canapé ist?«

»Musst du immer so angeben?«

»Beim Sofa. Sofa! Okay?«, äffte Felix ihn nach.

Gregor ging einen Tisch weiter und fand den Heizstrahler. Er steckte ihn bei der Steckdose an und drehte das Gebläse auf

Max. »Meine Mutter hat sich aber nicht das Gesicht aufspritzen lassen müssen, dass man sie mag.«

»Was soll das denn jetzt?«

»Ich mein ja nur.«

»Warum kannst du Dinge nie gut sein lassen?«

»Ich hab nicht angefangen«, meinte Gregor trotzig.

»Und ich nur die Wahrheit gesagt.«

Schweigend rauchten sie ihre Zigaretten fertig.

»Ich geh lieber nach Hause. Hier stirbt man ja vor Langeweile. Aber die hier nehm ich mit, weil ich sie geklaut hab.« Gregor griff nach der Packung Zigaretten, ehe er sich daranmachte, den Ausgang zu nehmen.

»Jetzt wart doch einmal«, rief Felix und rannte ihm hinterher.

Am nächsten Morgen fiel zwei Mitarbeitern der Zugspitzbahn sofort auf, dass etwas nicht stimmte. Es roch nach Rauch und verschmortem Plastik. Es dauerte nicht lange, bis sie einen Brandherd in einem der oberen Büros der Talstation ausgemacht hatten. Mit Handfeuerlöschern versuchten sie vergebens, das Feuer selbst einzudämmen, doch die Flammen griffen schnell über. In kürzester Zeit stand das Gebäude in Vollbrand.

Albert Gamslechner starrte mit halb rasiertem Gesicht und ohne Socken in den Winterstiefeln in die auflodernde Glut. Dieses Mal erkannte er das Reißen der Metallseile sofort am Geräusch. Doch er blieb ruhig. Er wusste, was er zu tun hatte. Koste es, was es wolle.

Nachwort

Die Geschichte der Tiroler Zugspitzbahn erzählt sich fast von selbst. Sie ist als gewichtige Zeitzeugin österreichischer Geschichte zu betrachten: angefangen bei ihrem meisterlichen Bau von 1924 bis 1926 über den Skandal um dessen Finanzierung, das Feuer auf der Kammstation 1962 und das Bombardement im April 1945 bis hin zum Großbrand der Talstation im Jahr 2003. In diesem Roman habe ich die Seilbahn zum Teil einer Familiengeschichte gemacht. Dennoch erhebt dieser Roman in keinerlei Hinsicht den Anspruch auf historische Richtigkeit und bedient sich in ausnehmender Weise der Fiktion. Das gilt insbesondere für darin vorkommende Personen. Teile der Handlung wurden durch den Reuttener Wirtschaftspionier Dr. Hermann Stern inspiriert. Die beteiligten Figuren, insbesondere alle Angehörigen der Gamslechner-Familie und deren Handlungen, sind jedoch frei erfunden.

Wer sich für eine korrekte Abhandlung der Geschichte der Tiroler Zugspitzbahn interessiert, dem kann ich gern Richard Lipps Werk »Reutte 1918 bis 1938« und einen Besuch des »Bahnorama anno 1926«, des Museums der Tiroler Zugspitzbahn, sowie die Ausstellung »Faszination Zugspitze« ans Herz legen, die mir in der Recherchephase zu diesem Roman wertvolle Dienste geleistet haben.

Anna Tröber
TIROLER TOTENGLOCKEN
Broschur, 256 Seiten
ISBN 978-3-7408-1538-7

Grüne Almwiesen, grasende Kühe, Bergpanorama. Doch das Tannheimer Tal hat noch mehr zu bieten: Vier Leichen mitten in der friedlichen Tiroler Idylle rufen den Wiener Oberst Richard Hayek auf den Plan. Er muss sich durch ein undurchdringliches Dickicht von Gerede im Bergdorf, alten Verbindungen und Scheinheiligkeit kämpfen – bis er auf die einzige Person stößt, die das Motiv des Täters kennt. Doch ausgerechnet sie verschwindet ...

»Eine gelungene Mischung aus Kriminalroman und lokaler Gesellschaftskritik: temporeich und mit angenehmem Zynismus.«
Tiroler Tageszeitung